DONGSUH MYSTERY BOOKS 147

高層の死角

고층의 사각지대

모리무라 세이치/김수연 옮김

동서문화사

옮긴이 김수연(金秀然)
숙명여대문과 졸업. 지은책 산문집 《사랑을 위한 기도》 옮긴책 힐튼 《잃어버린 지평선》 《굿바이 미스터 칩스》 스미드 《나이팅게일》 맥도널드 《위철리 여자》 등이 있다.

DONGSUH MYSTERY BOOKS 147
고층의 사각지대

모리무라 세이치/김수연 옮김
초판 발행/1977년 12월 1일
중판 1쇄 발행/2004년 8월 1일
중판 3쇄 발행/2012년 5월 1일
발행인 고정일/발행처 동서문화사
창업 1956. 12. 12. 등록 16-345(윤)
서울 강남구 도산대로 163(신사동, 1층)
☎ 546-0331~6 (FAX) 545-0331
www.dongsuhbook.com

*

이 책의 출판권은 동서문화사(동판)가 소유합니다.
의장권 제호권 편집권은 저작권 법에 의해 보호를 받는 출판물이므로
무단전재와 무단복제를 금합니다.
편찬·필름·제작 일체 「동판」 자본으로 이루어짐에 따라
출판권 소유권자 「동판」에서 제조출판판매 세무일체를 전담합니다.
사업자등록번호 211-90-02201
ISBN 978-89-497-0243-8 04800
ISBN 978-89-497-0081-6 (세트)

고층의 사각지대
차례

호텔 전쟁 …… 11
네 개의 열쇠 …… 21
이중 밀실 …… 53
알리바이의 제물 …… 79
돌아오지 않는 비서 …… 91
제2의 죽음 …… 108
여섯 명의 호텔 맨 …… 125
단독여행의 구도 …… 149
공백 속의 공백 …… 173
후쿠오카의 매력 …… 185
남쪽으로 뻗는 푸른 선 …… 209
제2의 공백 …… 222
불연속의 연속 …… 236
찬란한 마성 …… 266
마지막 장 …… 297

밀실트릭해체 알리바이붕괴 신고전수법 …… 303

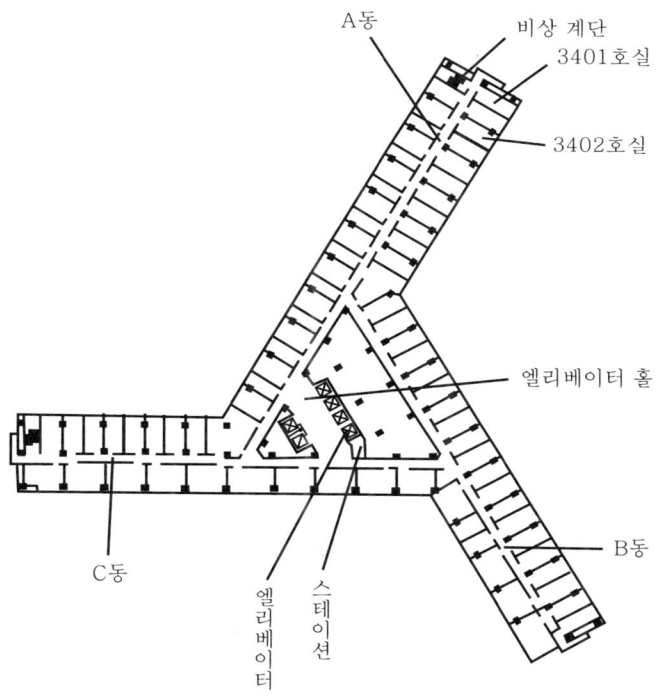

팰리스 사이드 호텔 34층 평면도

등장인물

구주 마사노스케 팰리스 사이드 호텔 사장
아리사카 후유코 구주 마사노스케의 비서
마에카와 레이지로 도쿄 로열 호텔 사장
히라가 다카아키 도쿄 경찰국 형사
우에마쓰 도쿠타로 후쿠오카 경찰국 형사
하시모토 구니오 도쿄 로열 호텔 기획부장

호텔 전쟁

"마에카와 녀석, 이 일을 알면 아마 졸도하고 말걸."

구주 마사노스케는 비서 아리사카 후유코가 내민 기술 제휴에 관한 회담의 속기록을 읽으며 눈을 가늘게 치떴다. 구주는 매우 기분이 좋았다. 그럴 수밖에 없는 것이, 그가 오랫동안 꿈꿔 온, 미국 최대의 호텔업체 크레이튼 인터내셔널 코퍼레이션, 즉 CIC와의 업무 제휴가 드디어 실현되려 하기 때문이다.

구주 마사노스케는 일본 호텔업계에서도 오랜 전통으로 손꼽히는 팰리스 사이드 호텔의 사장이다. 그것도 그냥 이름뿐인 사장이 아니다. 지요다 구(區) 다케바시에 객실 50개 정도의 소규모로 겨우 영업해 오던 팰리스 사이드 호텔의 전신을, 전쟁 후 연합군이 물러남과 동시에 사장으로 취임하자마자, 도쿄의 부흥과 외국 관광객이 급격히 증가함에 따라 적극적으로 호텔 시설을 증설 확장했다. 그 결과 오늘날 지상 35층, 객실 2천 개, 대소 연회장 70개를 가짐으로써, 도쿄에서는 물론 동양에서도 굴지의 호텔로 키워 놓은 공로자인 것이다.

그의 적극적인 경영 자세와 선견지명이 없었다면, 1955년 후반에 시작된 호텔 건설 증강 붐에 뒤떨어져 겨우 50개 정도의 객실에 매달려, 호텔업계의 눈부신 발전과 동업자들의 신나는 경쟁을 먼 산 바라보듯 구경하고 있을 수밖에 없었을 것이다.

올림픽 대회에 즈음해서 오쿠라, 힐튼, 도쿄프린스, 긴자도큐, 오타니 등 큰 호텔들이 난립했지만, 모두 기껏해야 5백 내지 1천 개 정도의 객실에 불과했다. 도시 호텔의 매상고 중에서 요리 부문의 매상이 급속히 늘어난 오늘날에는 반드시 객실 수의 많고적음이 호텔의 규모를 측정하는 척도가 될 수는 없지만, 객실 2천 개는 여전히 다른 호텔업자들을 압도하는 것이었다. 객실 수만이 아니라, 연회장, 각종 식당, 바, 풀 등 모든 부대설비에 있어서도 팰리스 사이드 호텔에 견줄 만한 호텔은 없었다.

이 팰리스 사이드 호텔이 가진 거대한 시설은, 도쿄로 들어오는 국제 항공선의 증가 및 대형화 경향과 관광객의 단체화 경향에 제대로 들어맞아 1965년에 들어서는 연간 객실 가동률이 항상 90퍼센트를 넘었다.

90퍼센트라고 하지만 수리하는 방과 호텔 자체에서 사용하는 방도 있기 때문에, 한 마디로 이 숫자는 객실이 거의 매일 꽉꽉 차는 상태임을 말해 준다. 객실의 좋은 성과에 비례해서 연회장의 수입도 늘어 갔다. 다른 호텔업자들도 관광 붐을 타고 한결같이 좋은 성적을 올리고 있지만, 서로 나뉘어 숙박하기를 꺼리는 단체 여행객의 경우에는 팰리스 사이드 호텔이 역시 독주하는 셈이었다.

구주가 우쭐거릴 만도 했다. 그런데 구주의 독주를 가로막는 자가 나타났다. 도쿄 로열 호텔을 경영하는 마에카와였다.

히라카와의 고지대에 옛 귀족으로부터 사들인 약 2만 평의 땅을 가지고 있는 마에카와 레이지로는, 올림픽 이후 격증하는 외래 관광객으로 호텔 대책에 골치를 앓고 있었다. 이때 그는 정부와 도쿄 도청, 그리고 항공 관계자들의 권유로 그들의 지원 아래 그 부지에 지상 42층, 지하 4층, 높이 1백 50미터, 객실 2천 5백, 수용객 4천 2백 명이라는 초고층의 거대한 호텔을 공사비 1백 60억 엔을 들여 건설했다.

도쿄 로열은 규모에 있어서 팰리스 사이드 호텔을 능가할 뿐만 아니라, 스탠다드 트윈과 싱글을 주로 한 객실 구성, 더욱이 지금까지 팰리스 사이드 호텔의 주요 고객이었던 전 일본항공(全日本航空)이나 일본 여행공사가 경영에 참가한 점 등으로 팰리스 사이드 호텔과 호텔 시장에서 정면으로 부딪히게 되었다.

팰리스 사이드 호텔은, 지금까지의 독주가 도쿄 로열에 의해 제동이 걸렸을 뿐 아니라, 업계에 우뚝 군림해 온 지위조차 빼앗기고 말았다.

원래부터 구주와 마에카와는 좋은 사이가 아니었다. 구주가 팰리스 사이드로 두각을 나타내기 이전에 지배인으로 근무해 온 도토 호텔의 당시 사장이 바로 마에카와였다. 그는 무슨 일인지 서로 맞지 않는다는 구실을 붙여 구주를 그 당시 업계에서 이름도 알려지지 않은 팰리스 사이드 호텔로 추방하였다.

구주는 그 원한이 뼈에 사무쳐 있었다. 팰리스 사이드 호텔의 무모한 확장 정책도 마에카와가 있는 도토 호텔을 짓눌러 버리겠다는 속셈에서였다. 이리하여 드디어 팰리스 사이드 호텔을 업계 제일의 규모로 키워 온 것이다. 그런데 이 같은 구주의 계획도 한때일 뿐, 이젠 그 주도권을 한이 맺힌 마에카와에게 빼앗기고 만 것이다.

구주는 분통이 터져 이를 갈았다. 그러나 아무리 분해도 팰리스 사이드 호텔은 이제 발전에 한계가 왔고, 설비 확장의 여지가 있다 하더라도 그에 따르는 방대한 자금 계획이 하루아침에 이루어질 수는 없었다. 구주는 마에카와를 짓누를 수 없는 상태가 아니라, 자신이 짓눌린 상황에 어쩔 줄 몰라 했다.

도쿄 로열 호텔, 새로 준공된 이 거대한 호텔은, 위치도 마침 황궁을 사이에 두고 다케바시의 팰리스 사이드 호텔과 마주 해서 마치 구주의 분통을 비웃기나 하려는 듯 우뚝 솟아 있었다.

많은 단체 손님을 빼앗긴 것은 물론, 지금까지 팰리스 사이드 호텔의 돈줄이었던 옥상의 회전 전망대와 블루 스카이 살롱은, 도쿄 로열이 옥상에 만든 그라운드 스카이 살롱에 압도되어, 토요일이나 휴일 밤에도 파리를 날리는 지경이 되고 말았다.

도쿄의 절대적 호텔 부족 덕분에 객실마다 투숙객을 채우는 데는 별다른 영향이 없었지만, 고급 손님의 감소와 연회 부문의 열세를 만회할 길이 없었으니, 구주의 패배감은 점점 깊어만 갔다. 그런데 굴욕과 분노에 치를 떨고 있는 구주의 머리에 이 열세를 만회할 수 있는 기막힌 묘안이 떠올랐다. 이것이 CIC와의 업무 제휴였던 것이다.

CIC는 세계 최대의 항공 회사 WWA(월드 와일드 에어라인즈)의 산하에 있는데다, 미국 안에선 물론 세계 각국에 호텔 연락망을 가진 세계적 호텔업체이다.

국제 항공 여객의 증가와 여객기의 대형화는 필연적으로 항공업자와 호텔업자를 제휴하게 했다. 여객을 태워 나를 줄만 알고 호텔을 알선해 주지 않는 항공업체는 고객이 멀리 하는 운명에 처해 있었다. 더욱이 점보제트나 SST 같은 초음속 대형 여객기가 취항하게 될 경우, 항공 회사로서는 자기 회사 승객을 위한 호텔 확보가 치열한 항공 회사끼리의 경쟁에서 이기기 위한 절대적 조건이었다.

요컨대 호텔 숙박과 연결되지 않으면 항공표는 팔리지 않게 되는데 각 항공 회사가 비행기 안에서의 서비스 경쟁보다 호텔 확보에 더 혈안이 된 것은 이 때문이다.

한편 호텔업자로서도 국제 항공업체와 제휴한다는 것은, 그 거대하고 광범한 노선망으로부터 정기적인 승객을 숙박 손님으로 확보할 수 있다는 절대적 이점이 있는 것이다.

WWA와 CIC가 제휴하게 된 것도, 그리고 도쿄 로열의 경영에 전 일본항공이 얽히게 된 것도 다 그런 이유 때문이었다.

그런데 그 CIC에 구주는 업무 제휴 관계를 제의했다. 이 제안은 올림픽 대회 이후 증가한 외국 관광객과 오사카 세계박람회를 계기로 매력적인 시장성에 평소부터 일본 진출을 노려 오던 CIC 측에겐 굴러온 호박이었다. 업무 제휴라는 것은, 팰리스 사이드 호텔 측이 CIC 측에 경영을 위탁한다는 형식으로서, CIC의 이름을 빌린, 이른바 이익금 비율에 따른 배당 방식의 계약인데, 이것은 CIC가 해외 진출 작전에서 흔히 쓰는 유력한 무기였다.

총매상고의 상당한 비율을 CIC가 가져가게 되는 형식이어서, 현재 제휴 없이도 충분히 벌이를 하고 있는 팰리스 사이드 호텔로서는 그리 달갑지는 않았지만, 도쿄 로열이나 각 노선에서 WWA와 격돌하고 있는 전 일본항공에 적지 않은 타격을 줄 것만은 틀림없었다.

물론 구주를 제외한 팰리스 사이드 호텔의 모든 간부는 CIC와의 제휴를 마음속으로 반대하고 있었다. 기업이란 그 같은 사사로운 감정이나 원한에 의해 경영되어서는 안 된다는 것이 그들의 반대 이유였다. 그러나 막무가내인 구주에게 직접 말할 수 있는 사람은 없었다. 사실상 CIC와의 제휴에 의한 이점이 크고, 또 간부들에겐 그것을 막을 만한 구체적인 이유가 없었다. 그리고 반대하는 동기가 실상은 CIC의 개입으로 자신들의 자리가 위태롭지나 않을까 하는 자기 보호 본능에 근거해 있어서 모든 간부들은 침묵한 것이다.

그러나 이제 두 회사 사이에 일이 많은 진척을 보여, 기본 업무 분담에 관한 협의와 이익금 분배 비율 결정 문제만 남았다.

오늘의 절충 상황으로 보아, 최대의 쟁점이라 할 이익금 분배 비율 문제도 그다지 속 썩이지 않고 넘어갈 듯했다.

구주의 기분이 매우 좋은 것은, 순조롭게 진행된 회담을 회상하고, 그 결과로 마에카와에게 가해질 통렬한 반격을 생각했기 때문이다.

"그럼 사장님, 전 그만 나가 보겠습니다."

속기록을 챙겨 든 아리사카 후유코가 일어섰다.

"응, 오늘은 오랜만에 어머님 곁에 가 봐요. 얼마 안 있어 시집 갈 텐데 며칠째 붙들어 뒀으니 미안하군. 내일 하루 휴가를 줄 테니 잘 쉬고 와요."

구주는 마치 손녀를 대하는 듯 부드러운 눈길로 바라보았다. 그의 이런 표정엔 낙천가와 같은 온화함이 넘쳐, 거대한 호텔을 짊어지고 나날이 심해지는 업계의 경쟁 속에서 끝없이 권모술수를 휘두르는 비정한 경영자로는 도저히 보이지 않았다.

구주는 팰리스 사이드 호텔 3401호실을 거실로 사용하고 있었다. 앞의 두 자리 수가 층을 표시하므로, 객실 부문의 최고층인 34층 1호실이다. 침실과 플로어 로비가 딸린 사무실 겸용 거실이다.

사장 전속 비서인 아리사카 후유코는, 그 옆에 소파가 딸린 3402호실을 사용하고 있었다. 업무 관계로 구주 사장의 격무를 돕기 위해 이곳에서 밤을 새우는 일이 잦았기 때문이다. 후유코의 집안에서도 사장의 간곡한 요청으로 양해하고 있었다.

　아리사카 후유코는 원래 프런트의 안내 일을 보다가, 구주의 눈에 들어 사장 비서로 발탁되었다. 타고난 민첩한 두뇌, 말솜씨도 있는 알맞은 보좌로, 요즘엔 사원들로부터 사장의 그림자라고 불릴 만큼 구주의 전폭적인 신뢰를 받고 있었다. 중역들조차 모두 그녀를 한 겹 접어두고 있을 정도였다.

　그리고 그녀는 엘리트 비서들에게 흔히 있는 '교만과 교활함'이 조금도 없고, 밝은 눈동자에 차분하고 부드러운 미소를 띠고 누구에게나 온화하게 대해 사원들의 인기를 한몸에 받고 있었다.

　팰리스 사이드 호텔의 미혼 남성 사원들은 대부분 아리사카 후유코를 뜨겁게 짝사랑하고 있다고 해도 지나치지는 않으리라. 아니, 팰리스 사이드 호텔에서만이 아니라, 원래 인적 교류가 많은 호텔업계이고 보니, 동업자들 가운데도 적지않이 '후유코 팬'들이 있었다. 구주는 이런 아리사카 후유코가 자랑스러웠는지, 모든 공적인 회합 때마다, 때로는 사적인 일에도 그녀를 데리고 다녔다. 이리하여 한층 후유코의 존재는 업계에서 유명해졌다.

　후유코가 교외에 떨어진 자택으로 좀처럼 돌아가지 못하는 것은, 비서라는 직무 때문이기도 했지만, 구주가 그녀를 잠시도 놓아 주고 싶어하지 않기 때문이다.

　후유코가 없으면 당장 업무에 미치는 영향도 크지만, 어쨌든 가까이에 후유코가 있다는 것만으로도 구주는 즐거웠다. 벌써 77세를 바라보는 나이이므로 성적인 야심은 없었다. 그러나 남성의 본성은 언제나 아름다운 젊은 여성을 가까이에 두고 싶어하는 것이다.

　그가 후유코에게 눈을 두게 된 것은 그 명석한 두뇌에 끌려서가 아니라, 온화하고 부드러운 얼굴과 날씬한 몸매 때문인지도 몰랐다.

"열쇠는 이곳에 둡니다. 늘 드시는 수면제는 나이트 테이블 위에 있습니다."

아리사카 후유코는 플로어 로비 구석에 놓인 흑단으로 만든 티 테이블 중앙에 3401호실 열쇠를 놓았다. 호텔 이름이 새겨진 하얀 열쇠 표찰이 테이블의 검은색에 선명하게 비쳤다.

문 쪽을 향해 걸음을 옮기려던 후유코는 문득 생각난 듯 멈춰섰다.

"사장님."

후유코는 구주의 얼굴을 사랑스런 모습으로 바라보았다.

"왜 그러지?" 구주는 사원들을 야단치고 격려하는 목소리와는 전혀 다른 부드러운 소리로 물었다.

"저…… 공기가 건조해서인지 목이 말라 못 견디겠어요. 정말 송구스럽습니다만, 여기서 찬 음료수를 룸서비스에 주문해도 좋겠습니까?"

아리사카 후유코는 그 속삭이는 듯한 간청조차도 매우 거북스러운 듯, 한 마디 한 마디 조심스럽게 말했다.

"원참, 그런 일을 가지고…… 후유코가 필요한 것이 있다면 일일이 묻지 말고 그때 그때 가져오게 해요. 전부터 내가 말했잖아, 그런 건……."

그녀의 지나친 체면이 마음에 들었지만, 구주는 짐짓 성난 듯 대답했다.

"하지만 저도 이 호텔의 종업원이잖아요. 그런 버릇없는 짓을 어떻게 해요."

후유코는 조심스럽게 말하고, 구내전화로 룸서비스를 불렀다.

잠시 후 노크 소리가 나고, 메이드가 주스를 날라 왔다. 아리사카 후유코는 문을 열어 주면서 말했다.

"수고를 끼쳐 정말 미안해요. 저 테이블 위에 놔 주겠어요?"

"열쇠가 놓인 테이블 말씀이죠?"

메이드는 후유코가 가리킨 쪽을 보며 말했다.

메이드가 꾸뻑 절을 하고 방에서 나가려고 하자 후유코는 메이드에게 말했다.

"컵을 가지러 오기 귀찮을 테니, 지금 마시겠어요. 잠깐 기다려 줘요."

후유코는 메이드를 세워놓고 곧 테이블 곁 의자에 걸터앉아 꽤 맛있는 듯 주스를 쭉 들이켰다.

그녀는 3분의 2쯤 마시고 나자 갈증을 면한 듯 말했다.

"정말 잘 먹었어요."

구주와 메이드 어느 쪽에게도 아닌 감사를 표한 후 후유코는 다시 일어섰다.

그리고 아무 생각도 없이 손목시계를 들여다보았다.

"음, 서 있군. 미안해요, 요시노 씨. 지금 몇 시죠?"

"7시 50분입니다."

요시노라고 불린 메이드는 자기 시계를 들여다보고 대답했다.

"네, 고마워요."

아리사카 후유코는 메이드에게 감사를 표하고 나서 구주에게 말했다.

"사장님, 그럼 편히 쉬십시오."

그녀는 적잖이 쓸쓸한 눈으로 자신을 바라보고 있는 구주에게 머리를 숙였다.

아내가 오래전에 죽고 몇 명의 아들딸도 각각 독립해 나가 버려, 어떤 도움을 청할 때 이외엔 아무도 찾아오지 않는 구주에겐 후유코가 유일한 반려 같은 느낌도 들 것이다.

지금부터 지상 최고의 호화스러움에 둘러싸여 잠자게 될 대경영자도 후유코가 떠난 후에는 늙고 의지할 데 없는, 고독을 짓씹는 한 사람의 노인이 되고 마는 것이다.

메이드와 함께 방에서 나올 때 구주의 등 뒤 커다란 창에는 햇살이 엷어지고, 푸른 물 같은 여름날 석양과 겨우 막 소생한 듯한 대도시의 찬란한 오색 불빛이 구슬이 부서진 듯 펼쳐져 있었다. 후유코는 노인의 곁을 떠나 이 찬란한 구슬 빛 속으로 들어가기 위해 문을 닫았다. 그 화려하고도 넓은 곳 어디쯤에 한 남자가 그녀를 기다리고 있을 것이 분명했다. 후유코는 노인이 미련이 남는 듯한 눈으로 자신을 보내고 있음을 알기 때문에 의식적으로 문을 힘껏 닫았다. 문의 자동 잠금 장치의 소리가 노인과 후유코의 사이를 비정하게 차단했다.

네 개의 열쇠

룸 키

7월 22일 오전 7시 조금 지나 팰리스 사이드 호텔 34층의 룸 메이드 주임 요시노 후미코는 야근 후 아침이 되자마자 3401호실로 커피를 날랐다.

이것은 34층의 당직 메이드 주임에게 주어진 아침 업무 중 가장 중요한 임무였다. 이 '아침 행사'가 조금이라도 잘못되면 구주는 하루 종일 기분이 안 좋았다. 그러기에 주임에게는 간단한 서비스이면서도 가장 긴장되고 조심스러운 일이었다. 이 일을 무사히 마치고 나야 비로소 길고 괴로웠던 야근에서 해방될 수 있는 것이다.

금박이 찬란한 3401호실의 장중한 문 앞에서 요시노 후미코는 두세 번 심호흡을 한 후 긴장을 누르며 초인종 버튼을 가볍게 눌렀다. 실내에 딩동 하는 우아한 소리가 울려 퍼졌지만, 움직이는 기미는 없었다. 이른 아침 귀빈실들만 모여 있는 최고 층에는 깊은 바다 속 같은 정적이 흘렀다.

후미코는 고개를 약간 갸웃했다. 보통 때라면 초인종 소리를 기다리기나 한 것처럼 잠이 모자라는 듯하면서도 상쾌한 표정으로 구주가 문을 열었을 것이다.

후미코는 다시 한 번, 이번에는 조금 힘을 주어 버튼을 눌렀다. 잠시 귀를 기울여 봤지만, 실내에선 전혀 인기척이 안 났다.

'어찌 된 일일까?'

후미코는 잠시 넋을 잃은 표정이 됐다. 전날 회의나 연회 때문에 피곤해서 늦잠을 자는 것일까? 그런 일이 지금껏 없었기에 이럴 때 어떻게 해야 할지 판단이 서지 않았다. 상사에게 보고하려 해도 너무 이른 아침이어서 아직 아무도 나와 있지 않았다. 지금 시간에는 후미코가 34층의 최고 책임자였다.

'이대로 구주 사장이 일어날 때까지 기다릴까? 아니면 패스키(메이드 주임이 갖고 있는, 담당한 층의 방들을 다 열 수 있는 열쇠)로 문을 열고 실내에 모닝커피를 갖다 놓을까?'

이런 생각에 잠겨 있는 사이에 벌써 10분이 지나고 말았다. 후미코는 세 번 네 번 버튼을 눌렀다. 하지만 여전히 기척이 없었다. 더 이상 우물쭈물하고 있을 수가 없었다. 커피가 든 보온병의 효과도 점점 떨어질 무렵이다. 후미코는 모닝커피가 늦었을 때 구주의 언짢아 하던 얼굴이 떠올랐다. 아침 시간에 약간의 부주의로 전 사원을 하루 종일 쩔쩔매게 해서는 안 된다.

후미코는 스스로의 책임이라는 판단을 내렸다. 요컨대 커피와 신문을 갖다 놓아야 한다. 상대가 깊이 잠든 사이 방에 들어가 놔두었다고 해서 야단맞을 리야 없겠지. 이쪽은 정해진 시간대로 갖다 놓았는데, 사장은 자고 있었으니까.

후미코는 패스키를 사용하여 조심조심 실내에 들어갔다. 들어간 곳은 플로어 로비로, 침실은 왼쪽에 벽을 막아 구분돼 있다. 두 방 사이는 내실 문으로 구획되어 있다. 말하자면 붙은 방이다. 플로어 로비 입구에서 들어가 왼쪽 구석에 놓인, 흑단으로 만든 티테이블 위에 커피와 신문을 놓고 방에서 나오려던 후미코는 문득 어떤 한 가지 생각이 떠올라 걸음을 멈췄다. 구주 사장이 초인종 소리를 싫어해, 이 방만은 특별히 그 장치를 침실 부분에서 떼어 버린 적이 있었던 것이다.

후미코는 내실 문이 닫혀 있어서 자기가 누른 초인종 소리가 침실에 잠들어 있는 구주 사장의 귀에 들리지 않았을지도 모른다고 생각했다.

만약 그렇다면 플로어 로비에 갖다 둔 것만으로 후미코의 책임을 다했다고 할 수는 없었다. 버튼을 눌러도 일어나지 않은 것과 그 신호가 전혀 전달되지 않은 것과는 커다란 차이가 있다. 더욱이 노련한 메이드 주임인 후미코는 신호 장치가 구주의 침실에까지 미치지 않은 것을 알고 있다. 적어도 당연히 알고 있는 것으로 알려져 있다.

후미코는 사이를 막은 내실 문으로 다가가 똑똑 몇 차례 문을 두드렸다. 역시 기척이 없었다.

이번에는 단 한 개의 문만 사이에 있으므로 사람의 움직이는 기색이 없다는 것이 분명해졌다. 정상일 경우 어느 정도의 노크를 하면 손님이 일어나는가도 후미코는 업무적으로 이미 잘 알고 있었다. 무척 조심스럽긴 하지만, 그녀의 노크는 이미 그 정도를 넘어서고 있었다. 여느때와는 달리 이상한 기분이 압박해 왔다.

후미코의 얼굴엔 두려움에 가까운 기색이 떠올랐다.

생각해보면, 그처럼 벨 소리가 전혀 들리지 않았다는 것이 이상하다. 아무리 전날 피로가 남아 있다 하더라도 새벽잠이 없는 노인으로선 이미 일어나 있어야 할 아침 시간이 지났는데 전혀 반응

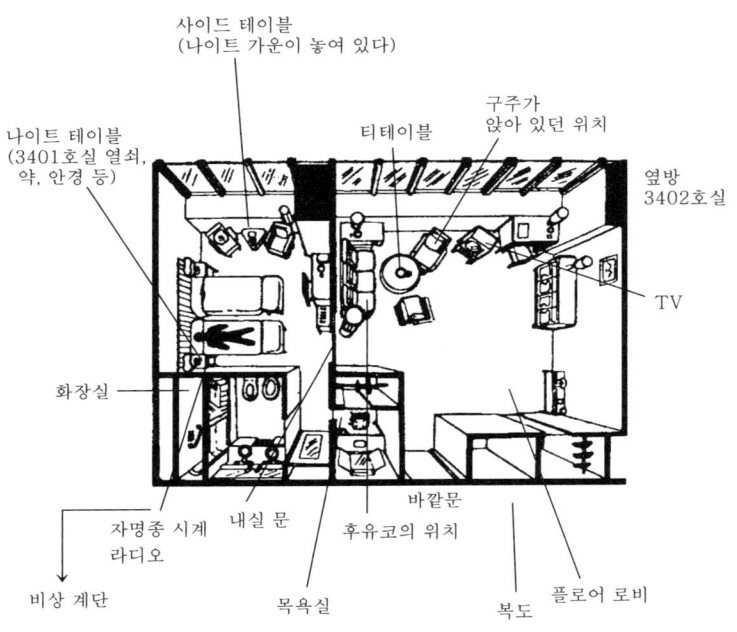

3401호실 평면도

을 보이지 않는다는 것도 이상하다. 그 정도로 노인의 잠이 깊다고 한다면, 그 잠은 비정상 상태라고 생각해도 좋으리라.

후미코는 사장에 대한 긴장이 또 다른 긴장으로 이어져, 내실 문 자물쇠 구멍에 열쇠를 꽂았다. 조용히 밀어붙인 내실 문 저쪽 구석, 잘 닫혀지지 않은 듯한 창문의 커튼 사이로 비쳐 든 윤택한 아침 햇살이 예민한 명암의 대조를 이루고 있었다. 그리고 그 밝은 부분에 침대에 반듯이 누운 구주의 가슴 부분이 있었다.

그의 표정은 그림자 때문에 잘 보이지 않았지만 이불깃 밖으로 머리만 내놓고 쓸쓸히 누워 있는 그 모습은, 과연 노인의 잠자는 자세답게 조용하기만 했다. 하지만 그 평온을 근본으로부터 뒤엎는 것이 후미코의 눈에 띄었다.

밝은 빛 속에서 구주의 가슴께가 섬뜩한 색채로 물들어 있었던 것이다. 구주의 몸을 덮고 있는 하얀 이불깃이 토마토케첩처럼 시뻘건 점액으로 물들여져 있는 것이 강한 아침 햇빛을 받아, 아무 장해 없이 후미코의 망막에 부딪혀 왔던 것이다.

"어, 어……."

아무런 의미도 없는 신음 소리를 내며 후미코는 그 자리에서 굳어버렸다. 움직이려 해도 몸이 마비된 듯 듣지 않았다. 눈을 돌리려 했지만, 시선이 참혹한 광경에 붙박혔다.

경찰국 수사 1과 무라카와 반(班)의 젊은 형사 히라가 다카아키는 출근하자마자 과 전체를 감싸는 무거운 분위기에 간밤에 부족했던 잠이 달아났다.

"사건이군!"

"히라가, 조금 전에 자네 연락처를 찾았지. 팰리스 사이드 호텔에서 살인 사건이 일어났어. 사건 당번반 사람들에게 연락해서 각자 집에서 현장으로 직행하게 했어. 자네도 어서 가 보게."

예민한 사냥개처럼 다부진 히라가에게 숙직인 가미야마 경감의 거친 목소리는 기관총처럼 긴장되었다.

'사건 당번'이란 수사 1과 중 살인, 상해, 그 밖의 생명이나 신체에 관한 범죄를 수사하는 제1, 제2 강력범 수사계 가운데 교대로 근무하는 9개 정도의 반으로서, 사건 당번 중에 발생한 범죄는 그 반이 주체가 되어 수사를 한다.

사건 당번인 반원들은 언제 발생할지 모를 범죄에 대비하여 근무 시간 이외에도 자기 소재를 분명히 밝혀 두지 않으면 안 된다.

이번 주에는 무라카와 반이 사건 당번이었다.

"팰리스 사이드 호텔?"

히라가는 놀랍다는 듯 눈이 둥그레졌다.

"어쨌든 곧장 가 보게. 현장 감식반에도 출동을 요청해 뒀어."

가미야마 경감은 그것을 단순한 '형사적인 반응' 정도로 짐작한 듯, 모든 질문을 막아 버리며 다그쳤다. 그것은, 경찰관에겐 현장이 그 어떤 설명보다도 중요하기 때문이다. 히라가도 더 이상 물을 필요가 없었다.

팰리스 사이드 호텔 3401호실에는 경찰 관계 사람들로 넘쳐나고 있었다. 초동수사반이나 현장 감식반이 각각 직분에 따라 현장 관찰과 증거보전을 하고 있었다.

현장은 수사 자료의 보고라고 하듯, 그 자료의 가치는 시간적으로 사건 발생 시각과 가까울수록 좋다. 현장에 일 분 일 초라도 빨리 도착하는 것이 범인을 쫓는 가장 빠른 지름길이다. 동시에 현장의 원형이 관찰의 진행과 더불어 변형되는 일, 때로는 없어지는 일도 미리 방지할 수 있다. 현장 수사관에게 민첩함과 함께 신중함이 요구되는 까닭이 여기에 있다.

히라가가 현장에 달려왔을 땐 반 동료들의 얼굴도 보였다. 모두들 자기 집에서 바로 달려온 듯했다. 신문 기자들은 아직 냄새를 맡지 못한 것 같았다.

"여, 수고하십니다."

이미 와 있던 히라가의 직속 상사인 우치다 형사부장이 멧돼지 같은 억센 목을 흔들며 다가왔다. 젊은 층으로부터 '만년 형사'라고 놀림을 받는 고참 형사인데, 이상하게도 히라가와는 뜻이 맞아, 히라가가 수사 1과에 배속된 후 여러모로 도움을 받고 있었다. 범인의 꽁무니만을 쫓다 보니 나이만 먹고 말았다는 말이 딱

맞는 전형적인 형사다. 그만큼 육감이 예민하다.

"여보게, 대단한 거물이 당했어. 피해자는 이 호텔 사장이야."

히라가도 구주의 이름을 알고 있었다. 주간지에서 사진을 본 일도 있었다. 방의 구조나 꾸밈새로 봐서 피해자가 제법 큰 인물일 거라고 짐작은 했지만, 이 같은 거물일 줄은 몰랐다.

"우선 시체를 봐 두게."

우치다는 히라가를 플로어 로비의 안쪽인 침실로 인도했다. 이런 형태의 방이 사무실 겸 거실이라는 것은 히라가도 들어서 알고 있었다.

침실 자체는 표준형인 2인용 방과 같았지만, 비품이나 꾸밈새가 모두 초호화판이었다.

내실 문 왼쪽 침대 위에 구주 마사노스케는 벌레처럼 찔려 죽어 있었다. 깊이 잠들어 있을 때 얇은 이불 위로 예리한 칼을 푹 꽂은 듯, 안쪽에서 배어 나온 피가 이불을 물들이고 있었다.

우치다는 물건을 싼 포장지를 걷어치우듯 아무렇게나 이불을 젖혔다.

"심장을 정통으로 찔렸어. 찔린 상처 구멍이 2센티미터 이상이야. 아마 즉사했겠지. 심장 벽이 직각으로 찔려서 출혈이 많아. 대부분 침대에 스며들어 적게 보이지만 상당히 많은 피를 흘렸어. 즉사하지 않았다 해도 출혈로 죽었을 거야. 참 엄청난 일이야."

이때 비로소 우치다 형사의 무표정이 움직였다. 만약 의도적으로 이불 위에서 찔렀다면 범인은 상당히 교묘한 계산을 한 셈이 된다. 심장을 직접 찔렀다면 범인은 피해자로부터 튀어 나온 핏방울을 거의 피할 수 없었을 테니까.

하지만 이 같은 상태에서 찌른다면, 상처 부위에서 튀어 나오는 핏줄기를 모두 이불이 차단해준다. 더욱이 이불을 덮은 채로라면 피해자가 눈을 뜰 염려도 없다. 예리한 칼날을 위에서 아래로 힘껏 찌르는 강력한 공격력에는 얇은 이불 한두 장쯤 아무 장해도 안 됐으리라.

우치다의 표정이 움직인 것은 범인의 계산을 생각했기 때문인지도 모른다.

피해자는 침대 중앙에 두 다리를 자연스럽게 뻗은 채 반듯이 누워 있었다. 고민할 틈도 없이 목숨을 잃었는지, 처참한 시체에 어울리지 않게 표정이 비교적 평온했다. 맨몸에 호텔 이름이 새겨진 타월 잠옷을 입고 있었는데, 별로 흐트러지지 않았다. 오른쪽 손은 엉덩이 밑으로 가볍게 굽히고, 왼쪽 손은 편 채 몸에서 약간 멀리 뻗치고 있었다. 양손에 쥔 것은 없었다.

가슴께의 출혈만 없다면 평온히 자는 모습이라고 할 수 있었다. 상처 부위는 몸의 약간 왼쪽 제4늑골 근처에 거의 직각으로 나 있었다. 이것은 흉기가 늑골의 방해를 안 받고 심장 깊은 곳까지 정확히 닿게 하기 위해서였으리라. 찌른 곳은 그 한 군데뿐이었다. 여기서도 일격에 상대를 쓰러뜨리려는 범인의 정확한 겨눔과 자신만만함을 엿볼 수 있었다.

시뻘건 피는 침대에 거의 흡수되어 버려, 마룻바닥의 카펫에 흘러 떨어진 흔적은 없었다. 그 색깔과 엉겨 붙은 상태로 보아, 범행한 지 몇 시간밖에 지나지 않은 것으로 보였다.

침대는 머리 쪽이 이웃 방과의 벽에 붙어있고, 피해자가 반듯이 누운 자세에서 왼쪽 침대와의 사이엔 한 사람이 겨우 들어갈 정도로 틈이 나 있었다. 방 안은 전혀 흐트러져 있지 않았다. 플로어 로비에서 들어가면 오른쪽 침대의 왼쪽에 사이드 테이블과 소파 두 개가 놓여 있고, 플로어 로비와 경계한 벽에 큰 책상과 의자,

그 곁에 물건 놓는 탁자가 반듯이 배치되어 있었다. 쓰레기통이나 재떨이에 이르기까지 각각 제자리에 그대로 있어, 움직여진 것 같지 않았다. 쓰레기통은 비었고, 재떨이도 메이드가 청소한 그대로 깨끗했다.

머리맡에 있는 나이트 테이블 위엔 전화와 함께 3401호실의 열쇠와 피해자의 것으로 보이는 손목시계, 안경, 그리고 늘 복용하는 듯한 약이 든 약병이 있는데, 그 속은 약 4분의 1쯤 비어 있었다. 이 작은 물건들에서 약간 떨어진 탁자의 오른쪽에 컵이 있고, 컵 밑바닥엔 마시다 남은 물이 1센티미터 정도 남아 있었다.

"피해자는 오른손잡이였을까?"

우치다 형사가 말했다.

"어째서 그렇습니까?"

히라가가 물었다.

"반듯이 드러누웠을 때 나이트 테이블이 오른쪽에 오도록 된 침대에서 잤기 때문이야."

엎드려 자는 버릇이 없다면, 오른손잡이에겐 나이트 테이블이 반듯이 누웠을 때 오른쪽 베개 곁, 피해자가 드러누운 침대 쪽에 있는 편이 훨씬 편리했을지도 모른다. 그러나 그것만으로 오른손잡이라고 단정하기엔 빠르다는 느낌이 들었다. 아무튼 곧 알게 될 것이다.

나이트 테이블 밑에는 라디오와 자명종 시계가 붙어 있었다. 시계는 오전 8시 45분을 가리키고 있었다. 오전 7시에 시계가 '따르릉' 하도록 되어 있는 것으로 보아, 그 시간에 이미 다시는 깨어나지 못하게 된 방주인을 위해 시계는 애꿎게도 요란한 종소리를 냈으리라.

자명종 시계와 손목시계의 시간은 완전히 일치되어 있었다. 두 개의 시계는 주인이 죽는 시간에도 충실히 움직이고 있었던 것이다.

히라가의 눈이 약병에 쏠렸다.

"수면제를 먹고 있었군."

그는 병에 붙은 이소미탈이란 표시를 읽으며 중얼거렸다. 4분의 1쯤 없어진 내용물을 수면 전에 한 번에 마셨는지, 이전부터 몇 번에 나뉘어 마셨는지는 알 수 없었다.

어느 경우든지, 죽은 사람의 머리맡에 수면제가 있다는 사실은 죽은 원인을 규명하는 데에 어떤 가능성을 제기하는 것이었다.

침대 옆에 있는 사이드 테이블에는 세탁소에서 금방 가져온 것으로 보이는 깨끗하게 다려진 나이트가운이 놓여 있었다. 어젯밤 가져온 후 사용해 보기도 전에 나이트가운 주인이 사고를 당한 것이다.

"사망 시간을 알 수 있습니까?"

"해부해 보기 전엔 확실히 말할 수 없지만, 시체의 사후 경직으로 보아 어젯밤, 아니 오늘 새벽 1시부터 2시 사이가 아닌가 해."

"새벽 1시부터 2시 사이라고요?"

히라가는 자기도 모르게 큰 소리가 나오는 것을 곧 의식적으로 억제하며 "흉기는?" 하고 물었다.

"초동수사반원들이 이리저리 찾아봤지만 아직 발견되지 않았어. 범인이 가지고 달아났는지도 몰라. 이것도 해부해 보지 않고선 확실히 알 수 없지만, 상처 부위의 크기로 봐서 흉기는 폭 2센티미터 정도의 끝이 날카로운 얇고 길쭉한 칼인 것 같아."

우치다 형사의 말은 히라가의 가슴속에 있는, 자살이 아닐까 하는 의문을 부스러뜨리고 말았다.

나이트 테이블 위에 있는 방 열쇠와 수면제는 사인을 자살로 기울게 하는 유력한 자료였지만, 흉기의 소재가 분명치 않으면 타살일 가능성이 크다.

수면제를 마신 후에 스스로 자신의 몸에 상처를 입히는 일은, 소심한 자살자가 죽음의 공포나 고통을 덜기 위해 흔히 저지르는 방법인데, 시체 곁에서 흉기가 발견되지 않는다면 지금 상태로서는 범인이 가져간 것으로 생각할 수밖에 없다.

"범인은 어떻게 들어왔을까요?"

히라가는 나이트 테이블 위의 열쇠를 곁눈으로 노려보며 물었다.

"똑같은 열쇠로 들어온 것 같아. 호텔 방은 똑같은 열쇠가 상당히 많은 모양이야."

우치다는 뜻밖이라는 듯 말했다.

"그렇다면 범인은 내부사람?"

"그렇다고 단정하는 것은 아니지만."

우치다는 일단 부정했지만, 그 표정으로 보아 다분히 범인이 내부 사람이라고 생각하는 것 같았다. 내부 사람이 아니라면 잠겨 있는 밀실에 들어갈 수 없기 때문이다.

이러는 사이에, 무라카와 반의 형사가 모두 모였다. 초동수사반과 감식 보전을 하고 있던 현장을 중심으로, 드디어 본격적인 수사가 시작되었다.

히라가는 반장 무라카와 경감, 우치다 형사부장과 함께 우선 사건 발견자인 요시노 후미코를 만났다. 초동수사반으로부터 받은 사건의 개요를 바탕으로 하여, 관계자들의 사정을 철저히 청취함으로써 사실을 명확히 해 가려는 것이었다.

플로어 패스키

호텔 측의 호의에 의해서라기보다는 형사들이 너무 우글대는 것이 싫어서 그들에게 주어진 한쪽 구석의 조그마한 방 안으로 긴장된 표정의 후미코가 들어왔다. 30세에 가까운 노련한 메이드 주임이지만, 겨우 한두 시간 전 자신의 눈으로 본 참극의 쇼크로부터 아직 정신을 못 차린 듯 안절부절못하는 것 같았다.

"호텔 일에는 재미있는 점도 있겠죠?"

노련한 우치다 형사가 세상살이 이야기를 하는 듯한 투로 말하기 시작했다.

"일류 손님들과 매일 만나는 깨끗한 일을 하고, 맛있는 음식만 먹겠군요?"

"천만에요."

우치다 형사의 짓궂은 말에 요시노 후미코는 날카롭게 대꾸했다.

"일류 손님들을 매일 만날 수 있는 것은 사실이지만, 손님을 접대하는 일이 결코 보기처럼 깨끗한 일은 아녜요. 손님들에게 최고의 만족을 드리는 것이 우리 임무이기 때문에, 그것은 몸과 마음을 깎아내는 일이에요. 그리고 맛있는 음식은 손님들만의 것이에요."

"정말 그럴까요? 우리에겐 이렇게 화려하고 깨끗한 장사도 없는 것처럼 보이는데요. 하기야 남의 짐은 가볍게 보인다고들 하니까……."

우치다 형사는 과연 그렇겠다는 듯 머리를 끄덕여 보였는데, 요시노 후미코는 어느덧 그의 수단에 교묘히 말려들고 있다는 사실을 눈치 채지 못하고 있었다.

"그런데 오늘 아침엔 큰 변을 당했다죠? 당신도 매우 놀랐겠죠?"

"네, 그래요. 전 아직 아침밥도 안 먹었는데, 너무 놀라 전혀 밥 생각이 안 나요."

"그 일로 조금 물어보겠는데…… 당신이 사장실 앞에 왔을 때 분명히 문이 잠겨 있던가요?"

우치다는 슬그머니 핵심으로 들어갔다.

"그것은 절대로 확실합니다. 문은 완전히 닫혀 있었어요. 만약 열린 채로 있었으면 '룸패트롤' 때 발견되어 반드시 보고가 들어오지요."

"'룸패트롤'이란 뭡니까?"

우치다 형사는 생소한 영어가 튀어나와 어리둥절했다. 요즘 호텔에선 영어가 많이 쓰여 노형사들은 애를 먹었다.

"손님 가운데는 술에 취해 돌아와 문을 잘 닫지 않은 채 잠드는 분이 있어요. 호텔은 뭐니 뭐니 해도 손님들의 안전이 제일이기 때문에 경비하는 분들이 3시간에 한 번 정도 호텔 전체를 순찰하는데, 이때 문이 열린 방이 있으면 완전히 잠근 후 각 층의 책임자에게 보고하게 되어 있어요. 그런데 어젯밤부터 오늘 아침까지 34층에선 그러한 보고가 한 건도 없었어요."

"그래요? 호텔에서 신경을 많이 써 주는군요. 그렇다면 요금이 비싼 편은 아니군. 그런데 그 순찰 시간은 정해져 있나요?"

"네, 10시, 1시, 4시 세 번 하고 있어요."

세 수사관은 감식반이 응급 추정한 오전 1시부터 2시쯤이라는 피해자의 사망 시간을 떠올렸다.

만약 우연히 아니라면, 순찰 시간 사이를 교묘히 이용한 범인은 분명히 내부 사정에 밝은 사람인 것 같았다.

형사들의 짧은 침묵이 주는 압력에 견디기 힘들었는지 요시노 후미코는 자진해서 말을 계속했다.

"알고 계실 줄 압니다만, 우리 호텔 자물쇠는 완전 자동식으로 되어 있어 문을 닫기만 하면 저절로 잠기게 되지요. 그래서 습관이 안 된 손님들은 열쇠를 안 가지고 방 밖으로 나왔다가 문이 잠겨 쩔쩔 매는 일도 있어요."

"완전 자동식이라……, 그것 참 편리하겠는데. 그러나 불편할 것도 같군."

"일단 잠겨 버린 문은 밖에서는 열 수 없지만, 안에서는 손잡이를 돌리기만 하면 열리니까, 습관만 되면 참 편리하지요."

"그렇겠군. 3401호실에는 침실과 플로어 로비 사이에 내실 문이 있는데, 그것도 자동으로 되어 있나요?"

"아네요. 그 문은 자동으로 하면 도리어 불편해서 반자동으로 되어 있어요."

"반자동이라뇨?"

우치다는 다그쳐 물었다.

"문 손잡이에 버튼이 달렸는데요, 그것을 누르고 닫으면 자동식 문과 같은 상태가 되지요."

"음, 그러니까 버튼을 누르고 닫으면 침실 쪽에선 열 수 있지만, 플로어 로비 쪽에선 열쇠가 없으면 열 수 없다는 말이군요?"

"그렇지요."

"그 내실 문은 분명히 닫혀 있었습니까?"

"네, 우리가 갖고 있는 플로어 패스키로 열고 들어갔으니까요."

"바깥문, 그러니까 플로어 로비로 들어가는 문과 내실 문도 그 열쇠로 열 수 있습니까?"

"네, 하지만……."

"하지만?"
우치다의 눈이 빛났다.
"내실 문도 같은 열쇠로 열게 되어 있지만 열쇠를 약간 특별하게 돌리지 않으면 안 되지요. 보통 열쇠는 자물쇠 구멍에 꽂아 오른쪽으로 돌리지만, 내실 문만은 열쇠를 왼쪽으로 돌리고, 돌려서 닿는 곳에서 약간 눌러서 오른쪽으로 돌리지 않으면 열리지 않아요."
"오, 그런 열쇠 사용 방법이 있었습니까! 내실 문은 모두 그런 식으로 되어 있는가요?"
"사무실 겸용 침실은 중요한 손님만이 쓰지요. 물론 모든 손님이 귀중하지만 특히 중요한 손님들만 드나들기 때문에 그런 방의 내실 문은 모두 그렇게 되어 있어요. 대개의 경우, 실제로 내실 문을 자동으로 잠그는 손님은 드물지만…… 바깥 문만으로도 충분하기 때문이죠."
"사장은 조심스러운 분이었습니까?"
"네, 매우 조심성이 강해서 주무시기 전에 반드시 내실 문까지 잠그곤 하셨어요."
"그래요? 그런데 그 열쇠 돌리는 방법을 손님들에게도 가르쳐 줍니까?"
"아뇨, 가르쳐 드리지 않아요. 조심성이 많은 손님이 주무실 때 자동으로 잠그는 것만으로도 별로 불편한 일이 없기 때문이죠. 어쩌다가 열쇠를 침실에 둔 채 플로어 로비 쪽에서 문을 닫아 버려 침실로 못 들어가는 손님도 더러 있지만, 그럴 때는 저희가 갖고 있는 패스키로 열어드리기 때문에 별로 큰 불편은 없어요."
내실 문 열쇠를 돌리는 특수한 방법을 손님이 모른다면, 범인이 내부 사정에 밝은 사람이라는 추정은 더욱 확실해진다. 세 수사관은 약속이나 한 듯 눈길이 마주쳤다.

"잘 알았습니다. 그러니까 요시노 씨, 당신은 사장이 그렇게 된 것을 발견하기 전에 바깥 문과 내실 문을 모두 연 셈이 되는군요."

후미코는 입술 끝을 약간 떨며 끄덕였다. 공포의 순간이 되살아났기 때문일까?

"그 방에 맞는 열쇠는 당신 외에 또 누가 가지고 있습니까?"

"'스페어 키(예비열쇠)' 말입니까?"

호텔 종업원답게 말에 영어가 많이 섞이는 건 어쩔 수 없지만, 접객업자 특유의 재치가 있어서인지, 아니면 초동수사반의 질문을 받아서인지 후미코의 설명은 매우 요령이 있었다.

"각 방마다 스페어 키가 한 개씩 있고 그건 프런트에 보관되어 있어요. 호텔의 모든 방을 열 수 있는 '그랜드 마스터 키'라는 게 있는데, 이것은 지배인이 보관하고 있어요. 그리고 또 하나는 우리 메이드 주임이 가지고 있는, 어느 한 층의 방만 열 수 있는 '플로어 패스키'예요."

"그렇다면 각 방의 손님에게 주어지는 '룸 키' 외에 프런트에 한 개, 지배인이 한 개, 각 층의 메이드 주임이 한 개씩으로, 각 방을 열 수 있는 열쇠는 모두 네 개가 있는 셈이군요?"

후미코는 크게 끄덕였다.

"그 밖에는 절대로 없습니까?"

"제가 아는 한으론 없어요."

후미코의 말은 단정적이었다.

"그렇다면 지금 당신이 가진 플로어 패스키는 어젯밤 누가 보관하고 있었습니까?"

"어제 오후 6시 야근을 시작할 때 전 당번 주임으로부터 인수한 후 쭉 이렇게 목에 걸고 있어요."

후미코가 목에서 굵은 은줄로 드리우고 있는 열쇠를 가리켰다.

"부하 메이드에게 빌려 준 일은 없습니까?"

"패스키가 필요할 때는 반드시 주임이 입회하도록 되어 있어요. 주임 가운데는 열쇠를 부하에게 빌려 주는 사람도 있는 모양인데, 저는 절대로 그런 짓은 하지 않아요."

후미코는 의식적으로 가슴을 폈다.

"당신같이 신경을 쓰는 분이 있는 한, 이 호텔에 마음 놓고 들 수 있겠군요. 그런데 야근하면 전혀 잠을 안 잡니까?"

"일이 끝나면 두세 시간쯤의 선잠은 허락하고 있어요."

"어디서 자게 됩니까?"

"각 층 스테이션(호텔 종업원들이 대기하거나 쉬거나 하는 방) 안에 당직용 침대가 있어요."

"당신도 어젯밤 선잠을 잤습니까?"

"네, 새벽 3시쯤부터 두 시간 정도. 어젯밤엔 일이 빨리 끝나서……."

이렇게 대답하던 후미코는 말 중간에 우치다가 질문하는 의도를 깨달은 듯, 약간 어조를 고친 뒤 말했다.

"하지만 자고 있을 때도 열쇠는 몸에서 떼지 않았어요. 자더라도 근무 중의 선잠이기 때문에 신경은 언제나 긴장되어 있지요. 어떤 작은 소리만 나도 금방 깨고 말아요. 거기다 패스키를 훔치려는 어리석은 자는 이 호텔 종업원 가운데는 없어요. 적어도 34층에는요."

후미코의 말은 점점 항의조가 되어 갔다.

"아니, 별다른 의미가 있어서 질문한 것은 아닙니다."

우치다는 쓴웃음을 지으며 겸연쩍은 듯 말했다. 후미코의 말을 좀더 듣지 않으면 안 된다. 그러니 여기서 그녀를 화나게 해서는 곤란하다.

"피곤하겠지만 한 마디만 더 물어보겠습니다. 당신은 3시쯤 잠들기까지 사장실을 드나드는 사람을 본 적이 있습니까?"

무라카와 경감이 교대하여 물었다. 히라가는 기록만 했다.

"아네요, 아마 아무도 드나들지 않았을 거예요."

"아마?"

"각 층의 플로어 스테이션은 엘리베이터 옆에 있는데, 그 위치 때문에 3401호실이 있는 A동 복도는 보이지 않아요."

팰리스 사이드 호텔의 구조는 엘리베이터 홀을 중심으로 해서 A, B, C의 3동이 화살처럼 세 방향으로 갈라져 있다. 그리고 모든 방이 바깥으로 면하게 설계되어 있다.

이미 호텔 평면도로 호텔 구조를 머릿속에 그리고 있는 무라카와 경감은 고개를 끄덕였다. 그 도면에 따르면, 스테이션 계산대에서 볼 수 있는 곳은 C동뿐이며, A, B 두 동은 어느 곳도 안 보였다.

"하지만 엘리베이터에서 내리는 손님의 모습은 보이겠지요?"

"그것은 보이지만 C동 이외의 손님은 몇 호실로 가는지 알 수 없어요. 그리고 34층에만도 70개 이상의 방이 있는 데다, 열쇠는 프런트에서 주고받게 되어 있어요."

후미코는 무라카와 쪽을 눈이 부신 듯한 시선으로 돌아보았다. 그 눈은 약간 충혈되어 있었다. 야근과 사건의 긴장으로 적잖이 피로해진 기색이었다. 너무 오래 붙들어 둘 수 없었다.

"그런데……." 메이드는 문득 생각난 듯 말했다.

"사장님은 주무시기 전에 반드시 수면제를 드시기 때문에 밤에는 찾아오는 손님의 면회를 피하고 있었어요."

당연히 묻지 않으면 안 될 사항을 그녀가 먼저 이야기해줘서 무라카와는 기뻤다.

"잠을 잘 주무시지 못하는 편이었습니까?"

"일단 잠이 드시면 좀처럼 깨지 않으시지만, 여간해서는 주무시지 못했나 봐요."

"어젯밤엔 몇 시쯤 약을 먹었는지 알고 있습니까?"

"아뇨, 잡수시는 건 못 봤습니다. 하지만 언제나 9시쯤 취침하시기 때문에 8시 반쯤이 아닐까요?"

이소미탈은 아모바르비탈계의 최면 수면제이다. 어느 정도를 먹었는지 알 수 없지만, 8시 반쯤 복용했다고 한다면 새벽 1시부터 2시 사이는 가장 깊이 잠든 시간이었을 것이다.

"맨 마지막으로 사장실에 들어간 사람은 누군지 알고 있습니까? 말하자면 사장이 살아 있을 때 말입니다."

"그것은…… 아마 저일 거예요."

후미코는 약간 망설이는 듯하다가 뒷말을 이었다.

"당신이?"

"7시 40분쯤이었을까? 3401호실에서 룸서비스 주문이 있어 제가 가져갔지요. 사장실 일은 잘못되면 안 되기 때문에 모든 일을 주임이 하도록 되어 있어요."

"룸서비스? 구주 사장으로부터입니까?"

"아뇨, 비서인 아리사카 후유코 양으로부터였어요. 목이 마르다며 주스를 보내 달라고 했어요."

그때 히라가의 눈썹이 쫑긋 움직였는데 아무도 눈치 채지 못했다.

"사장이 마셨습니까?"

"아녜요, 아리사카 양이 마셨어요."

"그렇다면 당신이 나온 뒤에 아리사카라는 비서가 남아 있었던 것 아닙니까?"

"그렇지 않아요. 아리사카 양은 빈 컵을 가지러 또 오기도 귀찮을 거라며 그 자리에서 주스를 마신 후 저와 함께 방에서 나왔어요."

"응, 당신도 함께? 그렇다면 정확히 말해서 생전의 사장을 최후로 만난 사람은 당신과 아리사카 비서 두 사람이 되겠군요?"

"네, 만약 우리 뒤에 들어간 사람이 없었다면."

그 뒤에 들어간 사람이 범인이라고 하고 싶은 마음을 꾹 참고 무라카와는 말을 이었다.

"아리사카 비서와 함께 방에서 나간 시각을 기억하고 있습니까?"

"7시 50분이었어요."

"어째서 그렇게 정확히 기억하고 있지요?"

"아리사카 양의 시계가 고장나 있었기 때문에 저에게 시간을 물어 왔지요."

"시간을요?"

무라카와는 잠깐 천장을 노려보는 듯한 눈으로 물었다.

"당신 시계는 정확합니까?"

"네, 오늘 아침 사장실 룸서비스 때문에 7시 시보에 맞췄는데 30초쯤 빨리 갈 뿐이었어요."

"그래요……." 무라카와는 머리를 끄덕였다.

"피곤할 텐데 너무 물어 미안하지만, 조금만 더 대답해 주시오. 당신이 방에서 나갔을 때 아리사카 비서는 3401호실 열쇠를 가지고 나갔습니까?"

수사관들의 시선이 요시노 후미코의 입게로 쏠렸다. 이것은 매우 중대한 질문이었다. 살인을 하고 난 후 열쇠를 실내에 두고 밖으로 나와 버리면, 문은 자동으로 잠기게 되어 있으므로 완전한 밀실이 되고 만다.

"아네요."

하지만 후미코는 무참할 정도로 분명히 부정했다.

"열쇠는 분명히 실내에 있었어요. 플로어 로비의 티테이블 위에 얹혀 있던걸요. 아리사카 양이 열쇠를 가리키듯 주스를 그 테이블 위에 놓도록 말했기 때문에 잘 기억하고 있어요."

"그것은 확실히 3401호실 열쇠였습니까?"

호텔 열쇠는 규격화되어 있기 때문에 잘못 볼 수도 있다고 생각되었다.

"3401호실 열쇠가 틀림없었어요. 제 이 눈으로 번호를 확인했는걸요."

후미코의 말은 확신에 넘쳐 있었다.

"그런데 열쇠는 침실 머리맡에 있던데요?"

"사장님은 좀 이상한 습관이 있어요. 주위의 물건들이 정해진 자리에 놓여 있지 않으면 주무시지 못해요. 실내의 비품이나 가구는 물론, 시계나 안경 등에 이르기까지 놓이는 장소가 정해져 있어요. 열쇠를 놓는 장소는 나이트 테이블 위여서 주무시기 전에 손수 옮기신 줄 압니다."

"음, 그런 버릇이 있었습니까? 그런데 당신이 이 사건의 맨 처음 발견자인데, 그 물건들은 모두 제자리에 있었습니까?"

"네, 맨 먼저 달려온 형사님으로부터 보아 달라는 말을 듣고 확인했는데, 제가 알고 있는 한 모두 제자리에 있었어요."

"없어진 물건은 없었나요?"

"특별히 눈에 띄진 않았어요."

"아리사카 비서는 인제 출근했을까요?"

무라카와 경감은 손목시계를 들여다보았다.

오전 9시 반을 조금 지나 있었다.

"어젯밤 함께 사장실에서 나왔을 때, 오늘은 휴가를 얻었노라고 기뻐하던데요."

"휴가라…… 쯧쯧, 주소는 알고 있습니까?"

"분명히 교외에 집이 있다는 말을 들은 것 같은데, 잘 모르겠어요. 인사과에 물어보면 알 수 있을 거예요."

"우치다, 자네는 아리사카 비서의 자택을 조사해 줘. 곧 가 보게. 야마다를 데리고 가도록 해!"

무라카와 경감의 말투에 심상찮은 것이 있는 것 같았다. 야마다도 무라카와 반의 한 사람이다. 히라가 형사는 뭔가 말하고 싶은지 입술이 움직였는데, 그것을 의식적으로 참았다. 우치다 형사부장이 나가고 나자 무라카와는 다시 요시노 쪽을 돌아봤다.

"당신이 아리사카 양과 함께 3401호실에서 나갔을 때, 문은 둘 중 누가 닫았습니까?"

"아리사카 양이에요."

"완전히 닫았겠지요?"

이 질문도 중요했다. 완전히 닫은 것처럼 하고 약간 덜 닫으면, 범인은 열쇠 없이도 손쉽게 침입할 수 있기 때문이었다.

"네, 완전히 닫았는지 안 닫았는지는 소리로 알 수 있어요. 자동 폐문 장치 소리를 분명히 들었으니 틀림없어요."

메이드의 부정은 또 하나 후유코에 대한 의혹을 벗겼다.

가령, 후유코가 영리하다면 제삼자가 보는 앞에서 금방 탄로 날 위험한 짓은 안 하리라.

경감은 질문의 각도를 바꾸었다.

"좀 우스운 질문이지만, 사장님은 오른손잡이였습니까, 아니면 왼손잡이였습니까?"

"별로 주의해서 보지는 않았지만, 오른손잡이였던 것 같아요. 아, 오른손잡이가 확실해요. 언젠가 오른쪽 손가락을 다쳤을 때, 잘 쓰는 손을 못 쓰게 되어 큰일 났다고 말씀하셨으니까요."

이것으로 우치다 형사의 추리가 맞았음을 확인한 셈이 되었다.

"어젯밤 당신과 함께 야근을 한 사람은?"

"룸 보이가 세 사람 있어요."

"메이드는 없었나요?"

"메이드는 관리직 이외에 야근을 못하게 되어 있어요."

"그 보이들은 아직 남아 있겠지요?"

"네, 이런 사건이 일어났으니 지배인으로부터 허락이 있을 때까지 회사에 남아 있으라는 말씀이 있으셨어요."

"그러면 이제 그 사람들을 좀 불러 주십시오. 당신은 가도 좋습니다. 피로할 텐데 너무 오래 붙들어서 미안합니다. 또 무슨 일이 있으면 협조를 부탁합니다."

후미코가 꾸벅 인사를 하고 나가자, 아무도 없는 것을 살핀 후 무라카와는 입을 열었다.

"저 메이드의 말은 믿어도 좋을 것 같아."

히라가는 고개를 끄덕였다. 따라서 룸 키와 플로어 패스키를 범인이 사용했을 가능성은 사라졌다.

"그렇다면, 범인은 지배인의 그랜드 마스터 키나 프런트의 스페어 키를 사용한 것으로 되는데요."

히라가가 말했다.

"만약 달리 맞는 열쇠가 없다면 그렇겠지."

무라카와 경감은 참으로 신중했다.

"범인이 그 열쇠 중 어느 쪽을 고무나 초로 형태를 떠서 또다른 열쇠를 만드는 일은 있을 수 없을까요?"

히라가는 문득 머리에 떠오른 생각을 말했다.

"그 가능성은 있지. 지금 몇 사람이 지배인과 얘기하고 있으니 머잖아 그것도 밝혀질 거야."

무라카와가 그렇게 말했을 때, 문에서 초인종이 울렸다. 보이들이 온 모양이었다.

그랜드 마스터 키

지배인실은 프런트의 뒤쪽에 있었다. '사원용'이라고 영어로 쓰인 문을 미니까, 그곳은 사무실로 되어 있는데, 많은 남녀 사원들이 서서 분주히 일을 하고 있었다. 쉴새없는 전화 소리, 타이프나 전자계산기의 날카로운 금속음, 소란한 말소리 등이 갑자기 들이닥친 먼지처럼 방문자에게 덮쳐 왔다.

사방을 둘러싼 흰 벽에는 창문도 하나 없고, 나란히 정돈된 철제 책상은 사람의 정서보다 합리적인 기능성을 더 우선으로 하고 있음을 말해주고 있었다. 프런트나 복도 주변의 우아한 기품에 비하면, 같은 호텔 안이라고는 도저히 믿어지지 않는 풍경이었다. 신문사, 주간지 편집부, 또는 형사들이 가장 잘 드나드는 경찰국 취조실의 풍경과도 전혀 다른 분위기였다.

무라카와 반의 구와바다케와 고바야시 두 형사가 그곳이 질식할 듯 답답하다는 사실을 알아차린 것은, 곁에 있는 사원에게 지배인과 연결시켜 달라고 부탁했을 때였다. 숨 막힐 것 같은 답답함은 창하나 없는 밀실이라는 물리적인 환경 때문만이 아니라, 언제나 남의 눈을 의식하며 움직이는 듯한 사원들의 태도 때문이기도 했다.

역시 그곳은 '손님의 만족'이라는 것을 주된 상품으로 하고 있는 호텔 이외의 아무것도 아니었다.

기다릴 사이도 없이 젊은 여자가 나타나 두 형사를 사무실의 더 안쪽 구석으로 안내했다. '지배인실'이라고 역시 영어로 쓰인 표지판이 붙은 문 안으로 안내되니, 다시 우아한 객실과 같은 분위기가 감쌌다.

"수고하십니다."

지배인은 이구치 미치타로라고 찍은, 금박으로 호텔 마크가 든 명함을 내밀면서 노련한 접객업자 특유의 웃음 띤 얼굴로 두 형사에게 의자를 권했다.

50살 남짓한 풍채 좋은 사나이였다. 그 여유 있고 침착한 태도에 접객업자 같은 인위적인 것이 아닌, 인생을 적극적으로 살아가는 사람의 자신감이 엿보였다. 동시에 누구라도 감당할 수 있다는 몸짓이 비쳤다. 구와바다케 형사는 구주 사장이 당한 불의의 사고에 대해 간단히 애도의 뜻을 표한 후, 단도직입적으로 핵심에 파고들었다.

"좀 여쭈어 보겠는데요. 지배인님은 호텔의 모든 방에 맞는 특별한 열쇠를 가지고 계신다죠?"

이것은 범인 체포에 직결되는 문제였다. 동시에, 상대방이 말하기 쉬운 점에서부터 파고드는 것이 호텔 사정을 들을 수 있는 당연한 방법이었다.

"낮에는 제가 보관하고, 밤에는 나이트매니저(야간 지배인)가 갖고 있지요."

"그 정확한 시간은 어떻게 되어 있습니까?"

"나이트매니저의 근무 시간은 오후 6시부터 이튿날 아침 9시까지이기 때문에, 아침엔 대체로 그 시간에 업무 보고와 함께 제가 인수했다가 밤에 퇴근할 때 열쇠를 건네주지요."
"어제 저녁엔 몇 시쯤 건네주었습니까?"
"어제 저녁에는 비교적 빨리 퇴근했어요. 그러니까 6시 반쯤 됐을 거예요."
"이것은 형식적인 질문입니다만, 어젯밤엔 어떻게 보내셨습니까? 퇴근 후의 자세한 경위를 좀……."
"네, 알리바이 말씀이군요. 마스터 키 보관자의 한 사람으로서 어쩔 수 없겠지요. 퇴근하자 곧바로 집으로 돌아가 목욕을 했으며, 저녁식사 후에는 밤 11시까지 독서를 하다가 잠이 들었어요. 책은 '카'(미국 추리 소설가)의 밀실 트릭을 이용한 소설이었어요."
이구치 지배인은 약간 비웃는 듯한 웃음을 띠었다.
"그 나이트매니저의 이름은?"
"둘이 있는데, 어젯밤에는 오쿠라는 사람이 근무했어요."
"나중에 좀 불러 주실까요?"
사건 관계자는 모두 초동수사반에 의해서 외출이 금지되어 있었다.
"그런데 객실 열쇠는 제삼자가 그 형태를 본 떠 만들 수 있습니까?"
"이 호텔에서만은 절대로 불가능해요. 우리 호텔 것은 미국제 콜빈 자물쇠로서, 한 개에 7만 엔이나 하는 정교한 우수품이에요. 예비 열쇠도 제작 회사 이외에서는 만들 수 없으며, 그것도 자물쇠의 정당한 소유자가 의뢰하지 않으면 응하지 않아요. 제삼자가 본을 떠 만들 수 있는 그런 종류의 열쇠가 아니지요."
"그렇다면 제작 회사에 열쇠를 구입한 사람의 명단이라도 있습니까?"

"네, 열쇠에는 각각 번호가 매겨져, 구입자와 함께 등록되어 있지요."

"3401호실에 전에 있던 손님이 열쇠를 가지고 가 버린 일은 없었습니까?"

"손님 가운데는 그런 분도 계시긴 해요. 호텔 열쇠를 수집의 대상으로 삼는 분도 계시지요. 그러나 3401호실만은 그런 염려가 없어요. 왜냐하면, 그 방은 개관 이후 계속 사장님 전용실로 쓰고 있어, 일반 손님에겐 제공되지 않았기 때문이지요."

구와바다케 형사가 입을 다물자, 지금까지 옆에서 지배인 말의 요점을 기록하고 있던 고바야시 형사가 눈을 치떴다.

"얘기는 좀 다릅니다만, 지배인님은 구주 사장에 대해 원한을 가질 만한 사람이 생각나지 않습니까?"

"아무튼 이만한 큰 회사를 짊어지고 계신 분이니까, 우리는 도저히 상상할 수 없는 복잡한 인간관계가 있겠지요. 하지만 그것은 어디까지나 사업상의 일이지, 이 같은 흉악 범죄에 말려 들 성질의 것은 아닌 줄 압니다만."

이구치는 흠 잡힐 만한 대답은 하지 않았다.

그러나 사업상 대결도 충분히 살인의 동기가 된다. 더욱이 실업계의 거물급으로서 막대한 이권 다툼 속에서 살아온 구주의 존재는, 많은 사람들의 이익과 불이익에 얽혀 있을 것이다. 구주의 죽음을 이상하게 여기지 않을 사람이 결코 적지는 않으리라. 그리고 바로 이구치 자신도 그중의 한 사람인지 모른다. 그의 대답에는 자기 자신의 입장도 다분히 함축하고 있었다.

"사장의 사고로 크레이튼과의 업무 제휴에 영향이 미치지 않을까요?"

고바야시 형사는 구주가 당면하고 있던 가장 큰 업무상의 문제를 끄집어냈다.
"당장이야 어떻게야 되겠습니까마는, 임원 중에는 상당히 반대하는 측도 많았고 하니까요……."
"어떻게 될지 모른다는 뜻입니까?"
"네, 아……니."
이구치는 갑자기 더듬거렸다.
"지배인님은 이번 업무 제휴에 대해 어떻게 생각하시는지요?"
고바야시 형사는 조금 전에 받은 이구치의 명함에 박힌 '이사'라는 직함을 곁눈으로 노려보며 물었다.
"사장님께서 생전에 품으신 뜻엔 찬성입니다마는, 어쨌든 저희는 형식적으로만 이사 자리를 차지하고 있을 뿐이어서……."
이구치의 대답은 호락호락하지 않았다.
"만약 이 제휴 관계가 실패로 돌아간다면 이익을 보는 쪽이 있습니까?"
"그야 물론 도쿄, 요코하마의 동업자들은 모두 좋아하겠지요."
"업계에선 반대했다는 말이로군요?"
"경영 정책상의 사적인 권리였기 때문에 면전에서 반대는 없었지만, 내심 조용한 것만은 아니었겠지요."
이구치는 신중하면서도 의연한 자세였다. 두 형사는 그 후 나이트매니저인 오쿠라를 만났지만, 마스터 키는 그들에 의해 마치 은행 금고에 맡겨진 것처럼 빈틈없이 보관돼 있었음을 확인하는 데 불과했다. 그래서 그랜드 마스터 키의 의혹도 없어졌다.

프런트 스페어 키

무라카와 반의 아라이, 우치후지 두 형사는 프런트의 열쇠 상자 뒤쪽에서 어젯밤 프런트의 야근 책임자인 우메무라라는 사람을 만났다. 때마침 아침 체크아웃 시간인데다 경리의 숙박계산기 금속음, 객실에서 출발을 알리는 인터폰 신호 등으로 프런트 일대는 소란했다. 호텔에서는 가장 분주한 시간인 듯했다.

사장의 죽음은 관계자 이외에겐 알려지지 않았지만, 이 서비스 대량 생산 공장이라 할 거대한 호텔의 꿈틀거리는 아침 활동을 보고 있노라니까, 아무리 거물이라 할지라도 일개 인간의 죽음이란, 조직의 존속에는 전혀 관계가 없는 것처럼 보였다. 조직은 인간이 만든 것이면서도 인간을 초월한다.

지금 이 거대한 호텔은, 그 주인이라 할 사람을 참혹하게 잃고도 그 주인이 살아 있을 때와 똑같이, 아니 그 이상으로 활발히 움직이고 있는 것이다.

두 형사는 조직의 비정함을 절실히 느낀 듯했다. 그러나 지금은 그런 감상에 젖어 있을 때가 아니다. 그들은 이 조직보다 훨씬 비정하고 냉혹한 살인범을 뒤쫓지 않으면 안 되는 것이다.

아라이 형사가 재빨리 입을 열었다.

"사건은 대략 다 알고 계실 테니 솔직히 물어보겠습니다. 각 객실의 열쇠와 똑같은 것을 프런트에 보관하고 있는 모양인데, 3401호실의 열쇠는 있습니까?"

"네, 여기 분명히 있어요."

우메무라는 그 질문을 미리 짐작하고 있었던 듯, 다이얼식 열쇠 상자를 가리켰다.

"열쇠 상자 속에 있는 것이 손님들에게 드리는 룸 키인데, 스페어 키는 모두 이 금고 속에 보관하고 있지요."

우메무라는 설명하면서 다이얼을 돌려 금고를 열었다. 그 안에는 2천 개의 객실용 스페어 키가 각 층에 따라 정연히 구별되어 매달려 있었다. 우메무라가 가리킨 것을 보니 분명히 3401호실의 열쇠였다.

"이 금고의 다이얼 번호는 누구누구가 알고 있습니까?"

"주임 이상의 관리직으로, 어젯밤엔 경리 주임과 저뿐이었지요."

"금고 속에는 열쇠뿐입니까?"

"경리의 예비비가 항상 20만 엔 정도 들어 있습니다만."

우메무라는 열쇠 다발 위 선반에 있는 조그만 손금고를 가리켰다.

"어젯밤부터 오늘 아침에 걸쳐 이 금고를 열었습니까?"

"아니요, 대개는 밤에 두세 번 열게 됩니다만, 어젯밤엔 열쇠의 분실도 없었고, 경리도 부족하지 않아서 한 번도 열지 않았어요."

"그러나 당신이 자리를 비운 사이에 누군가가 열거나 하는 일은 없습니까?"

"가령 누군가가 열었다면 반드시 저에게 보고가 있었을 거예요. 저희 호텔에선 손님의 생명과 재산을 맡는 열쇠 보관에 최대한 주의를 기울이고 있기 때문이지요."

"어떤 기회에 다이얼 번호를 알게 된 자가 모두 잠든 사이 몰래 연다거나 하는 일은 생각할 수 없을까요?"

"어젯밤 당번들은 모두 못 나가게 했으니까 하나하나 물어보면 알 수 있겠지만, 이처럼 큰 호텔이고 보면 한밤 내내 끊이지 않고 누군가의 눈이 프런트에 쏠려 있지요. 프런트 담당이나 보이 중에도 불침번이 있기 때문에 몰래 스페어 키를 꺼내 갔다가 다시 제자리에 갖다 놓는 일은 불가능해요. 어젯밤엔 제가 불침번이었기 때문에 거의 이 금고 곁을 떠난 일이 없었지요."

우메무라는 충혈된 눈을 껌벅였다. 직무에 충실할 것 같은 사나이였다. 그는 한잠도 안 자고 자기 직장을 지킨 것 같았다.

"특히 오늘 새벽 1시부터 2시 무렵까지의 상태는 어떠했습니까?"

"그 시간은 프런트의 야근자에겐 아직 초저녁인 셈이지요. 객실 수 4, 5백 개 이하의 중소호텔 같으면 모르겠지만, 2천 개나 되기 때문에 새벽 4시 이전에 일이 끝나는 법이 없어요. 모두 깨어 있었어요. 거기다 요즘엔 다행히 한여름인데도 손님이 줄지 않아서 프런트는 매일 시달리는 상태죠."

우메무라는 일류 호텔 사람이라는 자존심과 그 격무에 대한 문제를 역력히 비쳤다. 과연 2천여 개의 객실을 가진 거대한 호텔쯤 되고 보면, 기존 중소 호텔의 관념은 통하지 않겠지. 특히 최근의 관광 붐으로 여태까지 여름과 겨울에 한산하던 영업이 활기를 띠어 도쿄, 요코하마 지구의 호텔은 연중 90퍼센트를 넘는 세계 최고의 객실 가동률을 기록하고 있었다.

90퍼센트라면, 이 호텔의 경우 1천 8백 객실이 꽉 찼다는 계산이 나온다. 사람의 수로 치면 대충 얼마나 될까? 그 사람들을 일일이 받아들이고 내보내는 프런트의 일은 여간 격무가 아닐 것 같았다.

아라이 형사는 언젠가 읽은 신문 기사를 생각하며, 지금 그 프런트의 분주한 아침 시무를 눈앞에 보는 것만으로도 우메무라의 말을 실감나게 받아들일 수 있었다. 손님들에게 대답하고 그들을 받아들이는 프런트 담당의 말과 행동이 고도로 규격화된 것처럼 보였다. 그것이 좋은지 나쁜지는 몰라도, 이 같은 거대한 호텔이 필연적으로 받아들이지 않으면 안 될 기술인지도 몰랐다.

"그런데 어젯밤부터 오늘 아침에 걸쳐 3401호실엔 방문객이 없었습니까?"

"그 일에 관해서는 확실한 대답을 못하겠어요. 그 이유는 방문자 가운데는 프런트를 통하지 않고 직접 사장실로 가시는 분이 있기 때문이죠. 프런트에서는 사장님께 방문객을 안내하고 있지 않아요."
"프런트를 통하지 않고 들어가도 됩니까?"
"원칙적으로 우리가 안내해 드리도록 되어 있지만, 방문객이 마음대로 들어가는 것을 막을 재간이 없어요. 더욱이 많은 손님들이 드나들고 있기 때문에 숙박객과 방문객을 구별할 수 없답니다."
"전화는 어떻습니까?"
"전화 수신은 특별히 기록해 두고 있지는 않지만, 나중에 오퍼레이터에게 확인해 보는 것이 좋겠지요. 기억하고 있는 사람이 있을지도 모르니까요. 프런트에는 사장님께 오는 편지 같은 것도 없었어요. 전화 송신은 각 객실에서 직접 다이얼로 돌리게 되어 있어 통화 횟수가 미터에 표시됩니다만, 사장실에서는 어젯밤 한 통화도 없었어요."

우메무라로부터 사정을 다 듣고나자, 두 형사는 어젯밤 야근자들을 차례로 만나 보았다. 모두가 우메무라가 말한 내용을 확인해 주었을 뿐, 새로운 사실은 발견할 수가 없었다. 교환대에 들러 보았지만 똑같은 결과였다. 내친 김에 어젯밤부터 오늘 아침까지의 객실 순찰 담당 경비원도 만났지만, 아무런 이상도 없더라는 말이었다. 그래서 프런트의 스페어 키에 대한 의혹도 사라졌다. 따라서 네 개의 열쇠는 모두 혐의에서 벗어났다.

이중 밀실

1

 아리사카 후유코의 집은 렌바 구(區) 간이 마을에 있었다. 아스팔트를 서쪽으로 달린 차는, 나카무라바시 바로 앞에서 세이부선(線)의 건널목을 건넜다. 그녀의 집은 다닥다닥 달라붙은 집들 사이로 군데군데 밭들이 오아시스처럼 나타난 곳에서 왼쪽으로 꺾어 들어가는 곳에 있었다.
 호텔 인사계에서 그려 준 약도가 비교적 정확하고 요령 있게 돼 있어, 아리사카 후유코의 집은 쉽게 찾을 수 있었다. 월급쟁이 살림에 알맞은 아담하고 조그마한 집이었다. 야트막한 돌담으로 둘러싸인 20평 정도의 정원엔 푸른 잔디가 입혀졌고, 집 주인의 취미를 말해주는 듯 돌, 꽃나무, 연못 등이 적당한 위치에 멋지게 꾸며져 있었다. 어디에서나 볼 수 있는 작은 집이었지만, 주택 단지의 방 두 개에 부엌 하나 있는 집에서 늙은 아내와 세 아이들과 함께 비좁게 사는 우치다 형사에겐 그 집이 매우 우아하게 보였다. 어쩌면 살인 사건 현장에서 바로 뛰쳐나온 탓인지 몰랐다. 완전히 냉방된 곳에서 나왔기 때문에 더위가 한층 더 심했다. 목덜미를 흐르는 땀을 닦으며 현관에서 초인종을 누르자, 실크로 된 말쑥한 슈트를 입은 젊은 여자가 나왔다. 외출하려는 참인 것 같았다. 두 형사는 순간적으로 이 여자가 바로 그들이 찾는 상대임을 알았다.

"아리사카 후유코 양이죠?"

우치다 형사가 단정적으로 묻자, 아니나 다를까 그녀는 고개를 끄덕였다. 통통하고 젊음이 넘치는 여자였다.

"외출하시려는 것을 방해해서 미안합니다. 시간은 많이 뺏지 않겠어요. 잠깐만 묻고 싶은 게 있습니다. 우리는 이런 사람입니다."

우치다는 경찰수첩을 내보이며 말했다.

"저, 무슨 일인데요?"

후유코의 표정에 불안한 그림자가 스쳤다. 아직 구주 사장의 사건을 모르는 모양이었다. 신문 기자들에겐 덮어 두고 있는 데다, 호텔 측에도 관계자 이외엔 알려지지 않았으므로, 호텔 측에서 특별히 연락하지 않는 한 아리사카 후유코가 모르는 것은 당연했다.

"아리사카 양, 당신은 어제 몇 시쯤 퇴근하셨죠?"

"오후 7시 50분쯤인 것 같습니다만, 그것이 무슨?"

"퇴근 후 즉시 집으로 왔습니까, 아니면 어딘가 들렀습니까?"

우치다 형사는 조금 몰아붙였다. 요시노 후미코 때와는 달리, 상당히 강하게 나왔다. 그 같은 방법이 효과가 있을 상대라고 판단했기 때문이다.

"저…… 잠깐만요. 여기선 좀 곤란합니다만……."

후유코는 안쪽에 신경을 썼다.

"후유코, 누구신지 손님이면 안으로 모셔 들이지."

안에서 노모인 듯한 여자의 목소리가 들렸다.

"아니, 괜찮아요. 바로 나갈거니까요."

아리사카 후유코는 당황해서 안쪽을 향해 말했다.

"금방 돌아왔는데 또 나가? 너무 무리하지 마."

곧 안쪽에서 나올 듯한 노모의 목소리에 후유코는 눈으로 형사를 재촉했다.

그녀가 외출할 차림인 것은, 집에 막 돌아온 참이기 때문이다. 따라서 아직 오전 10시 조금 전이므로 상당히 일찍 집에서 나갔다가 돌아온 셈이 된다. 그리고 입고 있는 복장으로 보아 이 근처는 아닌 것 같다. 젊은 여자가 공휴일 일찍 정장을 하고 외출한 그 용무는 어떤 종류의 것일까?

'어쩌면 아리사카 후유코는 어젯밤 외박하지 않았을까?' 하는 의심이 우치다의 가슴에 싹튼 것은 이때였다. 이 의문은 순식간에 확신으로 굳어졌다.

비서라는 직분을 빙자해서 일이니 뭐니 둘러대어 식구들을 속이고 제 마음대로 하고 있는 게 아닐까? 그같이 자기 하고 싶은 대로 즐기는 사이에, 그녀를 고용한 주인은 살해된 것이다.

'이 여자, 의외로 앙큼한데.'

우치다는 후유코의 온화한 자태로 마음이 풀어지려는 것을 추스려 긴장시켰다. 후유코가 이끈 나카무라바시 근처의 조그만 다방에 들어간 우치다는 주문한 주스가 오는 것도 기다리지 않고 물었다.

"아리사카 양, 당신은 어젯밤 집에 돌아가지 않았죠?"

순간, 후유코는 송곳에 찔린 듯한 질린 얼굴이 됐다.

"역시 그랬군요? 그러면 물어보겠는데, 어젯밤엔 어디서 잤습니까?"

"저, 친구의 집인데요."

"그 친구의 이름은?" 우치다가 다그쳤다.

"그런데 왜 그런 것을 말하지 않으면 안 되나요?"

후유코는 겨우 얼굴을 들어 말을 되받았다. 젊은 야마다 형사는 그 얼굴을 눈부신 듯 쳐다보았다. 그는 무라카와 반에서 가장 젊은 편이다.

"언젠가는 알게 되겠지만, 당신은 지금 중요한 사건에 관련되어 있습니다. 사실대로 말하는 것이 당신에게 유리할 겁니다."

우치다는 말을 신중히 골라서 했다. 서투른 수작을 했다간 형사가 협박죄로 고소당하는 세상이다.

"그 중요한 사건이란 뭐예요?"

"말하지요. 구주 사장이 어젯밤 누군가에게 살해되었습니다."

"네?"

순간 아리사카 후유코의 얼굴에 경련이 일어났다. 두 형사는 그 얼굴에 냉혹한 시선을 집중시켰다. 하지만 여자의 표정을 뒤덮은 놀라움은 일부러 꾸민 것 같지는 않았다. 간단한 사건의 설명을 야마다 형사에게 맡기고, 우치다는 후유코를 계속 관찰했는데 이것이 만약 연기라면 대단한 솜씨라고 생각했다.

울지 않을 뿐 아니라, 지나친 제스처를 하지도 않는다. 처음의 놀라움에서 깨어나 일정한 절도를 가진 슬픔 속에 차분히 잠긴 그 모습은, 자기를 귀여워해 준 고용주를 잃은 사람에게 알맞은 슬픈 모습이었다.

"그렇기 때문에 당신이 사장과 헤어진 시간과 어젯밤 어디서 보냈는가가 특히 중요합니다."

야마다 형사가 사건을 간단하게 설명하고나자, 우치다는 다그치듯 말했다. 후유코는 가볍게 머리를 끄덕였다.

"알겠어요, 말씀드리지요. 저는 어젯밤 어떤 사람과 어떤 호텔에서 지냈어요."

후유코의 볼은 부끄러운 듯 발갛게 됐다. 젊은 미혼 여성으로서 이 같은 사생활을 고백한다는 일은 자기 알몸을 대중 앞에 드러내는 것처럼 비참한 심정이리라.

"어떤 사람과 어떤 호텔이라는 것만으론 아무 말도 안 한 거나 다름없잖아요?"

우치다 형사는 여자의 수치 정도는 아랑곳하지 않고 되물었다. 사실 그것은 수사관에겐 아무런 가치도 없는 말이었다.

"말씀해 주시오. 호텔 이름은?"

"저는……."

후유코는 흘긋 올려다보았다.

"아무래도 말씀드릴 수 없는데요. 그쪽에서 찾는 것은 자유지만요."

형사는 부드러운 살코기 속의 딱딱한 뼈다귀를 깨문 기분이 되었다. 이 여자는 겉으로 보기보다 속이 질기다. 그 질긴 것을 풀려면 좀더 시간과 인내심이 필요하겠지.

우치다는 그런 것을 여자의 눈빛에서 느꼈다. 그것은 역시 다년간의 경험에 의한 것 같았다.

2

"아리사카 후유코는 감시하고 있을 필요가 있습니다. 따라서 야마다를 집 근처에 남겨 두고 왔습니다."

팰리스 사이드 호텔로 돌아온 우치다는 무라카와 경감에게 보고하면서 덧붙였다. 호텔 측에서 제공한 수사본부실(?)에 지배인과 프런트 관계자들을 맡아 온 형사들이 보였다.

"그것은 적절한 조치를 취한 거야. 실은 그 후의 탐문수사 결과인데, 지배인의 그랜드 마스터 키도, 프런트의 스페어 키도 어젯밤에는 제자리에 잘 보관돼 있었음이 밝혀졌네."
무라카와 경감을 비롯한 모두의 표정이 긴장돼 있었다.
"그렇다면?"
모든 사람들의 긴장은 즉시 우치다에게로 옮겨졌다. 무라카와의 말이 지닌 중대한 의미를 깨달았기 때문이다.
"그렇다! 3401호실의 룸 키, 메이드의 플로어 패스 키. 지배인의 그랜드 마스터 키, 프런트의 스페어 키를 제1, 2, 3, 4 열쇠라고 부른다면, 제2 이하의 열쇠가 사용될 가능성은 전혀 없다는 말이지. 현시점까지 나타난 자료로 판단한다면, 제1의 열쇠에만 어느 정도 가능성이 남아 있지. 그 가능성은 둘이 있다. 하나는 범인의 노크 소리로 피해자 스스로가 방문을 열어 준 경우고, 다른 하나는 공범자가 노크를 해서 피해자가 문을 열게 한 후, 피해자가 눈치채지 않게 열쇠를 훔쳐 범인에게 건네 준 경우다."
"맨 처음의 가능성에는 무리가 있는 줄 압니다만."
고바야시 형사가 반론을 제기했다. 우치다 다음으로 고참인데, 수사 1과에선 알려진 이론파이기도 하다.
"말해 보게."
"우선 시체 상황으로 추정해서, 피해자가 범인이나 공범자의 노크로 일단 응접실 바깥문까지 왕복한 것으로 생각되지는 않습니다. 방문객을 앞에 두고 침대에 드러누워 있다는 것은 말이 안 되지요. 호텔 종업원한테서 제가 들은 바에 의하면, 구주 사장은 몸단장이 상당히 깔끔한 사람 같습니다. 바로 곁의 사이드 테이블 위에 깨끗이 다려 놓은 나이트가운이 있었는데도, 보기

흉한 잠옷 바람으로 방문객을 방 안으로 들여놓았다면 우습잖아요? 나이트가운에 손을 댄 흔적이 없었으니까요."

"분명히 그렇다. 그런데 그 방문객이 구주 사장이 잘 알고 있는 여자였다면 어떨까? 그것도 상당히 깊은 관계에 있는 여자라고 보는 게 좋겠지. 그런 여자를 맞이하는 남자는, 평소의 근엄한 탈은 벗어 버리는 게 아닐까. 여자가 화장이라도 하는 사이, 남자 쪽이 먼저 침대에 올라가 있다고 해서 우스울 것은 없겠지. 마음속으론 들뜬 기분을 어쩌지 못하면서……." 무라카와는 반농담조로 말했지만, 아무도 웃지 않았다.

"그러나 바깥문을 열기까지는 방문객이 누군지 모를 겁니다. 당연히 나이트가운을 입었을 텐데……." 고바야시는 나이트가운이 마음에 걸리는 모양이었다.

"미리부터 둘 사이에 특수한 초인종 누르는 방법을 의논해 두는 거야. 우리가 집에서 잘하는 그런 방법으로."

분명히 무라카와 말대로였다. 그렇지만, 제1의 열쇠에서 생각되는 두 가지 가능성은 어느 쪽이나 '여자'를 가리키는 것이 된다. 그리고 현시점에서 가장 가까운 거리에 있는 여자는 아리사카 후유코였다.

구주와 후유코 사이가 어느 정도였는지는 지금부터의 수사로 알게 되겠지만, 적어도 사장에게는 마음에 쏙 드는 비서였던 것은 확실하다. 성적인 관계까지는 아니더라도, 상당히 밀접한 관계였던 것으로 봐도 좋겠지. 요시노 후미코 앞에서는 일단 3401호실을 떠난 것처럼 보이고, 후미코와 헤어진 후 비상계단 같은 곳을 통해 방으로 돌아오면, 설령 구주와 사전 약속이 없었더라도 마음에 드는 아름다운 비서의 야간 방문으로 반가워서 문을 열어 줄 것이다.

아리사카 후유코가 범인이 아니더라도, 구주를 홀린 뒤 잠들게 하고 열쇠를 훔쳐 내기란 쉬운 일이겠지. 구주의 머리맡에 있는 수면제로 보아 별다른 수단이 필요 없었을 것이다. 어쨌든 시체 해부로 명백히 밝혀지겠지만, 서로의 입을 통해 약을 먹게 했을지도 모른다. 성적으로 쇠퇴한 노인은 그 정도의 '봉사'로도 기뻐할 게 틀림없다.

3401호실을 열 수 있는 네 개의 열쇠 중 세 개의 열쇠가 혐의를 벗은 지금, 남은 제1의 열쇠를 가장 손쉽게 입수할 수 있는 위치에 있는 사람은 아리사카 후유코 이외에는 없다. 그리고 그녀에게는 어젯밤 '어떤 사람과 어느 호텔에서 지냈다'는 말 이외엔 알리바이가 없다.

무라카와가 우치다 형사의 조처를 적절하다고 칭찬한 것도 이같은 이유에서였다.

"자, 지금부터 아리사카 후유코를 샅샅이 훑도록 하자. 다만 현장에서 추정되는 범인의 냉정함은, 여자의 짓이라고만 생각되진 않아. 반드시 아리사카의 배후에 남자가 있다. 어떤 호텔에서 만났다는 남자, 우선 그 자를 아리사카의 주변에서 찾아 내!"

모두 들뜬 기분으로 일어섰다. 그것은 잘 조련된 사냥개가 주인의 호령 한 마디에 목표를 향해 달리는 것과 같았다. 그 가운데는 한 사람의 예외가 있었다. 히라가 형사였다.

갑자기 여러 사람들이 사라진 방 안에서, 히라가만이 의자에 푹 파묻힌 채 움직이려 하지 않았다. 다른 때 같으면 가장 먼저 움직였을 그였는데 말이다.

"어찌 된 일이야? 몸이라도 불편한가?"

무라카와가 물끄러미 쳐다봤다.

"예, 아닙니다."

어떤 뜻모를 대답을 한 히라가는, 잘 살펴보면, 창백하게 되어 온몸을 가볍게 떨고 있었다. 그러나 열이 있는 것 같지는 않았다.

"대체 왜 그래? 몸이 아프면 좀 쉬게."

히라가는 억지로 웃으면서 일어섰다. 무라카와는 더 이상 물어보지 않았다. 아마 연일 계속된 수사로 밀린 피로(사건 당번 근무 중에는 작은 탐문수사가 여러 가지로 많다)가 한꺼번에 몰려 몸살이 난 것이겠지. 본인이 '괜찮다'고 말하며 일어선 이상, 약간의 몸살기는 활동하는 사이에 젊은 체력이 물리치고 말 것이다.

무라카와 경감은 그다지 심각하게 생각하지 않았다. 그러나 일어선 히라가의 움직임은 언제나와 같은 활달한 모습이 아니었다.

무엇인가 마음속에 골똘히 생각하는 사람처럼, 눈길은 천장을 향한 채 그 자리에 우뚝 서 있을 뿐이었다.

"히라가, 내게 뭔가 하고 싶은 말이 있는 모양인데?"

'매우 말하기 곤란한 일인가봐.'

무라카와는 아까부터 히라가의 시답잖은 태도에서 경찰관으로서 느끼는 하나의 추정을 하고 있었다.

"예…… 실은…….."

아니나 다를까, 히라가의 반응이 있었다. 그런데 금방 주저하는 생각과 억제하는 마음이 작용한 듯, 그대로 입 안에서 우물거렸다.

"얘기해 보게. 여기엔 자네와 나밖에 아무도 없어." 히라가에게 이롭지 못한 것이라면 아무에게도 말하지 않겠다는 말은 하지 않았지만, 그 같은 무라카와의 간절한 태도가 히라가가 주저하는 태도에 용기를 주었다.

"반장님!"

히라가는 억제해 온 생각을 토하듯 말했다. 그것이 자백하기

전, 용의자의 처참한 입벌림과 흡사하다는 것을 지금의 히라가는 미처 생각지 못했다.

"아리사카 후유코가 호텔에서 만났다는 사나이는 찾을 필요가 없습니다."

'왜?' 무라카와는 눈으로 재촉했다.

"실은……." 히라가는 여기서 무엇을 삼키기라도 하는 듯 목울대를 크게 움직였다. "……그 사나이는 바로 저이기 때문입니다."

"자네가…… 호텔에서 만난 사나이?"

무라카와는 갑자기 모르는 외국어를 들은 듯한 얼굴이 되었다. 용의자인 아리사카와 형사인 히라가가 쉽사리 연결되지 않았다.

"아리사카 후유코는 혐의가 없습니다. 그녀가 호텔에서 만났다는 사람은 저를 말하는 것입니다."

"뭐라고?"

히라가가 말한 중대한 의미를 겨우 알게 된 무라카와는 눈을 돌렸다.

"그녀가 '어떤 사람'이라 말한 사람은 저였습니다. 반장님, 어젯밤 제 연락처를 도토 호텔로 해 두지 않았습니까? 사실은 거기서 아리사카와 만나고 있었습니다."

일단 막혔던 말문이 터지기 시작한 히라가는 말할수록 지금까지 자신을 억누르고 있던 마음의 부담이 가벼워지는 듯, 혀놀림이 매끄러워졌다.

"좀더 자세히 설명해 주게."

무라카와는 놀라움을 진정하고 말했다. 그는 어젯밤, 낮 근무를 마칠 때쯤 해서 히라가로부터 연락처를 듣고 "정말 호화스런 곳에 가는데"하며 놀려 댄 일이 생각났다.

"아리사카 후유코는 제 약혼자입니다. 어젯밤엔 도토 호텔에서 쭉 함께 있었습니다."
"그 말, 정말인가?"
무라카와는 느닷없이 털어놓는 부하의 눈을 한참 들여다보았다.
"예, 정말입니다. 반장님께는 곧 말씀드리려던 참이었습니다."
1948년 이전에는 '경찰 훈률'에 의해, 경찰관의 결혼에 있어서는 직속 상관의 허가를 필요로 했었다. 그것이 같은 해 2월 '경찰관 수칙'에서 제외되어, 경찰관의 결혼에는 완전한 자유가 허락됐다. 그러나 법의 옹호자인 경찰관의 직분상, 전과자나 창녀와 결혼한다면 바람직하지 못하기 때문에 상사에게 알리는 것이 관습처럼 되어 있었다.

2년 전, 히라가가 어떤 수사 관계로 팰리스 사이드 호텔에 갔을 때, 맨 먼저 그를 맞이한 사람이 당시 프런트의 안내 일을 보고 있던 아리사카 후유코였다.

그 부드럽고 따뜻한 인품에 한눈에 반한 히라가의 끈덕진 노력으로 교제가 시작되었다. 그 이후 2년이 지났지만 무라카와에게 알리지 않은 이유는, 그 동안 후유코로부터 구체적인 아무것도 얻어 내지 못했기 때문이었다. 약혼자라는 말도 히라가가 마음대로 정한 것이다. 교제가 길어질수록 남자의 열은 높아 갔다. 지금 히라가에게 있어, 후유코 이외의 이성은 생각할 수 없었다.

아리사카 후유코는 그에게 이상적인 존재가 되었다. 그녀와 함께 지낼 일생을 생각하면 너무 행복한 나머지 현실감이 사라질 정도였다.

그러나 그녀의 태도는 호락호락하지 않았다. 그렇다고 해서 히라가를 싫어하는 눈치도 아니었다.

"당신이 좋아요. 하지만 여자에게 결혼은 커다란 도박이에요. 저에겐 아직 당신의 벌이를 생각하면 솔직히 자신이 안 생겨요."

후유코는 이런 소리를 하면서, 세 번에 한 번 정도 그의 데이트 신청에 응했다. 그리고 지금이라도 모든 것을 허락할 듯하면서도 입술 이외의 것은 결코 줄 생각을 하지 않았다.

그는 몇 번이나 완력으로 그녀를 정복해 버릴까 생각했다. 그녀의 망설임은 처녀로서의 수치심 때문일 뿐, 본심은 자기를 갈구하고 있다는 느낌이 들었기 때문이다.

그런데 히라가는 남자이기 전에, 너무 자기 직업을 의식하고 있었다.

보통 사람 같으면 별다른 노력을 않고도 뚫고 나갈 수 있는 저항을, 그는 배제할 수가 없었다. 그런데 무슨 바람이 불었는지, 어젯밤에는 여자 쪽에서 남자 앞에 모든 것을 던져 왔다. 히라가는 어찌 된 영문인지 몰랐다. 그는 지난 2년간 교제해 온 습관대로 어젯밤 데이트 때도 지극히 점잖게 그녀와 보낼 생각이었다. 그래서 식사와 커피를 들며 점잖은 얘기를 나누면서 겨우 알게 된 연인들처럼 정해진 코스를 충실히 거치고 있었다. 적어도 데이트 중반까지는…….

히라가의 직업은 바빠서, 후유코와 만날 기회가 한 달에 한두 번이면 많은 편이었다. 좋아하는 여자와 2년간이나 사귀면서도 처음 상태에서 한 걸음도 나아가지 않아 초조함을 억제하기 힘들었지만, 동시에 후유코와의 즐거운 한때(설령 아무런 일도 일어나지 않더라도)가 몸과 마음을 지치게 하는 그의 격무로부터 커다란 구원이 되어 준다는 사실을 알고 있었다. 그래서 그는 어젯밤 데이트도, 지금까지와 마찬가지로 전혀 아무런 진전도 없겠거니 예측하면서도, 조용한 대화와 헤어질 때의 입맞춤에 가슴을 두근거리며 임했던 것이다. 그 이상의 야심은 갖지 않았다. 그것이……,

히라가는 '어젯밤'의 전경을 어떤 사소한 일도 남김없이 뚜렷이 생각해 낼 수 있었다.

그의 눈 밑에는, 행위의 여운이 남아 장미색으로 상기된 여자의 어깨로부터 엉덩이까지의 부드러운 곡선과, 검은 머리를 한껏 흐트러진 모습이 있었다. 좀더 눈을 아래로 돌린다면, 그를 받아들이기 위한 풍만한 살결의 물결이 있었을 것이다.

커튼을 열어젖힌, 유리창만으로 된 벽면에는, 눈부신, 그러면서도 한껏 애절함을 머금은 여름밤이 펼쳐져 있었다. 밤이 제법 깊어서 하늘엔 점철(點綴)된 별들이 흩뿌려져 있었다. 저 고층 호텔의 한 방에서 내다본 그 풍경은, 비할 데 없는 탕진을 생각게 하는 무수한 보석의 바다였다.

"정말!"

여운에 흠뻑 젖어 있는 줄 알았던 후유코가 어느 새 가느다란 눈을 뜨고 쳐다보고 있었다. 그 눈은 충혈된 듯했다. 핑크빛 조명의 반사 때문일까, 아니면 격렬한 행위의 잔영 때문일까?

"오늘 밤은 우리에겐 기념해 둘 밤이죠?"

히라가 후유코의 눈빛 속을 보기도 전에, 그녀는 그늘진 짙은 웃음 속으로 눈빛을 감추고 말했다.

"그래." 히라가가 확인하듯 고개를 끄덕였다. 후유코는 작은 동물이 좋아서 기어오르듯 볼을 남자의 넓은 가슴에 얹고서,

"지금 몇 시쯤 됐을까?"

후유코는 아무렇지도 않은 듯이 물었다.

그런데 히라가가 나이트 테이블에서 더듬어 쥔 손목시계를 희미한 광선에 비춰 보고 대답한 시간이, 구주가 살해당하고 있을 시간대였다.

그러므로 후유코가 범인일 수는 없다. 여자와의 경험이 없는 히

라가에겐 후유코가 바쳐 온 그것이 '처음'인지 어떤지도 모른다. 하지만 그는 그것이 '처음'이라고 믿었다.

그 첫날밤이 후유코를 고용한 사장의 죽음과 걸치고, 더욱이 그녀가 중요한 용의자로 지목된 불행한 일에, 히라가가 관계된 셈이었다.

——후유코가 우치다의 질문 공세를 받으면서도 끝내 히라가의 이름을 대지 않은 것은 경찰관인 그에게 누를 끼치지 않기 위해서였으리라.

여자 몸으로서 무서운 살인 용의자로 지목되려는 데도 '연인'을 숨기려 하고 있다. 그것은 얼마나 우아하고 또 아름다운 자기희생이냐——.

히라가는 어젯밤 후유코를 맞이한 후, 아직까지 그녀의 더할 수 없는 사랑 속에 포근히 감싸인 느낌이 들었다.

후유코를 살릴 수 있는 사람은 자기를 빼놓고는 없다. 그리고 자기의 구원만이 무엇보다도 굳은 반석 같은 것이리라. 경찰국 수사 1과의 형사가 증명하는 알리바이가 있다. 철벽의 알리바이란 바로 이런 것이다.

"아리사카 후유코와 지낸 시간을 정확히 말해보게." 무라카와가 재촉했다.

"도토 호텔의 로비에서 7시 반경부터 기다렸다가 만난 때는 8시입니다. 그때부터 오늘 아침 7시 반쯤 호텔에서 나올 때까지 쭉 함께였습니다."

"자네가 자고 있는 사이, 살짝 호텔에서 빠져 나갈 수는 없었을까?"

"우리는 3시경까지 쭉 깨어 있었습니다. 새벽녘에 잠깐 잤을 뿐이에요. 더블 베드였기 때문에, 살짝 빠져 나가면 금방 알게 됩니다. 아무튼 저는 그녀에게 너무 반한 약혼자이기 때문에 꼭 껴안고 있었습니다. 저에게 말하지 않고는 절대로 빠져 나갈 수 없었습니다."

히라가는 후유코와 함께 지낸 격렬한 시간을 상기했다. 다이닝 룸에서 식사를 하고, 10시쯤 방으로 들어온 이후부터 그 황홀한 시간은 시작되었다. 후유코가 시간을 물은 것은 몇 번째 행위 뒤였을까?

"오전 1시 30분." 감식과의 사망 추정 시간이 정확하다면, 틀림없이 그 시간대에, 구주는 목숨이 끊긴 것이다.

거대한 두 호텔의 두 방에서, 한쪽에선 연인들이 사랑을 속삭이고, 다른 한쪽에선 흉악한 살인자에 의해 예리한 칼날로 심장을 깊숙이 찔리고 있었다. 인생이란 이런 것일까?

그녀는 그 시간 이후에도 자기를 격렬하게 요구해 왔다. 마치 자기를 잠재우지 않으려는 듯. 후유코가 자기에게 표시한 사랑의 형태가 격렬했던 만큼, 그녀의 무혐의가 분명히 증명될 것이다.

두 사람은 거의 잠자지 않았다. 그녀는 어젯밤부터 오늘 아침에 걸쳐 절대로 팰리스 사이드 호텔에 갈 수 없었다. 그것은 도저히 물리적으로 불가능했다. 그것을 자기는 누구보다도 잘 알고 있다. 그런데 그것을 잘 알고 있다는 사실은, 그것만으로도 그녀의 사생활을 드러내는 것이 되므로 발설을 억제하고 있었다. 그런데 무라카와에게는 의외로 강렬하게 영향을 준 모양이었다.

"이 녀석, 엉뚱한 데서 놀아났군!"

무라카와는 히라가의 긴장을 풀어 주기 위해 짐짓 농담조로 말했지만, 마음속으로는 아주 곤혹스러웠다. 수사 선상에 오른 오직 한 용의자의 알리바이를 증명하는 사람이 형사라는 사실은 상관없겠지만(용의자에겐 이 이상 멋진 증명자가 없다), 그 증명에 가치를 부여하는 두 사람의 상태가 문제인 것이다.

둘은 남자와 여자로서 호텔에서 잤다. 그런데 증명자로서의 한쪽은 수사1과의 형사다. 더욱이 곤란한 것은, 그 형사는 언제 어디서 발생할지 모르는 범죄에 대비해서 대기하고 있지 않으면 안 될 '사건 당번'이었다. 법적인 증거 가치는 있지만, 일반 사람들의 상식으로는 통하지 않는다.

거기다 또 하나, 무라카와가 곤혹을 느낀 이유가 있었다. 후유코가 무혐의가 되면, 구주 살인사건은 해결의 실마리가 보이지 않는 범죄에 가까운 것이 되고 말기 때문이었다. 무라카와는 우선 최후의 곤혹스러움을 해결하기 위해 부딪혀 볼 생각이었다.

"다케바시의 팰리스 사이드 호텔에서 히비야의 도토 호텔까지 아무리 서둘러도 10분은 걸리겠는데?"

히라가는 무라카와의 말뜻을 알았다. 3401호실에서 나서는 것을 요시노 후미코에게 확인시킨 후, 도토 호텔에서 히라가를 만나기까지의 사이에, 다시금 3401호실에 돌아가 열쇠를 가지고 나올 만한 시간이 있었겠는가를 계산하고 있는 것이다.

"자네, 아리사카 후유코와 만났다는 8시라는 시간은 정확하겠지?"

"네, 확실합니다. 제가 먼저 와서 시계를 들여다보며 기다리고 있었으니까요. 그렇지, 프런트의 숙박부를 조사해 보면 더욱 확실히 알 수 있습니다. 거기엔 타임 레코더로 도착 시간이 찍힌 것이 있기 때문에."

"음……."

무라카와는 신음을 내뱉으며 천장을 쳐다보았다.

후유코가 요시노 후미코와 함께 3401호실에서 나온 때가 7시 50분, 8시엔 히라가와 만났다. 다케바시와 히비야 사이를 10분에 달려간 셈이므로, 이것은 차를 잡을 시간도 없을 만큼 촉박한 시간이다.

그 10분 동안에 다시금 구주의 방으로 돌아가, 열쇠를 훔쳐 내어, 그것을 범인에게 넘겨 줄 시간은 도저히 없다.

그것도 구주 방을 나왔다가 금방 돌아왔다면, 구주가 아직 안 자고 있을 테니, 조심스러운 구주의 눈앞에서 열쇠를 훔쳐 낼 수가 없다. 요시노 후미코의 말에 따르면, 구주는 늘 제자리에 물건을 두어야 직성이 풀리는 이상한 버릇이 있어서 주위 물건들이 제자리에 놓여 있지 않으면 잠들 수 없었을 것이다.

용케 열쇠를 가지고 나왔더라도, 잠들기 전에 나이트 테이블 위의 제자리에서 열쇠가 없어졌다면 금방 의심받고 만다. 아무래도 잠든 후가 아니면 열쇠에 손댈 수 없다.

그리고 수면제를 후유코 자신의 입을 통해 먹인 후 용케 잠들게 했다 하더라도, 타임머신이라도 타지 않으면 오후 8시에 도토 호텔에서 히라가를 만날 수 없다. 아리사카 이외에 여자가 있었을까? 지금으로선 그것밖에는 생각할 수 없다.

"어쨌든 내일이면 해부 결과가 나오니 그렇게 되면 좀더 확실한 사실이 드러날지도 모르지."

무라카와는 생각한 끝에 소리 내어 말했지만, 그 소리엔 힘이 없었다. 섹스라는 것이 당사자가 아니면 알 수 없는 중요한 사생활이라고 알고 있긴 하지만, 사업에의 집념만으로 살고 있는 고령의 노인에게, 호텔 객실로 깊은 밤에 아무도 눈치 안 채게 불러들일 만한 여자가 몇 사람이나 되리라고는 생각할 수 없다.

그러나 어쨌든 그것은 앞으로의 수사로 알 수 있을 것이다. 무라카와는 돌연 굶주린 이리가 된 기분이었다. 네 개의 열쇠가 모두 혐의를 벗어났고, 수사선상에 떠오른 유일한 용의자의 알리바이가 자기 부하에 의해 확인됐다는 난처한 국면에 처하고 보니 굶주린 이리처럼 허기가 졌다.

3

이튿날 오후, T대학 법의학 교실에 감정을 위촉한 해부 결과가 나왔다.

① 사인
  심장 찰상에 의한 심장부의 손상과, 그것에 따르는 출혈. 위 내용물로부터 미량의 바루비탈산계의 최면제가 검출됐지만, 복용량을 역산 추정하더라도 사인에는 영향이 없는 것으로 인정된다.
② 사망 추정 시간
  196×년 7월 22일 오전 1시 반경.
③ 찔린 상처 부위와 정도
  체축(體軸)에 대해서 직각으로 왼쪽 제4늑막강, 측흉부, 길이 2cm, 폭 0.2cm의 찔린 상처 구멍, 신체 중앙 쪽의 상처 끝에 칼등, 측흉부에 칼날, 칼등에 상당하는 상처 부위에 약간의 표피가 벗겨지고, 찔린 길이는 약 14cm, 심벽에 직각으로 심실을 뚫고 나가, 그 끝이 후좌폐(後左肺)에 달했다.
④ 흉기의 종류와 그 사용법
  끝이 매우 뾰족한 한쪽 날의 긴 칼을 위에서 아래로 일직선으로 내리 찌른 것으로 보임.
⑤ 시체의 혈액형
  A형.

4

"이것을 대체 어떻게 생각하지?"

무라카와 경감이 말했다. 수사 회의에 모인 무라카와 반의 형사들에겐 피로와 초조의 빛이 짙었다. 기쿠쵸 서에 수사본부가 설치된 지 벌써 20일, 수사는 단단한 벽에 부닥친 채 아무런 진전도 없었다. 수사 제1과는 각 반이 7, 8명의 형사들로 편성된 9개 반으로 구성되어 있다. 윤번제인 '사건 당번'이 발생 사건의 주력 수사진으로 투입되는데, '사건운(運)'이라는 게 있어서, 별다른 수사를 펴기도 전에 재깍 해결될 때도 있지만, 밤낮과 휴일을 가리지 않고 뛰어도 미궁에 빠지고 마는 수도 있다.

수사가 교착상태에 이르면, 갖가지 압력이 내리누르고, 그 위에 나날이 발생하는 새로운 사건에 자꾸만 일손을 뺏기고 만다. 그보다 훨씬 나중에 설치된 다른 사건의 수사본부가 사건 해결의 축배를 드는 것을 곁눈으로 보며, 무거워지는 어깨를 의식하면서 어디선가 비웃고 있을 게 틀림없는 범인을 찾아 헤매지 않으면 안 된다. 그것도 뒤쫓고 있는 동안은 괜찮다. 미해결 상태로 수사본부를 해체할 때의 분통함이란 수사관에겐 뼈를 깎는 아픔이다.

팰리스 사이드 호텔 살인사건도 바로 이 사건운이 가장 나쁜 경우 같았다.

"지금까지의 수사에서 알게 된 것을 정리해 보도록 하자." 아무도 먼저 입을 떼려 하지 않아서 무라카와 경감이 또다시 말했다.

"현장에는 범인의 유류품으로 추정될 만한 것이 전혀 없었다. 검출된 모든 지문은 피해자와 아리사카라는 비서, 그리고 요시노 후미코의 것이었다. 그 밖에 입었던 옷가지, 피 흔적, 머리털, 타액 등, 범인을 추정할 만한 자료는 전혀 남겨져 있지 않다. 사인 감정서에 따르지 않더라도 시체의 정황으로 보아 타살이 분명하다. 다 아는 사실이지만, 타살로 단정한 이유를 다시 한 번 살펴보자.

제1은 흉기가 발견되지 않았다는 점이다. 자살이라면 흉기가 시체 근처에서 발견되는 것이 보통이다. 때로는 스스로 몸을 찌른 후 창 밖으로 버리거나 장롱 속에 감춰두는 예가 있지만, 그와 같은 깊은 상처로 피해자가 순식간에 죽은 것을 보면 틀림없이 타살이다. 그런데다 창문은 기밀식으로 여닫을 수 없고, 처음부터 방 안 현장에서 흉기가 발견되지 않았다.

제2는 손의 위치다. 피해자는 오른손잡이임에도 불구하고 오른팔이 손바닥을 위로 한 채 엉덩이 밑에 깔려 있었다. 칼로 자살한 사람의 손이 몸 밑에 들어가 있다는 것은 일반적인 경험법칙에 어긋난다.

제3은 피해자의 몸 위치다. 자살하려는 사람이 가장 힘쓰기 어려운 반듯한 자세로 누워 있을 수 있을까?

제4는 상처의 깊이다. 침대에 반듯이 누운 70살이 넘은 노인이 심장을 뚫고 뒤쪽 폐에 이르도록 깊이, 흉기를 자신의 몸속에 찌를 수 있을까?

제5는 피해자의 상처 부위를 보니, 체축(體軸)에 직각 왼쪽, 신체 중앙에서 상처 끝에 칼등이, 측흉부에 칼날 쪽이 와 있다. 피해자의 몸 위치로 자살을 꾀하기 위해서는 흉기를 거꾸로 쥐는 것이 보통이고, 이때에는 칼등이 밖으로 향하게 쥔다. 그렇다면 피해자는 오른손잡이라서 상처 구멍의 칼날 쪽과 칼등 쪽에 해당하는 상처 끝은 반대로 되지 않으면 안 된다.

제6은 덮은 이불과 입은 옷이다. 자살자는 아무리 날카로운 칼을 쓰더라도, 입은 옷 위로 찌르는 일은 거의 없다. 그런데 모두 얇은 것이기는 하지만, 차분하게 잠옷과 이불 두 장이 겹친 위로 찌른 것이다.

 제7은 죽은 방법이다. 자살 방법으로 가장 손쉽고 많은 것이 음독이다. 다음으로 차에 치여 죽는 것, 목매 죽는 것, 물에 빠지거나 가스 중독으로 죽는 것 등인데, 고령의 노인이 얼마든지 쉬운 자살 방법이 있는데도 가장 저항이 강한 흉기를 사용했으리라고는 믿기 어렵다.

 더욱이 피해자는 머리맡에 치사량이 넘는 수면제를 두고 있었다. 조금만 분량을 많이 쓰면 간단히 죽을 수 있는데, 일부러 최면 효과만 있을 만큼 먹고, 끔찍한 칼로 가슴을 찌른다는 것은 수상쩍다. 약물을 병용하는 것은 소심한 자살자들에게 흔히 있는 일이지만, 그것도 죽음의 고통을 덜기 위할 뿐이며, 약물과 가스, 또는 목매어 죽는 예는 많아도 칼을 겸용하는 일은 거의 없다. 더구나 약을 먹은 시간과 심장을 찌른 시간이 가깝지 않으면 안 될 것이다.

 제8은 제7로부터 당연히 생각될 수 있는 것으로, 위 안에서 검출된 수면제로서는, 피해자가 사망 시각에 어느 정도로 깊은 수면 상태에 있었는지 분명하지는 않지만, 약물 종류가 바르비탈 산 계통의 쉽게 잠들게 하는 약이었던 점으로 보아, 사망 추정 시각엔 깊은 잠에 빠져 있었던 것으로 생각된다. 깊이 잠든 사람이 어떻게 자살할 수 있단 말인가? 아니, 약물 효과가 떨어져 눈이 뜨였다 하더라도, 자살하려는 사람이 쉽게 잠드는 약을 먹는다는 것은 우스운 얘기다. 분량의 착오로 적게 먹어 죽을 수 없었기 때문에 칼을 사용했다고 생각할 수도 있겠지만, 그렇다고 하면 검출량이 너무 적다. 역산해 추정해 보아도 치사량과는 거리가 너무 멀다.

 끝으로 이것은 가장 중요한 점인데, 피해자에겐 자살할 만한 이유가 전혀 없다는 사실이다. CIC와의 업무 제휴를 앞두고, 아마 피해자가 가장 살아 있고 싶을 시기였을 것이다. 이상, 여러분이 잘 알고 있는 사실을 되풀이했는데, 현장 상황이 너무 풀 수 없는 상태여서, 사실 검토에 들어가기 전에 타살이라는 점을 확인해 두고 싶다."

무라카와는 두꺼운 윗입술을, 역시 소 혓바닥같이 두꺼운 혀로 빨며 모두의 얼굴을 쭉 둘러보았다.

"우선 현장 모습인데, 3401호실을 열 수 있는 제1의 열쇠는 피해자의 나이트 테이블 위에 있었다. 이 열쇠를 갖고 나갈 수 있고, 열쇠 없이도 피해자 손으로 아무런 의심 없이 문을 열게 할 수 있는 오직 한 사람의 내부자인 아리사카 비서는, 히라가 형사와 요시노 후미코의 증언으로 혐의가 없음이 밝혀졌다.

시체 검안에 따르면 피해자는 범인의 침입 시각에는 깊이 잠들어 있었던 것으로 추정된다. 설령, 범인의 노크나 초인종 소리에 의해 눈 뜨게 됐다고 하더라도 시체의 상황으로 볼 때, 상당히 가까운 사이가 아니면 안 될 방문자, 그것도 여자는, 그 후 수사에서 내부나 외부 할 것 없이 아리사카 비서를 제외하곤 피해자 주변에 존재하지 않음이 판명되었다. 업무상의 인간관계, 가족, 친척 관계 등에서도 수상한 자는 떠오르지 않았다. 방문은 내실 문이나 바깥문이나 모두 잠겨 있고, 특히 내실 문은 복잡한 열쇠 회전 장치로 되어 있다. 이것으로 보아 범인은 내부 사정에 밝은 자로 추정되었지만, 3401호실에 공통되는 제2, 제3, 제4의 열쇠는, 어느 것이나 모두 사건 당시 사용될 수 없는 상태에 있었음이 확인되었다. 이 말은, 범인은 내부인이 아니면 안 되는데도, 내부인이 아니라는 모순에 부닥친다는 뜻이다.

다음으로, 3401호실은 개관 이래 피해자 전용실이어서 외부 인사가 열쇠를 미리 가져갈 수도 없다. 그 열쇠의 본을 떠 똑같이 만든다는 것도 불가능하다는 사실이 밝혀졌다. 제작 회사에 예비 열쇠를 의뢰하는 일도 안 된다.

한편 현장에는, 바깥문과 내실 문 이외에는 출입문이 없고, 창문은 기밀식이라 여닫을 수 없으며, 설령 열었다 하더라도 34층의 고층 벽면에는 오르내릴 수 있는 장치가 아무것도 없다. 위에는 회전 전망대가 테라스처럼 툭 튀어 나와 있다. 천장이나 벽은 쥐도 다닐 수 없는 공기 조절용 환기 구멍 이외에는 완전히 밀폐되어 있다."

"완전한 밀실이란 말이죠?"

구와바다케 형사가 겨우 입을 열었다.

"음, 그것도 이중 밀실이야. 범인이 외부인이라면, 설령 열쇠를 손에 넣었다 하더라도 내실 문을 열 수는 없다."

다들 추리 소설 안에만 있는 줄 알았던 불가능한 범죄에 직면하고 보니, 당황한다기보다는 사실을 솔직히 믿을 수 없다는 표정들이었다.

"그러나 범인이 살아 있는 몸뚱이를 가진 사람인 이상, 이 방의 어딘가에 드나들 수 있는 공간을 발견했음에 틀림없다. 그것이 지금 우리에게 보이지 않을 뿐이다. 따라서 이 주어진 조건과 자료 안에서, 범인의 침입 가능성이 있는 방법을 다 함께 생각해 보자는 말이다."

무라카와가 말을 마치자, 잠시 동안 무겁고 답답한 정적이 실내를 지배했다. 그 답답함이 절정에 달했을 때, 아라이 형사가 눈을 들었다.

무엇인가 의미 있는 눈길이었다.

무라카와가 말하라는 듯 턱으로 가리켰다.
"히라가 앞에선 좀 말하기 거북하지만, 저는 아무래도 아리사카 비서에 대한 의심을 버릴 수 없습니다. 그 여자의 알리바이는 너무 지나치게 완벽합니다."
히라가를 제외한 그 자리의 모든 사람이 고개를 끄덕였다. 다 똑같은 생각을 하고 있었던 모양이다. 수사 활동의 당연한 경과로서, 무라카와는 히라가와 후유코의 '정사'를 반원들에게 숨기고 있을 수는 없었다.
"아리사카는 피해자 곁을 떠날 때, 요시노 후미코에게 시간을 물었습니다. 그로부터 10분 후에는 도토 호텔에서 히라가와 만나 투숙절차를 밟았습니다. 그 시각은 조사해 본즉, 8시 2분이었습니다. 팰리스 사이드 호텔과 도토 호텔 사이가 아무리 가까운 거리라 해도, 3401호실에서 복도를 걸어, 엘리베이터를 타고, 로비를 질러, 차를 잡아, 도토 호텔에서 히라가와 만나 투숙 절차를 밟을 때까지의 시간이 12분이라는 것은, 그날의 교통 사정이 좋았다 하더라도 빡빡합니다. 저는 여자에게 반하거나 누가 저에게 반한 일도 없어서 잘 모르겠습니다만, 이것은 반한 남자 곁으로 달려간 여자치고는 최고로 빨랐다고 생각됩니다. 왜 그 여자는 그렇게 급했을까요?"
"그거야 사랑하는 남성 곁으로 달려가는 것이니 당연하겠지. 시간을 물어 약속 시간에 늦었다는 사실을 알고선 허둥지둥 뛰어나갔다. 분명히 히라가와의 약속 시간은 7시 반이었기 때문이지."
우치다 형사가 동정하듯 말했다. 히라가 무척 난처한 꼴이 되어 있었기 때문이다. 아무리 근무 시간 외라고는 하지만, 형사가 사건 당일 근무 중에 여자와 호텔에 숨어서 만나고 있었던 것이다. 따라서 히라가는 거의 얼굴도 들지 못했다.

"바로 그것입니다. 일부러 만든 냄새가 나는 것은…… 7시 반에 연인과 만나기로 약속한 여성이 7시 50분이 될 때까지, 자기 손목시계가 멈춰 있는 줄 몰랐다는 것은 우스워요. 왜냐하면 3401호실의 침실에 자명종 시계가 비치되어 있었기 때문입니다."

모두의 입에서는 '아!' 하는 숨소리가 새어 나왔다. 분명히 나이트 테이블에 자명종 시계가 있고, 사건 당일 아침에 정확히 시계가 제대로 작동하고 있었음을 떠올렸다. 아리사카 후유코는 메이드에게 시간을 물을 필요가 없었다.

무라카와가 끼어들었다. "가만 있자 반드시 그렇다고만은 할 수 없는데 왜냐하면, 아리사카 비서가 시간을 물었을 때는 플로어 로비에 있었지. 설령 내실 문이 열려 있고 자명종 시계가 그녀의 눈에 띄었다 하더라도, 그 정도의 거리에서 정확한 시간을 읽기는 힘들겠지. 침실에 들어가 자명종 시계를 보기보다는 가까운 사람에게 묻는 것이 더 자연스러워. 그리고 메이드가 있는 앞에서, 여자가 남자 침실로 들어가는, 의심받을 행동을 할 수 있을까?"

"요시노가 주스를 가져오기 전에 볼 수도 있습니다."

"설령 자명종 시계를 볼 수 있거나 손목시계가 멈춰 있지 않더라도, 근무를 마친 시간을 확인하기 위해서 고용주 앞에서 일부러 시간을 묻는 일은 샐러리맨에게 흔히 있는 일이지."

"그렇다면 왜 피해자에게 묻지 않았을까요?"

아라이가 물고 늘어졌다.

"그렇지, 피해자도 손목시계를 갖고 있었지. 하지만 사장에게 묻기보다는 같은 사원끼리인 메이드에게 묻는 편이 쉽겠지. 고용주에게 시간을 묻는다는 것은, 마치 일찍 퇴근하고 싶어하는 듯 보일 테니까 말이야."
"그렇지만……."
아라이 형사는 논리적으로 연결이 되지 않는 듯 입을 다물었다.
그런데 아라이의 '그렇지만……'은, 무라카와나 히라가를 포함한 모두의 '그렇지만'이었다.
아리사카 후유코는 너무나 완벽한 알리바이를 가지고 있다. 그 완벽하다는 것이, 형사들에겐 냉철하기 이를 데 없는 범인에 의해 정밀 기계와 같이 조립된 작위의 느낌을 주었다.

알리바이의 제물

1

히라가에게는 답답한 나날이 계속되었다. 아리사카 후유코도 자기의 신변에 경찰의 눈이 빛나고 있음을 느끼고, 집안에 처박히고 말았다. 히라가는 미칠 것같이 후유코를 만나고 싶었지만, 자신의 직무와 둘 사이에 놓여 있는 현재의 입장을 생각하면, 후유코의 신변에 가까이 가는 것조차 피하지 않으면 안 되었다. 동료 형사들조차 색안경을 끼고 히라가를 보는 듯했다.

그 후 필사적인 수사에도 불구하고, 피해자에게서나 후유코에게서 새로운 사실은 나타나지 않았다.

팰리스 사이드 호텔과 CIC와의 업무 제휴가 일단 백지로 돌아갔다는 소식이 전해진 것은, 도쿄 거리에 가을을 느끼게 된 9월 말경이었다. 히라가는 지난 2개월 동안 완전히 지쳐 있었다.

"너무 상심하지 말게."

무라카와 경감이나 우치다 형사부장이 위로해 주었지만, 히라가의 마음은 한때도 편치 않았다.

후유코를 구하기 위해, 그리고 무엇보다도 형사라는 자기 자신의 면목을 세우기 위해, 어떻게 하든지 이 냉철하고 비정한 범인을 잡지 않으면 안 된다.

범인은 저 '이중의 밀실'에 어떻게 들어갔을까? 범인은 벌레 한 마리 들어갈 틈이 없는 저 호텔의 밀실에 유유히 침입해, 차가운 웃음을 머금으며, 쓸쓸한 노인의 가슴에 가늘고 날카로운 칼을 내리꽂은 것이다.

'내 곁으로 올 수 있는 자는 와 보라.'

히라가의 귀에 범인의 비웃는 소리가 들리는 듯했다. 그런데 범인의 신변에 다가가기 위해선, 그가 뚫고 들어간 이중의 밀실이란 두꺼운 벽을 부수지 않으면 안 된다.

'끝내 너희는 통과할 수 없어.'

두꺼운 이중 벽 속에 보호되어 있는 범인의 차가운 웃음이 비웃음으로 변해 왔다.

'기다려, 내 반드시 네 놈의 피 묻은 손목에 이 수갑을 채워 줄 테다.'

히라가는 이를 갈며, 그 생각만으로도 지쳐있는 몸과 마음이 마구 흥분됨을 느꼈다.

확실히 이 살인 사건은 이상했다. 현실적으로 발생하는 살인은, 추리 소설과는 달리, 발작이나 충동에 의해 일어나는 것이 압도적으로 많고, 상당히 복잡한 동기나 고도의 지능으로 꾸며진 것도, 경찰의 과학 수사 앞에선 유치한 수작들이 발견되어 체포되는 단서가 되고 만다.

그런데 이 범인은, 출입이 전혀 불가능해 보이는 밀실에, 소리도 색깔도 그림자도 없이 들어가, 그리고 지문이나 머리카락은 물론 아무런 흔적도 남기지 않고 사라졌다. 그만큼 범인이 지닌 두

뇌의 치밀함은, 지금까지 히라가가 뒤쫓았던 흉포하기만 하던 범죄자와는 질이 다름을 알려 주고 있었다.

그러나……, 히라가는 입술을 깨물었다.

'범인도 나와 마찬가지로 육체를 가졌고 보면, 저 방으로 들어갈 수 있는 공간을 어딘지 발견했음에 틀림없다. 그 머리가 아무리 치밀할지라도, 그에게 발견된 것이 나에겐 발견되지 않을 이유가 없다. 어딘지 '구멍'이 있다!' 이렇게 몇 번이나 생각해 보았지만, 히라가는 이중의 밀실로 통하는 구멍을 찾아내지 못했다.

그런데 후유코를 만나고 싶다는 욕망을 억누르고 있는 사이, 후유코를 다른 각도에서 바라볼 수 있게 되었다. 그것은 그녀와의 사이를 의지적으로 만든 거리였다.

확실히 아라이 형사가 지적했듯, 후유코의 알리바이는 지나치게 완벽했다. 거기다 히라가는, 아라이가 후유코를 의심하게 하는 자료보다도 더 확실하고 구체적인 자료를 가지고 있었다.

후유코는 그날 밤, 시간을 물었다. '오전 1시 30분'……. 그것은 정말 우연의 일치였을까? 피해자의 사망 추정 시각에, 가장 용의자로 지목되기 쉬운 여자가, 수사 1과의 형사와 한 침대에서 성행위를 한 후 시간을 물었다. 그것은 확실히 지나치게 맞아떨어졌다. 후유코가 그때 말한 "기념해 둘 밤이죠?"라고 한 말은, 정말 자기와의 성행위에 대한 말이었을까? 후유코를 만나지 못할수록 히라가의 의심은 자꾸 엉겨왔다. 생각해 보니 미심쩍은 점이 자꾸만 솟아났다.

첫째로, 후유코는 도토 호텔의 로비에서 만나자마자, 자기에게 시간을 물었다. 그때 그녀는 자기 자신의 시계를 손목에 차고 있었다. 그리고 요시노 후미코 앞에서 그 시계는 멈추고 있었던 것으로 되어 있는데, 과연 그랬을까?

둘째로, 그녀는 왜 즉시 투숙 절차를 밟았을까? 후유코와 이상적이고 정신적인 사랑에만 머물러 있는 자신으로선 그때 그녀의 투숙 절차가 지닌 의미를 몰랐다. 투숙 절차를 밟은 후, 식사를 천천히 즐기고 방으로 이끌려서야 비로소 투숙의 의미를 알았다. 호텔이란 것을 잘 모르는 그로서는, 처음에는 후유코가 메시지라도 남기려고 프런트에 가는 줄로 생각할 정도였다.

그렇더라도 천천히 식사할 시간이 있었는데, 왜 그처럼 서둘러서 방을 잡았을까? 만약 미리 예약해 두었더라면, 투숙 절차를 급히 서두를 필요는 없다. 이것은 조사해 볼 필요가 있다.

셋째로, 왜 후유코는 도토 호텔을 선택했을까? 그 이전의 데이트 때에는 얼굴을 알고 있기 때문에 싫다고 하면서 일부러 일류 호텔 같은 곳엔 가까이 가지 않으려 했다. 그런데 팰리스 사이드 호텔과 가장 가까운 도토 호텔에 당당히 남자를 데리고 들었을 뿐 아니라, 보란 듯이 자기 스스로 투숙 절차를 밟았다. 후유코가 남자를 호텔로 끌고 들어갔다(제삼자의 눈엔 그렇게 비칠 것이다)는 소문이 순식간에 업계에 퍼졌으리라. 미혼 여성으로서, 그리고 평소의 후유코를 알고 있는 자기에게, 너무 경솔한 행동 같았다.

끝으로, 이것은 무엇보다 큰 의문인데, 후유코는 그날 밤 왜 그토록 당돌하게도 자기에게 허락할 기분이 되었을까? 예전에 데이트할 때의 모습으로 유추해 보더라도, 설마 그날 밤 그와 같은 '진전'이 있으리라고는 예상하지도 못했다. 그날 밤 느닷없이 굴러온 신나는 선물에 넋을 잃어 깊이 생각해 보지 않았지만, 지나간 일로서 냉정히 관찰해 보니 부자연스러움이 두드러졌다.

2

"한 번 더 현장에 가 보자."

히라가는 생각을 쫓는 일을 그만두고 일어섰다. '현장에는 범인을 추정하는 자료가 반드시 있다. 발견될 때까지 반복해서 관찰하라'라고 한 말은, 경찰학교 때부터 머릿속에 박힌 수사의 기본이었다. 그 우메무라라는, 사람 좋게 보이는 사람이 있다면 뭔가 편의를 봐 주겠지.

호텔은 변함없이 북적거리고 있었다. 세계 각국의 인종들이 열대어처럼 왔다 갔다 하는 로비를 가로질러 프런트에 가서 온 뜻을 말하자, 노골적으로 싫어하는 얼굴을 했다. 우메무라는 아직 출근하지 않았다. 방이 폐쇄되었다고 한다면 할 수 없지만, 아무리 호텔이 붐빈다고 할지라도, 사장이 살해된 방을 두 달 남짓한 사이에 일반 손님에게 제공하는 일은 않겠지. 히라가의 추측은 들어맞아, 프런트의 책임자 같은 사나이가 34층으로 안내해 주었다. 때마침 요시노 후미코가 근무 중에 있었다.

"3401호실은 모양을 바꾸었습니까?"

"아녜요, 침대를 들어냈을 뿐, 그 밖에는 그대로 두고 있습니다. 그와 같은 방을 손님에게 내주면 호텔의 신용이 손상되기 때문에, 당분간 그대로 두고 있습니다."

후미코의 말투는 프런트 과장을 의식해서인지 딱딱했다.

"수고스럽지만, 한 번 더 방을 보여 주셨으면 하는데요."

"네, 그러죠." 후미코는 목에 걸고 있던 플로어 패스 키, 즉 제2의 열쇠를 끄르면서 앞장섰다. 프런트 과장은 따라오지 않았다.

방으로 들어가자, 사람 없이 비워둔 방의 가라앉은 공기 냄새가 코에 닿았다. 환기 장치가 되어 있으므로, 이것은 단순히 기분 탓일 것이다.

요시노 후미코는 창가에 서서 커튼을 열려고 했다.

"잠깐만 기다려 주십시오. 당신이 사건 전날 밤 주스를 가져 왔을 때, 커튼이 열려 있었습니까?"

후미코는 잠시 생각하는 듯하다가 즉시 대답했다.

"열려 있었어요. 바깥 네온사인이 유리창에 비친 것을 기억하고 있어요."

"네온사인? 그렇지, 7시 50분이라면 여름이라도 어두워질 때지요. 그렇다면 커튼을 열어 주십시오."

히라가는 자기 손목시계를 들여다보고, 그 시각보다 지금이 30분 정도 빠르다는 것을 알았다. 하지만 열린 커튼 밖에는 빨리 저무는 가을밤이, 충분한 어둠의 농도 속에 대도시의 빛을 찬란히 부수고 있었다. 여름의 희미한 잔광을 빛내던 사건 전날 밤 오후 7시 50분보다 더 분명한 야경이 그 유리창에 비쳐 있는 게 분명했다.

"이 테이블과 소파의 위치는 그날 밤과 똑같습니까?"

"네, 같아요."

"구주 사장과 아리사카 비서는 어디에 앉아 있었습니까?"

"구주 사장은 창을 등진 소파에, 아리사카 씨는 제 초인종 소리에 방문을 열어 주었어요."

"당신은 어디다 주스를 놓았습니까?"

"이 티테이블 위에요."

"룸서비스는 보통 이 티테이블 위에 놓습니까?"

"네, 손님이 플로어 로비에 계실 때는, 특별한 지시가 없는 한, 티테이블 위에 놓아요. 그런데 그 날은 아리사카 씨가 열쇠를 가리키듯이 티테이블 위에 놓으라고 말했어요."

"네? 열쇠를 가리키듯이 말입니까?"

"네."

히라가는 그 테이블 위에 놓였을 제1의 열쇠를 망막에 그렸다.

팰리스 사이드 호텔의 열쇠 표찰은 하얀 플라스틱제다. 짙은 검정 바탕의 테이블 위에 있는 흰색 열쇠 표찰은 한결 눈에 드러났을 것이다. 일부러 열쇠를 가리키지 않더라도, 주스를 놓는 장소가 당연히 티테이블 위였으므로, 거기다 주스를 놓을 요시노 후미코의 눈에 띄었을 게 분명하다. 그런데 후유코는 후미코의 시선이 열쇠를 확인하도록 한 것이다.

왜 후유코는 열쇠를 그토록 강조하지 않으면 안 되었을까? 그것은 제삼자에게 3401호실의 룸 키가 분명히 그곳에 있음을 확인시키지 않으면 안 될 사정이 있었기 때문이다. 그 사정이란 두말할 것도 없이 사건이 발생했을 때, 가장 의심받을 입장에 있는 자기 자신을 방위하기 위해서다. 그렇다면? 히라가는 갑자기 두들겨 맞은 듯한 충격을 느꼈다.

'아리사카 후유코는 분명히 살인 사건이 일어날 것을 미리 알고 있었다!'

히라가는 또 하나의 의문에 부닥쳤다. 그것은 뭐든 제자리에 둬야하는 구주의 편집증이다. 룸 키의 자리는 나이트 테이블 위였다. 구주의 비서로서 후유코는 당연히 이 사실을 알고 있지 않으면 안 되었다. 그런데도 일부러 정위치에서 많이 떨어진 플로어 로비의 티테이블 위에 놓은 것은, 제삼자인 요시노 후미코의 눈에 분명히 띄도록 하기 위한 사전 공작임에 틀림없다. 히라가의 가슴에는 의혹이 뭉게구름처럼 솟아올랐다.

"요시노 씨, 당신은 제1의 열쇠, 아니 룸 키가 티테이블 위에 있는 것을 이상하다고 생각지 않았습니까?"

"아……별로. 왜 그러시죠?"

"사장은 신변 가까이 있는 물건들이 정해진 제자리에 놓여 있지 않으면, 언짢아했다지 않습니까?"

알리바이의 제물

"네, 하지만 그것은 특히 잠드시기 전의 일이고, 그 이전에는 다소 제자리에서 벗어났다 해도 별로 이렇다 할 일은 없었어요."

"그렇습니까?"

히라가는 일단 머리를 끄덕였지만, 마음속으론 납득되지 않는 점이 있었다. 후유코는 방에서 나갈 때 제1의 열쇠를 티테이블 위에 놓았다. 비서로서는, 열쇠의 최종 위치인 나이트 테이블 위에 두는 것이 당연하다. 하지만 구주가 밖으로 나갈 때를 대비해서 신경을 쓴 게 아닌가? 아니면 메이드 앞에서 침실로 들어가는 것을 꺼렸을까?

그럴 리가 없다! 열쇠는 정한 자리에 놓아두어야 했다. 적어도 티테이블 위는 열쇠를 놔두기엔 적합하지 않다. 사생활 보호자로서의 열쇠는, 될수록 사람의 눈에 띄지 않는 곳에 놔두는 것이 뛰어난 비서의 역할일 것이다.

후유코가 열쇠를 티테이블 위에 놔 둔 사실은 아무래도 수상하다. 의혹의 구름이 히라가의 가슴속에서 점점 커져 갔다.

"사장은 일단 방으로 돌아온 후 또 밖으로 나가는 일이 있습니까?"

"그런 일은 없어요. 매우 규칙적인 분이어서, 언제나 8시쯤 방으로 돌아온 후 9시에 주무실 때까지 방에서 나가신 일은 제가 아는 한 한 번도 없었어요."

"당신은 몇 년쯤 이곳에서 근무했습니까?"

"이 호텔이 개관한 후로 쭉 34층에 속해 있어요."

그렇다면, 후유코는 비서로서의 근본적인 배려가 부족했다는 결과가 된다.

"당신이 주스를 가져왔을 때, 내실 문은 닫혀 있었습니까?"

히라가는 질문을 바꿨다.
"잘 기억할 수 없는데요."
후미코는 고개를 갸우뚱했다.
"그렇다면 아리사카 양이 당신에게 시간을 물었을 때의 위치는 어느 쪽이었습니까?"
"분명히 이 의자에서 일어서려 하고 있었어요."
후미코가 가리킨 의자는 내실을 등지고 있었다. 이래서는 내실 문이 닫혔거나 열렸거나 나이트 테이블의 자명종 시계는 보이지 않는다.
"잠깐 그곳 내실 문을 열어 줄 수 없습니까?"
히라가는 후미코에게 부탁해서, 후유코가 앉아 있었다는 의자 곁에 서서 침실 쪽을 노려보았다. 의자에서 몸을 약간 옆으로 기울이며 돌아보면 자명종 시계가 안 보이는 것은 아니었지만, 이 같은 거리에서는 아무리 눈이 좋아도 그 바늘을 읽는다는 것은 무리였다. 거기다 밤이어서, 전등이 켜져 있지 않았다면 더욱이 불가능해진다. 이것은 후유코에게 있어 약간 유리한 자료가 될 것이다.
그러나 그 같은 자료를 날려 버릴 만한 의문이 새로 솟았다.
"주스는 분명히 아리사카 양이 마셨지요?"
"네, 분명히."
"전에도 그런 일이 있었습니까?"
"아니요, 한 번도 없었어요. 아리사카 씨는 자기 자신이 종업원의 한 사람이라는 것을 잘 아는 분이라서, 식사 같은 것도 종업원 식당에서 했어요. 그러니까 그때는 여간 목이 마르지 않았나 봐요."
"주스는 전부 마셨습니까?"

"아마 3분의 1쯤 남았을 거예요. 작은 병 하나였는데, 저도 조금 이상하다고 생각했습니다만."

그랬었군! 히라가는 입술을 깨물었다. 아리사카 후유코는 그다지 목이 마르지 않았다.

후유코로서는 지금껏 한 번도 하지 않은 염치없는 부탁을 하면서까지 가져오게 한 작은 병의 주스를 다 마시지도 않은 것이다. 그녀가 주스를 부탁한 이유는 주스가 아니라, 주스를 들고 오는 제삼자에게 있다.

그날 밤 그녀의 시간 중에 유일한 공백이 되는 7시 50분에서 8시까지(후유코에게 있어 유일하면서도 가장 위험한)의 시발점을 이 메이드에 의해 확인케 하고, 그 끝을 자기에게 한정케 함으로써, '위험 시간대'에 제1의 열쇠를 가지고 나갈 수 없음을 보인 것이다. 그래서 스스로의 몸을 완전한 안전지대에 옮겨 놓은 것이다.

'후유코, 너는…….'

히라가는 요시노 후미코 앞에 있다는 사실도 잊어버리고, 그 자리에 쓰러질 것 같았다. 그만큼 그가 받은 충격은 컸다. 그날 밤 자기에게 바친 그녀의 가장 아름다운 부분과 믿어 의심치 않은 선물은 더러운 자기 한 몸을 보전하기 위한 것 외에 아무것도 아니었다.

그날 밤, 그 이상의 격렬함이란 생각도 할 수 없는 열정으로 그를 원한 것은 사랑의 증거가 아니라, 애오라지 후유코 자신을 지키기 위한 꾸밈이었다. 그녀는 히라가를 잠재워서는 안 되었다. 히라가 깨어 있는 시간이 많으면 많을수록, 성행위가 강렬하면 강렬할수록, 자신의 안전에 연결되기 때문에.

'나는 알리바이의 제물이 되었다!'

믿을 수 없다. 그날 밤, 조금이라도 자기 품에 깊이 파고들려고 되풀이해 온 포옹과 밀착이, 사랑이 아닌 타산적으로 꾸며진 것이라니…….

후유코 이외의 다른 여자였다면 그와 같은 것도 생각할 수 있겠지. 그러나 이 세상 사람의 온갖 더러움을 받아들이지 않을 듯한, 구름 한 점 없는 눈동자를 가진 후유코가 그런 계산을 깔고 자기 몸을 남자에게 바칠 수 있을 것인가?

그 아름답고 나긋나긋한 몸을 그런 타산을 깔고 그처럼 아낌없이, 그렇게 관대하게 남자의 욕망에 맡길 수 있는가?

자기의 등 뒤로 팔을 돌려 힘껏 껴안은 여자의 힘, 성행위의 절정에 이르러 불꽃 같은 숨을 토하면서 계속 구하며 떨던 여자의 입술, "좋아" 하며 귓전에 계속 속삭이던 여자의 애절한 목소리, 죽기만큼 부끄러웠을 파렴치한 밀착의 자세로 한밤내내 줄곧 강하고 깊게 사랑해 주던 후유코, 이것들이 모두 알리바이를 위한 제물로서의 자기를 잠자지 못하게 한 기교였단 말인가? 믿을 수 없어. 아니, 믿고 싶지 않다.

그런데 수사 1과의 형사로서, 히라가는 그것을 믿지 않으면 안 될 자료를 얻은 것이다. 그는 지금 한 인간이기에 앞서 형사가 아니면 안 되었다.

"정말 여러 가지로 고맙습니다. 끝으로 하나 더 묻겠는데, 아리사카 양이 당신과 함께 방에서 나갈 때 급히 서두르는 것 같았습니까?"

히라가는 걸음을 멈추고, 형사다운 질문을 덧붙였다.

"아니요, 특별히 바쁜 것 같지는 않았습니다."

히라가는 손목시계를 들여다보았다. 정각 7시 50분이었다. 후미코에게 고맙다는 말을 하고 그는 방에서 나왔다. 그리고 하나의 실험을 생각해 냈다.

 엘리베이터 홀에서 후미코와 헤어질 때까지는 보통 걸음으로 걷고, 엘리베이터로 일층 로비에 내리자마자, 날쌘 걸음으로 정면 현관으로 달려 나가, 택시를 기다리고 있는 줄선 손님들을 무시하고, 먼저 온 차 속으로 뛰어들었다.

 도토 호텔에 닿자마자, 그는 거리를 짐작해서 미리 준비했던 요금을 던지듯 운전사에게 건네고, 그날 밤 후유코와 만났던 로비의 한 구석으로 달렸다. 손목시계는 8시 1분을 가리키고 있었다.

 남자인 자기가 이렇게 달려와도 11분이 걸렸다. 교통 사정이 그날 밤과는 달랐다 하더라도, 후유코는 이곳을 10분에 왔다. 여자의 몸으로, 자기처럼 새치기 승차는 못 했겠지. 그렇다면, 누군가가 차를 준비하고 있지 않았다면, 이 두 지점 사이의 거리를 10분에 이동한다는 것은 곤란하다.

 누군가가 차로 아리사카 후유코를 도토 호텔까지 태워다 주었을 것이다. 그 '누구'가 바로 범인이다. 그렇다. 후유코는 모든 것을 그 범인의 지시에 따라 움직인 것이다. 그날 밤의 말도, 그날 밤의 모든 수작 하나하나도 정교하고 치밀한 범인의 '살인 설계도'에 따라 속삭이고 움직였음에 틀림없다.

 히라가는 확실히 자기 것이라고 믿었던 아리사카 후유코의 하얗게 빛나던 알몸이, 피투성이가 된 범인의 몸뚱이에 의해 무참히 갉아 먹히고 있는 모습을 눈으로 역력히 볼 수 있었다.

 아직 본 일도 없는 범인의 얼굴이 후유코의 알몸 위에 올라타, 허연 이빨을 드러내고 웃었다.

 범인이 남자인지 여자인지 확실치 않은데도, 히라가는 후유코의 배후에서 남자의 그림자를 보았다.

돌아오지 않는 비서

1

 히라가는 그날 밤 기쿠마치 경찰서 숙직실에서 얇은 담요를 몸에 감은 채, 한결같이 자기 생각을 쫓고 있었다. 담요만으론 추위를 막아줄 수 없는 계절이 되었지만, 머릿속에 모든 피가 몰린 듯 생각에 잠겨 있는 히라가는 그 같은 말초 감각을 의식할 만한 여유가 없었다.
 아리사카 후유코의 배후 인물이 물리적으로는 불가능하지만, 어떤 형태로든 범행에 관계하고 있음은 부정할 수 없게 되었다. 그녀를 둘러싸고 있는 모든 상황이 그 사실을 말하고 있다. 그런데 후유코가 도와 준 인물에게 이르는 길은, 지금으로선 그녀의 입을 열게 하는 수밖에 없다. 강제적인 고문이나 협박에 의한 자백은 증거 능력이 없을 뿐 아니라, 범인의 자백 이외에 증거가 없을 때도 유죄로 할 수 없다. 거기다 이처럼 완벽한 안전지대에 있는 후유코가, 자기에게 불리한 고백을 자진해서 할 까닭이 있을까?
 범인에게 이르는 길은 자기 힘으로 뚫는 길밖에 없다. 그 구멍은 여전히 발견되지 않았다. 그러나 오랫동안 한 가지 일에 생각을 집중하고 있으면, 자기가 구하고 있는 것이 점차 구체적인 모습을 나타내듯, 히라가의 머릿속에도 여무는 것이 있었다. 그것이 아직은 무엇인지 알 수 없었다. 그러나 분명히 무엇인가 응고되고 있었다. 그것은 수사본부가 수집한 수사 자료 속에 있는 것으로, 그들이 눈여겨보지 않았던 것이다.

무엇을 보고 놓쳤던가? 히라가는 수사 경과를 다시 한 번 검토해 보았다.

가장 문제가 된 것은 3401호실을 여는 네 개의 열쇠로, 사건 발생 때의 소재였다. 제1의 열쇠는 피해자의 방 안에, 제2의 열쇠는 요시노 후미코에게, 제3의 열쇠는 나이트매니저에게, 제4의 열쇠는 프런트에 있었음이 확인되었다.

그런데 범인이 이중으로 잠긴 밀실 안으로 들어간 것도 또한 사실이다. 어디엔가 그 범인의 몸뚱이를 통과시킨 공간이 있는 것이다. 어디엔가…….

히라가는 수사 회의에 각 형사가 제출한 수사기록을 되씹었다. 분명히 구와바다케 형사의 수사 기록 속에 이런 내용이 있었다.

구와바다케 형사, "그런데 객실 열쇠는 제삼자가 그 형태를 본 떠 만들 수 있습니까?"

이구치 지배인, "이 호텔에서만은 절대로 불가능해요. 우리 호텔 것은…… (중략) 정교한 우수품이에요. 예비 열쇠도 제작 회사 이외에선 만들 수 없으며, 그것도 자물쇠의 정당한 소유자가 의뢰하지 않으면 응하지 않아요."

그때는 아무렇지 않게 들어 넘겼지만, 지배인의 말은 정당한 소유자의 의뢰가 있으면 그 제작회사가 예비 열쇠를 만들어 줌을 암시한다. 그렇다면 호텔은 대체 어떤 때에 예비 열쇠를 만들게 하는 것일까? 가만 있자. 그 답도 지배인의 말과 아라이 형사의 기록에 있는 증언에서 찾을 수 있을 것 같다.

 이구치 지배인, "손님 가운데는 취미가 별난 분도 계시기 때문에, 호텔 열쇠를 수집의 대상으로 삼는 분도 계시지요."
 아라이 형사, "어젯밤부터 오늘 아침에 걸쳐 이 금고를 열었습니까?"
 우메무라 프런트 계장, "아니요, 대개는 밤에 두세 번 열게 됩니다만, 어젯밤엔 열쇠의 분실도 없었고, 경리도 예비비가 부족하지 않았기 때문에 한 번도 열지 않았어요."

그러니까, 열쇠를 분실하거나 손님이 가져가거나 하는 일들이 있다면 열쇠를 잃어버린 후의 자물쇠, 즉 실린더는 어떻게 하는 것일까? 열쇠는 호텔 측의 의뢰로 제작 회사가 예비 열쇠를 만들지만, 그 자물쇠에 맞는 열쇠를, 현재의 정당한 숙박객 이외의 제삼자, 즉 잃어버린 열쇠를 가지고 있는 사람이 쥐고 있다는 것은 아무래도 문제가 아닌가?
 현실적으로 그 같은 부정한 방법으로 열쇠가 사용된 일이 없다고 하더라도, 사생활을 최대한 보장하는 것을 생명으로 삼는 호텔의 밀실이, 현재의 숙박객이 아닌 제삼자에 의해 열릴 수 있다는 가능성만으로도 그 가치가 치명적으로 손상되는 것이다.
 호텔은 한 번이라도 열쇠가 없어진다면 그것이 아무리 값비싼 실린더라 할지라도 폐기해 버려야 한다. 그렇게 하지 않는다면, 그들의 장사는 속임수다.

하지만 그렇게 한다면 예비 열쇠를 만들게 할 필요가 전혀 없다. 그럴 필요가 없다면 제조 회사의 열쇠 번호 등록도 필요 없게 된다. 그런데 현실은 호텔이 예비열쇠를 만들게 하는 수도 있다. 그것은 왜 그럴까?

여기까지 생각이 미친 히라가는 벌떡 일어났다. 상당히 격렬한 동작으로 일어났지만, 동료 형사들은 낮 동안 수사를 하러 다닌 피로때문에 막대기처럼 아무것도 모르고 잠에 곯아 떨어져 있었다.

그는 경찰서의 직통 전화로 팰리스 사이드 호텔의 다이얼을 돌렸다. 호텔의 근무 제도에 갑작스런 변경이 없다면, 요시노 후미코는 오늘 밤 야근일 것이다. 본부실의 벽시계는 오전 2시 가까이를 가리키고 있다. 아직 자고 있지는 않겠지.

히라가의 추측대로 저쪽에서 잠시 후에 후미코의 낯익은 목소리가 들려왔다. 히라가는 재빨리 의문나는 점을 물었다.

"아, 네……. 그런 점이라면 염려 없어요. 실린더를 다른 방과 바꾸어 버리기 때문이죠."

후미코의 대답은 밝고 쾌활했다.

"손님이 가령 3401호실의 열쇠를 가져가 버렸더라도, 실린더를 다른 방 것과 바꾸어 버리기 때문에, 벌써 그 열쇠로는 3401호실을 열 수 없게 되고 말아요. 열쇠를 가진 사람이 3401호실의 열쇠라고 생각하고 있더라도, 거기에 맞는 실린더는 어딘지 다른, 대개 다른 층의 방에 붙여져 있는 거예요."

히라가는 눈앞을 가리고 있던 장벽이 한꺼번에 사라지는 느낌이었다. 분명히 3401호실의 열쇠를 누군가가 가지고 간 일은 없었다. 가령 어떤 방을 ×라 하고, ×의 열쇠가 누군가에 의해 없어졌을 때의 실린더와 3401호실 본래의 실린더가 교환되었다고 한다면, ×의 열쇠 소유자는 3401호실에 들어갈 수 있다. 그리고 만약 '그'가 ×의 열쇠에 꼭 맞는 실린더가 3401호실에 장치되었음을 알고 있다면 그가 바로 범인인 것이다. 그것을 알 수 있는 사람은 내부인에 한하며, 그 사람이 다른 사람이 아닌 바로 후유코이리라. 따라서 당연히 범인은 내실 문 실린더의 복잡한 회전방법도 알고 있겠지. 밀실은 열렸다!

히라가는 뒤늦게 착안한 이 점을 후미코에게 말했다.

"호호호, 틀렸어요. 실린더 교환에는 전문적인 기술부 사람들이 만지더라도 한 시간 가까이 걸려요. 거기에다 3401호실의 실린더는 한 번도 교환된 일이 없어요. 그 방은 사장님 전용실이었으니까, 그런 복잡한 일을 할 이유가 없겠지요."

후미코의 말은 히라가의 발견을 여지없이 두들겨 부수었다. 수화기를 놓은 히라가는 본부실의 어둠 속에 푹 파묻혀 앉은 채, 잠시 동안 움직일 기력도 없었다.

후미코의 말은, 히라가가 미처 깨닫지 못한 모순까지도 드러나게 했다. 만약 후유코가 이 실린더 교환을 혼자서 했다면, 우선 ×의 실린더를 떼어 낸 후, 다음에 3401호실 것을 떼어내고, 세 번째로 3401호실에 ×의 실린더를 갖다 붙인 후, 마지막으로 ×에 3401호실의 실린더를 붙인다는, 실로 네 가지의 각각 독립된 기계적 작업을 해야만 한다.

어떤 시간대에 그 일을 한다고 해도, 가만히 있어도 주목의 대상인 후유코가 드라이버 소리를 내며 문에 달라붙어 그런 일을 하고 있었다면, 금방 발각되고 만다.

후유코 이외의 사람이 교환한다면, 3401호실에 ×의 실린더가 붙여졌다는 것을 전혀 보증할 수 없다.

"틀렸어."

히라가는 자신도 모르게 내뱉었다.

밀실은 까딱도 하지 않았다. 저 금박으로 찬연히 눈부신 방 문 안쪽에서 범인의 너털웃음 소리가 들려왔다.

'바보들! 너희들이 아무리 날뛰며 냄새를 맡으려 해도, 그 돌대가리로 열리는 밀실이 아니란 말이야. 하하하, 어리석은 형사 녀석들, 실컷 울부짖어 보렴!'

히라가는 그 비웃음을 확실히 귓전으로 들었다. 그는 이를 부드득 갈았다. 이를 갈며 그는 생각을 계속했다.

범인의 몸이 물질로 이루어진 이상, 문이나 벽을 뚫고 방 안으로 들어간다는 일은 절대로 불가능하다. 그의 육신을 통과시킨 공간이 밀실의 어딘가에 있을 것이다. 어딘가에 구멍이 있다. 반드시 있다. 그렇지 않다면 물리적 법칙이 부정된다.

그러나 어디에? 범인에겐 보이고, 자기에겐 안 보이는 구멍. 그것이 어디 있단 말인가?

히라가의 생각은 미칠 듯 겉돌면서, 요시노 후미코가 한 말로 돌아왔다.

"호호호, 틀렸어요. 실린더 교환에는 전문적인 기술부 사람들이 만지더라도 한 시간 가까이 걸려요."

그 후미코의 웃음은 어느덧 범인의 웃음과 겹쳐지고 말았다.

그런데, 가만 있자! 긴 생각이 겉돌던 끝에, 후미코의 말이 그의 뇌수 가운데 엉겨 붙어 갔다. 그것은 새로운 가능성을 암시해 주었다.

히라가는 일어섰다. 연일 수사로 초췌해졌지만, 그 눈에는 뜨거운 빛이 되살아나고 있었다.

2

10분쯤 뒤, 서에서 부른 순찰차를 타고 히라가는 팰리스 사이드 호텔로 달려갔다. 호텔답게 이 한밤중에도 로비엔 사람들의 그림자가 왔다 갔다 했다. 오전 2시나 3시는 호텔에 있어서는 초저녁 같다고들 말한다지.

프런트에 가니 마침 우메무라가 있었다.

"형사님, 또 무슨 일?"

그는 히라가가 다른 사건으로 온 줄 아는 모양이었다.

"바쁘신데 미안합니다마는, 그 3401호실에 비치된 룸 키는 그 후 어떻게 보관하고 있습니까?"

"아…… 그것은, 그 후 방을 꼭 닫아 두고 있기 때문에 여기 있어요."

우메무라는 이렇게 말하고, 등 뒤의 하모니카를 몇 층 쌓아 놓은 듯한 열쇠통 속에서 두 개의 열쇠를 아무렇게나 꺼냈다.

"그 열쇠를 잠깐 빌려 줄 수 있습니까?"

"예."

히라가는 두 개의 열쇠를 받아 쥐자, 로비의 구석 자리 소파에 앉아 오랫동안 두 열쇠를 응시했다. 그가 일어선 때는 그로부터 약 30분 뒤였다.

일어서면서 그는 자조하듯 중얼거렸다.

"나는 바보였어. 이런 간단한 계략을 꿰뚫지 못하다니……."

히라가는 프런트에 기댄 채 또 하나의 확인을 다짐했다.

"7월 21일 밤, 아리사카 양은 퇴근할 때 3402호실 열쇠를 프런트에 돌려주었습니까?"

"아마 돌려주지 않은 줄로 아는데요. 아리사카 양은 언제나 자기가 열쇠를 가지고 다닙니다. 하지만 일단 확인해 보지요."

우메무라는 일단 안으로 들어갔다가 일람표를 같은 것을 들고 나왔다.

"이것은 열쇠 검사 기록부인데요. 새벽 2시쯤 돼서 숙박객 중에 아직 외출에서 돌아오지 않은 분이 몇이나 되는지 조사한 거죠."

"열쇠 검사라니요?"

"손님들이 외출할 때는 열쇠를 프런트에 맡겨두기로 되어 있어요. 그러니까, 호텔 측은 손님에게 제공한 방의 열쇠를 넣는 상자 안에 열쇠가 있는지의 여부에 따라, 손님이 방 안에 있는지를 판단하게 되는 거죠."

"아하, 그러니까 숙박하고 있으면서 열쇠 상자에 열쇠가 있다는 것은 외출 중이라는 말이 되겠군요?"

"네, 그래요. 그 검사를 매일 밤 2시쯤 하는데, 돌아오지 않은 손님의 숫자를 확인하는 거죠. 손님 가운데는 외박하는 분도 계시기 때문에……."

"외박? 호텔에 묵고 있으면서 외박을 합니까?"

"네, 아마도 여러 가지 사정이 있겠지요. 저희들로서는 이 2시쯤 돼도 돌아오지 않는 손님은 '노 슬리프'로, 즉 방을 잡고서도 침대는 사용하지 않은 것으로 처리하지요."

우메무라는 이렇게 말하면서 7월 21일(정확히는 7월 22일 오전 2시)의 목록을 뒤졌다.

"아, 있습니다. 3402호실, 열쇠 없음. 아리사카 양은 언제나 열쇠를 가지고 다니기 때문에 노 슬리프로 처리되지요. 검사한 시간은 2시 30분입니다."

그것만 들어도 충분했다. 사건 당일 밤, 적어도 오전 2시 30분까지는, 3402호실 열쇠는 프런트에 돌려주지 않은 것이다.

3
수사 보고서

196×년 9월 30일
도쿄 경찰국 형사부 수사 제1과 순경
히라가 다카아키

도쿄 경찰국 형사부장 귀하
죄명 및 벌조항 : 살인 방조, 형법 제199조 및 동법 제62조 및 동법 제63조
피의자 : 본적   도쿄 도(都) 렌바 구(區) 간이 256
       주소   위와 같음
       직업   팰리스 사이드 호텔 종업원
       성명   아리사카 후유코
       연령   25세

196×년 7월 22일 오전 1시 30분쯤, 도쿄 도 지요다 구 다케히라쵸 1의 1, 팰리스 사이드 호텔 3401호실에서, 동 호텔 사장 구주 마사노스케 씨가 살해된 사건에 관한 수사 결과, 다음 사실이 판명되었기에 보고함.

1. 피의자는 피해자의 비서로서, 항상 피해자의 주변에 있었고, 3401호실 룸 키를 맡아, 피해자가 동실을 출입할 때마다 피해자 대신 동실의 문을 여닫았다.

2. 피의자는 그 직무상, 피해자가 동실 내에서 살해되었을 때, 자기가 가장 의심받을 위치에 있음을 잘 알고 있었기 때문에, 평소부터 피의자에게 마음을 두고 있던 본인을 이용하여 피해자의 사망 추정 시각에 자기의 알리바이를 확립했다.

3. 본인이 피의자가 죄를 범했을 것이라고 의심하기에 이른 이유는, 피의자가 피해자의 사망 추정 시각에 본인에게 시간을 확인했다는 점과, 사건 전날 밤 팰리스 사이드 호텔로부터 도토 호텔까지 10분 만에 급히 이동했다는 점(본인의 조사에 의하면, 그 두 호텔 간을 10분 동안 이동한다는 것은, 미리 차를 준비해 두지 않으면 무리라는 것이 밝혀졌음)이다.

4. 피의자는 자동차 운전면허를 취득하고 있지 않아, 자동차 운전을 할 수 없으므로, 그 어떤 자가 자동차를 운전하여 피의자를 도토 호텔까지 태워다 준 것으로 추정된다. 더욱이 그 후의 수사에 의해, 21일 밤 7시 50분쯤 팰리스 사이드 호텔의 정문 수위 덴요 마사오가, 남자가 운전하는 검은색의 중형차에 피의자가 타는 것을 목격했음이 밝혀졌다. 운전사의 특징은 불명, 차의 번호는 미확인.

5. 피의자는 직무상 피해자의 바로 옆방인 3402호실을 전용실로 쓰고 있었다.

6. 밀실 상태인 3401호실에 범인은 다음과 같은 방법으로 침입한 것으로 추정된다.

7. 팰리스 사이드 호텔 각 객실의 룸 키는, 각 객실 번호를 검은 글자로 새긴 플라스틱제 흰 바탕의 장방형 열쇠 표찰에 붙어 있고, 열쇠와 열쇠 표찰은 10센티미터 정도의 줄로 연결되어 있다. 줄의 양쪽 끝은 각각 직경 1센티미터 가량의 불연속 고리가 달려 있어, 열쇠와 열쇠 표찰이 얽혀 있다. (다음 페이지 그림 참조)

8. 피의자는 직무상 피해자의 방 열쇠에 자유로이 접촉할 수 있음을 이용하여, 그 두 방 열쇠의 앞에서 말한 고리 연결부의 불연속 부문을 펜치 같은 것으로 늘이고, 열쇠와 열쇠 표찰을 분리시

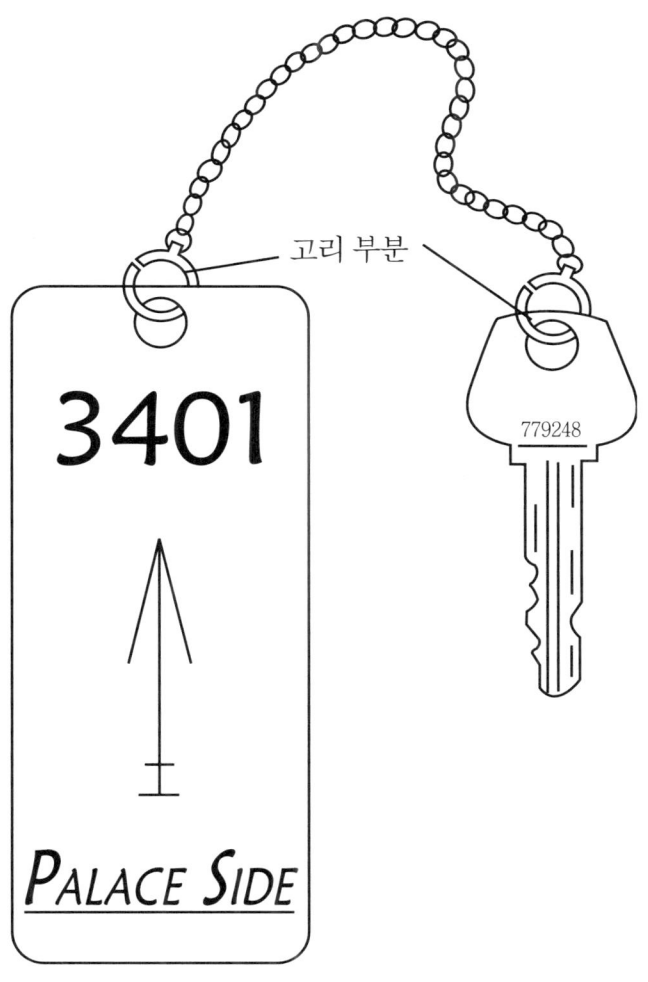

팰리스 사이드 호텔 3401호실 열쇠

돌아오지 않는 비서 101

킨 후 3401호실 열쇠 표찰에는 3402호실 열쇠를, 3402호실 열쇠 표찰에는 3401호실 열쇠를 서로 바꿔 끼워 둔 것이다. 늘인 고리는 다시 펜치 따위로 원상태로 해 둔 것으로 생각된다.

9. 피의자는 그 두 방의 열쇠를 변경 조작한 후, 피해자의 3401호실 출입에 있어선 항상 3401호실 열쇠(정확히는 3402호실 열쇠 표찰을 단 3401호실 열쇠)로 방문을 여닫았다. 피해자는 아마 피의자의 등 뒤에 서서 문 열기를 기다렸을 것이므로, 피의자의 손안을 들여다볼 수 없었을 것이고, 보았더라도 열쇠 표찰의 번호까지는 읽지 못했을 것이다. 거기다 양손으로 열쇠를 조작한다면, 손바닥으로 번호를 가리기는 쉬운 일이다.

10. 열쇠 표찰을 서로 바꿔 끼우는 일은, 피의자의 안전을 위해 사건 전날, 그것도 사건과 가장 가까운 시간에 행해진 것으로 생각된다. 본인의 실험에 의하면 이 작업은 두 개의 펜치같은 공구만 있으면 1분으로 충분하다.

11. 그리하여 피의자가 피해자와 요시노 후미코의 눈앞에 놓아 둔 3401호실 열쇠는, 사실은 3401호실 열쇠 표찰을 단 3402호실 열쇠였다. 피해자와 요시노 후미코가 미세한 열쇠 이빨과 열쇠 몸에 새겨진 번호로, 피의자가 가한 변경 상황을 알아차린다는 것은 거의 불가능하다.

12. 피의자가 3401호실 티테이블 위에 변경된 열쇠를 남겨둔 후, 피해자가 다시 방 밖으로 나가면, 재입실할 때 열쇠와 자물쇠(실린더)가 안 맞는다는 것이 발견되지만, 피의자는 피해자의 일상 생활이 매우 규칙적이고 오후 8시 이후에는 방 밖으로 나가지 않음을 알고 있었다.

13. 피의자는 3401호실에서 나오자 바로 본인이 기다리는 도토 호텔로 향했다. 피해자의 열쇠에 변경을 가하는 시간이 '끔찍한

행위의 예정 시간'에 가까우면 가까울수록 피의자는 안전한 동시에, 살인범에게 3401호실 열쇠(3402호실 열쇠 표찰이 달린)를 건네 줄 시간이 적어진다는 모순점으로 하여, 피의자가 범인과 접촉한 시간은 이 두 호텔을 이동하는 사이였을 것으로 생각된다. 즉, 피의자를 태운 자동차의 운전기사가 이 살인 사건의 진범일 가능성이 가장 짙은 용의자일 것으로 생각된다.

14. 범인은 피의자로부터 받은 열쇠로 그날 밤 오전 1시 30분쯤 3401호실에 침입하여 피해자를 죽인 후, 가지고 있던 펜치 따위로 두 열쇠에 피의자가 한 것과 똑같이 공작하여, 각각 본래대로 열쇠와 열쇠 표찰을 연결시켜 놓았던 것이다.

15. 내실 문의 자물쇠를 여는 복잡한 회전 방법은, 미리 피의자가 범인에게 가르쳐 준 것으로 생각된다.

16. 범행 후 범인은 세심한 주의로 수사 자료가 될 만한 모든 흔적을 지워 버리고, 3401호실 열쇠(3401호실 열쇠 표찰을 단)를 나이트 테이블 위에 놓아두고 달아났다. 내실 문과 바깥 문 모두가 자동식이므로, 문을 닫음과 동시에 밀실이 구성됐던 것이다. 3402호실 열쇠는 범행 후, 범인에 의해 피의자의 손에 돌려졌다.

17. 범인이 3401호실에 이르는 길과 호텔에서 도주한 경로는 다음과 같을 것으로 추정된다.

18. 3401호실이 팰리스 사이드 호텔 A동의 끝부분에 있고, 비상문에 가장 가까운 위치에 있는데다 스테이션에서 사각지대에 들기 때문에, 범인은 33층 엘리베이터에서 내려, 비상문을 통해 비상계단을 오르내리며 3401호실을 왕복했다. 이 호텔의 비상계단은 건물 안에 설치되어 있기 때문에 비상문은 외부에서도 여닫을 수 있도록 되어 있다.

증거관계

19. 팰리스 사이드 호텔 3401호실과 3402호실의 열쇠와 열쇠 표찰(고리 연결 부분에 펜치 같은 공구에 의한 손상 있음).

20. 팰리스 사이드 호텔의 열쇠 검사 목록, 7월 21일자.

21. 피의자가 기입한 동일 날짜의 도토 호텔 숙박 카드 사본 1장.

체포의 필요성

이상의 사실과 추정에 의해, 아리사카 후유코에 대한 살인 방조 피의 사실은 농후하며, 증거인멸의 염려도 있기 때문에, 그 신병을 구속해 두고 조사할 필요가 있다고 생각됨.

이튿날 아침, 수사본부는 흥분된 분위기가 감돌았다. 히라가의 보고는, 난공불락으로 보이던 이중 밀실의 철벽을 보기 좋게 두들겨 부수었다. 자기가 죽도록 좋아한 여자를 여기까지 몰아 쫓지 않으면 안 되었던 히라가의 '형사 근성' 같은 것에 모두가 머리를 숙였다.

히라가 형사가 제출한 것은 수사 보고서만이 아니었다. 무라카와 경감이 보고서를 다 읽기를 기다렸다가 히라가는 한 통의 봉투를 내밀었다.

"뭐야, 이건?"

무라카와는 보고서에서 받은 감동이 나타난 눈을 그대로 히라가에게 향하고 말했다.

"사표입니다. 오늘로써 경찰국 순경을 사임하고자 합니다. 받아 주십시오."

"뭐라고?"

밀실을 깨뜨리는 큰 공을 세운 부하가, 그 직업상 의기가 가장 충천할 때에 사임하겠다고 나선 것이다. 무라카와가 몽둥이에 얻어맞은 듯한 소리를 지른 것도 무리가 아니었다.

그러나 잘 생각해 보면 히라가가 사표를 제출하기까지 생각해 온 그 마음을 이해 못 할 것도 없었다.

밀실의 문이 열릴 때에, 아리사카 후유코의 범죄가 확인되었다. 동시에 형사이면서 그녀의 알리바이를 증언한 히라가의 어리석고 우스꽝스러운 입장도 분명해졌다. 더욱이 사건 당번 근무 중에 여자와의 색정에 빠져 들었다.

히라가가 형사로서 범인의 뒤를 쫓는 정열에는, 여자에게 속은 사나이로서의 분노와 후유코가 그토록 도운 범인에 대한 숙적(아직 숙적 관계가 확실하지는 않았지만, 히라가에겐 그같이 생각되었다)으로서의 미움과 질투가 섞여, 시꺼먼 연기를 뿜으며 타는 기름 덩어리처럼 활활 타고 있었다.

히라가는 밀실을 부술 때부터 사표 제출을 생각지 않으면 안 되었다. 따라서 더욱더 범인에 대한 미움이 치밀어 올랐다.

"히라가, 범인이 미운가?"

처음의 놀라움을 가라앉힌 무라카와가 말했다. 형사로서 당연히 알고 있는 사실을 물은 것이 아니었다. 히라가의 심정을 알고 있는 만큼, 형사로서가 아니라 한 개인으로서 히라가의 범인을 향한 증오심을 확인했던 것이다.

"네, 갈가리 찢어 주고 싶을 정도입니다." 히라가도 그런 의미로 대답했다.

"형사가 갈가리 찢다니, 적당한 표현이 못 되는데."

무라카와는 씽긋 웃곤, 갑자기 입술에 힘을 주며 계속 말했다.

"그러나 형사를 그만두면 범인 체포가 더욱 어렵게 되지."

"네?" 히라가는 순간 말문이 막혔다. 그 미묘한 순간을 재빨리 포착하고 무라카와 경감은 말했다.

"자, 이 사표는 내가 잠시 동안 맡아 두겠네. 지금은 쓸데없는 생각은 하지 말고 범인을 뒤쫓는 데만 전념하게. 이런 것은 범인을 잡은 뒤에 할 일이야."

무라카와 경감은 히라가의 개인적 감정을, 능숙한 형사 근성으로 되돌리는 데 성공했다. 지금부터 히라가는 귀신처럼 끈질기게 범인을 뒤쫓겠지.

아리사카 후유코에 대한 용의는 확정적이 되었다. 그러나 그것은 어디까지나 제일선 수사 기관의 주관적 혐의일 뿐, 검사나 재판관에게 혐의를 입증할 만한 객관적인 근거가 있다고 할 수는 없었다.

범죄의 동기가 전혀 불분명한 데다 피의자의 범죄 사실인 살인 방조 행위의 피방조자, 즉 진범은 전혀 안개 속에 있었다.

그리고 증거 관계로서 제출된 열쇠를 두고 말하더라도, 고리 부분의 손상은 피의자 이외의 사람에 의해서도 충분히 가해질 수 있었다. 목록이나 숙박 카드에 이르러서는 사건 그 자체와 관련이 그다지 깊지 않다.

요컨대 '히라가의 보고'는, 그 대부분이 그가 추정해서 이끌어 낸 단순한 가능성일 뿐, 그것만으로서는 증거 능력조차 부정되고 만다.

체포 영장 발부를 청구하더라도 각하되고 말 것이다.

중요 참고인으로서 섣불리 건드렸다가는 애써 열게 된 '이중의 문' 깊숙이 있을 자료를 인멸시킬 염려도 있다.

무라카와 경감의 표정은 침통해 있었다.

후유코와 그 배후에 숨은 진범은, 수사본부가 이중의 문을 연

사실을 아직 모르고 있음이 분명하다. 당분간 밀실 문제는 보도 기관에는 비밀에 붙이기로 했다. 그들(후유코와 범인)이 아직 알지 못하는 사이에 우선 후유코부터 조르면 뭔가 토해 낼 게 틀림없다.

"어쨌든 참고인으로서 불러들이자."

무라카와는 결단을 내렸다. 순찰차로 아리사카 후유코의 집으로 급히 달린 무라카와 반의 형사들은, 그녀가 어젯밤부터 자취를 감췄다는 사실을 알았다.

집안 사람에겐 규슈 방면으로 일주일 정도 여행한다고 말하고 나간 모양이었다. 수사 당국이 감시의 눈을 늦춘 틈을 노려 집에서 빠져 나간 것이다.

이 사실을 알자마자 아리사카 후유코에 대한 체포 영장이 발부되어, 그녀는 전국에 지명 수배되었다.

제2의 죽음

1

 후쿠오카 시 와타나베로(路) 4가에 있는 하카다 그랜드 호텔의 한 방에서, 호텔의 룸 메이드에 의해 젊은 여자의 변시체가 발견된 것은 10월 1일 오후 8시쯤이었다.
 호텔의 급보를 받고 달려간 검시관은 죽은 사람의 이상한 자세에 어리둥절했다. 현장은 그 호텔 6층에 있는 표준형의 2인용 방으로서, 설비나 장식류는 호텔 객실로서 흔히 있는 그대로였다.
 방 안은 흐트러진 상태는 아니었다. 옷장 위에 놓인 여자용 여행 백과 트렁크 및 화장대 위에 열린 채 던져진 화장품 케이스와 객실 열쇠가, 겨우 그 방에 숙박객이 있음을 나타낼 뿐이었다. 책상 앞의 의자가 약간 제자리에서 벗어났다고 할 수 있을 정도였다.
 시체는 욕실 안에 쓰러져 있었다. 서양식 목욕탕은 화장실과 공용으로 되어 있었다. 죽은 여자는 오른손으로 양식 변기의 수세 코크를 쥐고, 왼손으로는 뚜껑과 함께 올린 변기를 끌어안은 채,

변기통 안에 얼굴을 처박는 자세로 숨져 있었다. 그녀는 목욕하려던 참이었는지 객실에 비치된 목욕 가운을 입고 있었고, 목욕 가운 속에는 아무것도 걸치지 않은 채였다.

벗은 옷은 옷장 안에 있을까.

호텔에 익숙하지 않은 노인이, 가늘고 긴 욕조 안에서 미끄러져 후두부를 부딪혀 크게 다치거나, 심할 때에는 뇌진탕으로 그 자리에서 죽는 경우는 흔히 듣는 일이지만, 젊은 여자가 그렇게 다치는 예는 아직 없었다. 그것도 목욕 가운을 입은 채로 변기통에 얼굴을 처박는 자세로 죽어 있는 여자의 자세는, 뭔가 다른 사인이 개재됐음을 예측하게 했다.

우선 시체의 위치나 자세가 여러 각도에서 촬영되었다. 시체에 대한 상세한 관찰이 계속되었다. 동시에 실내 상황이 철저히 조사되었다.

시체에서 외상은 발견되지 않았지만, 몸 표면에 발진이 있었다. 목 부위에는 담자색 시반이 있고, 두 눈은 감겨지고, 입 안에는 하얀 거품이 제법 괴어 있었다. 근육 경직과 시반으로 보아 죽은 지 아직 얼마 안 된 것 같았다.

시체 겉모습으로는 독물에 의한 중독사의 증상이 현저했다. 시체 겉모습만 보고서는 어떤 독물에 의한 것인지 감정하기가 어렵다. 어떤 종류의 독물은 설사 증세를 나타내는 일이 있으므로, 시체의 이상한 자세가 전혀 있을 수 없다고 단정할 수는 없었다. 그러나 입고 있는 목욕 가운이나 시체에는 오물이 묻어 있지 않았다.

침대 곁 나이트 테이블에는 룸서비스로 받은 듯한 주스 병이 호텔에서 나온 필기도구와 함께 눈에 잘 안 띄게 놓여 있었다. 오렌지색 액체가 3분의 1쯤 남았는데, 그것이 죽은 원인인 독물의 매체로서 가장 의심스러웠다. 감식원이 즉시 이것을 조심스럽게 보존한 것은 말할 나위도 없다.

이것은 나중에 알게 된 일이지만, 주스는 죽은 여자가 바깥에서 들고 들어간 듯 룸서비스에는 기록되지 않았다.

그것만으로는 죽은 원인이 범죄 행위에 의한 것인지 분명치 않았다. 그런데 옷장에 벗어 놓은 죽은 여자의 옷이나 휴대품에 의해, 그 신분이 도쿄 경찰국에서 지명 수배한 아리사카 후유코임이 확인됨으로써, 타살 혐의가 짙어져 수사당국은 바짝 긴장하게 되었다.

급한 연락을 받고 달려온 후쿠오카 경찰국 수사 1과 형사 우에마쓰 도쿠타로는 일단 검시가 끝난 시체를 한참 들여다보았다. 우에마쓰 형사가 죽은 사람으로부터 받은 첫 인상은 그다지 험하지 않았다.

약물 중독에 의한 고통으로 어느 정도 표정은 일그러졌지만, 죽은 여자의 아름다움을 결정적으로 손상시키는 것은 아니었다. 무참한 시체만 보아 온 우에마쓰에겐 오히려 '아름다운 시체'로 비쳤다.

"대략 추정한 사후 경과 시간은 3시간 내지 4시간입니다. 이제 막 죽은 상태입니다. 현재로선 범인의 것으로 보이는 지문이나 유류품은 보이지 않습니다. 해부해 보면 몸 안에서 뭔가 나올지도 모르겠습니다."

우에마쓰에게 낯익은 감식원이 말했다.

"난행된 흔적은?"

"없습니다."

형사는 약간 마음에 걸리는 것이 있었지만, 아무래도 해부하게 될 시체인데다, 시체 겉모습만 보고서는 사인을 알 수 없기 때문에 더 이상 깊이 들어가지 않았다.

"죽을 사람이 어째서 화장실 같은 곳에 뛰어들었을까?"

"별로 이상할 것은 없습니다. 어떤 독물의 중독 증상으론 맹렬한 설사 증세를 일으키기도 하니까요."

"아하……." 우에마쓰는 알 듯 모를 듯한 소리를 냈다.

검시가 끝나자 시체는, 범죄 행위가 가해졌을지도 모른다고 추정하면서 해부하기 위해 규슈 대학 병원으로 운반되었다.

"아니!"

시체가 운반되어 나간 후 갑자기 넓어진 욕실을 조사하고 있던 우에마쓰 형사는 샅샅이 살피다가 들여다본 변기통 안의 바닥물에 둥둥 떠 있는 화장지 같은 종이 조각을 보았다. 우에마쓰는 그것이, 수압이 약해서, 일단 씻겨 내린 화장지가 변기통 안에 괴는 물과 함께 도로 환류해 온 것이라 생각했었다. 감식원이 발견하지 못한 것은 그 때문인지 몰랐다.

그런데 화장지로서는 종이 질이 다른 것 같았다. 우에마쓰 형사는 손가락을 변기통 안에 집어넣어 그 종이 조각을 끄집어 올렸다.

그것은 분명히 종이였는데, 화장지는 아니었다. 화장지보다 훨씬 두껍고 좋은 종이였다. 호텔의 편지지 같았다.

'뭔가 글자가 씌어 있는데…….'

오랫동안 물 속에 잠긴 탓에 종이가 불어 있지만, 잘 살펴보니, 편지를 쓰다 잘못되어 찢어 버린 것 같았다. 연필로 갈겨 쓴 듯한 글자가 희미하게나마 엿보였다.

우에마쓰는 그 종이쪽지를 책상 위로 보물처럼 옮겨 왔다. 그는 종이쪽지의 원형이 손상되지 않도록 책상 위에 살짝 놓았다. 글자는 연필로 씌어 있었고, 물 속에 오랫동안 잠겨 있었는데도 간신히 읽을 수 있는 글자가 띄엄띄엄 몇 자쯤 있었다.

형사는 그 글자를 소중히 수첩에 옮겨 적었다. 그것은 다음과 같았다.

'…… 아…… 가을…… 댁…… 씨…… 남 구니오…… 혼…… 텔…… 부…… 빛…….'

이 밖에 몇 자 더 있었지만, 물에 불어 판독이 불가능했다.

도대체 이것은 무엇을 의미할까? 종이쪽지의 대부분이 수세식 물에 떠내려가고, 이것은 겨우 그 일부분인 것 같았다. '그 쪽지를 좀더 회수할 수만 있다면 그 어떤 의미를 찾아 낼 수 있을지도 모르는데…….' 이렇게 우에마쓰는 아쉬워했다. 그는 미련을 못 버리겠는지 다시 한 번 변기통 속을 들여다보았다.

그 미련이, 형사가 생각의 각도를 달리해 보는 기회를 주게 되었다.

'지금 나는 그 종이쪽지의 대부분이 수세로 흘러가 버렸다고 생각했는데, 그것을 누가 흘려 보냈을까? 아리사카의 시체가 욕실에 있었기에 아리사카가 흘려보낸 것으로만 생각하고 있었는데, 아리사카 이외의 '제삼자'가 흘려보냈다 해도 전혀 상관없지 않은가.

제삼자가 왜 그런 일을 했을까? 물론 남의 눈에 띄면 좋지 않은 '무엇'을 처분하기 위해서다. 우에마쓰 형사가 겨우 주워 모은 쪽지의 글자는 그 무엇의 한 부분이다. 남의 눈에 띄면 왜 좋지 않은가?'

우에마쓰 형사는 너무 놀라 눈을 번쩍 떴다.

'이것은 살인이다!'

시체가 발견된 후에 사람의 눈에 띄면 좋지 않은 종이라면, 죽은 사람 이외의 제삼자가 그 죽음과 관련되었다는 것을 추정 또는 특정 짓는 자료가 되는 셈이다.

그 제삼자가 죽은 사람 가까이 있었다면, 당연히 그 자료를 없애거나 숨기려 할 것이다. 죽은 사람의 죽음과 관련되는 제삼자로서 쉽게 떠오르는 것은 범인이다.

'범행' 후, 범인은 뭔가를 화장실에서 '처리'하고 현장에서 빠져나갔다. 그 뒤에 벌레처럼 한 가닥 가느다란 숨이 남아 있던 피해자는, 범인을 고발하기 위해 자료를 남기고자 변기통에 매달려 거기서 숨이 끊어졌다.

변기통 속에 남았던 글자의 파편은, 범인이 흘려보내려 했던 '무엇'을, 피해자가 필사적으로 막으려 했던 것은 아닐까? 그렇다. 그것임에 틀림없다. 만약 이것이 본인이 뜻한 죽음이거나 뭔가 본인에게 있어서 남의 눈에 띄면 좋지 않은 것이었다면, 모두 흘려보냈을 것이다. 그런 후에 죽어도 조금도 늦지 않다. 이 몇 자 안 되는 글자에는 '범인'을 잡는 단서가 남아 있음에 틀림없다.

의혹에서 확신으로 형사의 추리는 굳어져 갔다.

그녀를 덮친 순간적인 죽음은, 그녀가 원한 것이 아니다. 심장마비나 졸도 등에 의한 누구의 책임도 아닌 순간적인 죽음이 있다고는 하지만, 아리사카 후유코의 시체는 약물 중독임을 알리고 있었다.

자살 가능성이 전혀 없는 것은 아니지만, 젊은 아가씨가 화장실 안에서 그것도 남의 눈에 띄면 곤란한 것을 처리해 버리기도 전에 걷잡을 수 없이 서둘러 수치스러운 꼴로 죽을 필요가 있을 것인가? 우에마쓰 형사는 자기 추리를 믿었다. 과학 수사 시대에 그 같은 육감을 믿어서는 안 되겠지만, 승진 시험에 약하다기보다, 범인을 뒤쫓는 데 사는 보람을 느껴 언제나 시험을 등한시하여 만년 형사로 만족하고 있는 우에마쓰는 자기 육감과 다리를 믿는 노련한 형사 가운데 한 사람이었다. 이런 그의 육감이, 아름다운 피해자의 생명을 밟는, 먹이를 쓰러뜨린 이리와 같은 범인의 존재를 고발해 마지않는 것이었다.

피해자——그는 이제 그렇게 믿고 있었다——의 소지품은, 옷장에 걸려 있는 격자무늬 의복과 두 개의 손가방, 그 속에 갈아입을 상하의 내의, 화장품, 세면도구와 자질구레한 장신구들과 돈이 12만 2천 엔 정도 있었다.

지갑 속에는 그 돈과 함께 도쿄 역의 교통 공사가 발행한 규슈 일주권이 두 장 있었다.

우에마쓰는 그 두 장의 차표를 눈여겨보았다. 현장과 주변의 관찰이 끝나자 그는 호텔 관계자를 만났다. 그들의 말을 종합해 보면 다음과 같았다.

아리사카 후유코의 예약은 3일 전, 도쿄 역의 교통공사에서 본명으로 예약했고, 오늘 아침 10시쯤 교통공사에서 발행한 쿠폰을 가지고 도착했다. 정규 체크 아웃 타임(전날 밤 숙박객과의 객실 교대 시간)보다 빨랐지만, 호텔에서는 다행히 예약 조건대로 더블베드가 있는 628호실이 비어 있어 제공했다. 손님이 도착해서 한 말에 따르면, 오후에 그녀의 일행이 온다는 것이었다. 일행과 호텔에서 만나기로 하고 따로 호텔에 도착하는 일은 흔히 있는 일이어서, 한 여자 손님이 더블베드를 주문하더라도 호텔 측은 별로 이상히 여기지 않았다. 그러나 오후가 되어도 그녀의 일행 같은 사람은 나타나지 않았다. 손님은 1시쯤 간단한 점심을 룸서비스로 들었는데, 메이드는 일행의 모습을 보지 못했다. 더욱이 오후 2시쯤부터 시체를 발견하기까지는 단체 손님들의 도착이 겹치는 등 호텔이 상당히 혼잡하여, 그 사이에 누가 프런트나 객실 스테이션을 통하지 않고 객실에 드나들었더라도 몰랐을 것이다. 죽은 여자 손님은 벨 보이에게 안내

된 후로 방안에만 들어앉아 있어, 룸서비스를 한 메이드 외에는 시체로 발견되기까지 그 모습을 본 사람이 없다. '아름답고 온화한 손님'이라는 것이, 그녀를 접한 호텔 종업원들이 그 여자 손님으로부터 받은 똑같은 인상이었다. 맨 먼저 시체를 발견한 사람은 6층에서 일하는 한 메이드로서, 서비스로 석간신문을 각 객실에 돌리고 있을 때였다. 628호실의 문과 바닥의 틈으로 신문을 집어넣으려던 그녀는 약간이지만 문이 제대로 닫혀있지 않음을 발견했다. 그 문은 자동식이어서, 완전히 닫히지 않으면 자물쇠가 제대로 잠기지 않는다. 아마 손님은 닫았겠지만, 힘이 모자랐던 모양이었다. 자동식 개폐문은 편리하지만, 너무 편리한 나머지, 문을 닫은 후 열쇠로 잠겼는지 확인하지 않게 되어, 때때로 이 같은 결과를 초래한다.

특히 그 628호실 문은 단단해서 세게 닫지 않으면 자물쇠가 작동하지 않기 때문에, 손님이 도착하면 항상 주의를 주어 손님도 그 사실을 알았을 것이다.

'아마 잊어버리고 있었겠지.'

이렇게 생각한 메이드는 손님 대신 문을 닫으려다가 방 안이 어두운 것을 알았다. 이미 짧은 가을 해가 져서 바깥이 완전히 어두워지고 있었다. 손님이 든 방은 거의 전등이 켜져 있었다. 자고 있는지 모른다는 생각으로 메이드는 문을 약간 열어 침대 쪽을 기웃거려 보았지만, 침대 위에는 사람 그림자도 없었다. 아니, 눈 안에 든 방 안에는 사람 기척이 없었다. 외출했는가 생각했지만, 그 손님은 한 번도 방 밖으로 나간 일이 없다는 사실이 떠오른 메이드는 조심조심 방 안으로 들어갔다. 그녀가 아리사카 후유코의 시체를 발견하고, 마치 자기가 살해되는 듯한 비명을 지른 것은 그 직후였다.

따라서 아리사카 후유코가 후쿠오카의 호텔에서 그 '누구'를 기다렸음이 거의 확정적이 되었다. 예약이 3일 전에 되어 있으니, 그 누구와의 약속은 더 이전에 되었을 것이다.

그 '누구'란 누구인가? 그 사람을 찾는 것이 지금부터 우에마쓰가 해야 할 일이었다.

후유코가 먼저 도착해 얻은 방에, 범인이 나중에 들어가 범행을 저지른 것이 거의 확실하다. 시체의 상황으로 보아 우연한 범행이라고 생각되진 않는다. 그렇다면 '후유코가 기다리고 있던 그 누구가 범인'이라는 추정이 강해진다. 그러나 범인은 후유코가 든 방 번호를 어떻게 알았을까?

숙박객의 방 번호는 프런트에 물으면 알 수 있지만, 이 계획적인 범인이 일부러 다른 사람의 인상에 남을 듯한 행동을 할 것 같진 않다. 그렇다면?

범인은 후유코와 '사전'에 접촉하지 않으면 안 되었을 것이다. 그 반대로 후유코 쪽에서 범인을 접촉하는 경우도 생각할 수 있다. 어쨌든 그 시점으로선 그녀는 자신이 살해될 것으로 생각지 않았기 때문에, 이 추정에는 무리가 없다. 그 방법은? 전화나 전보 이외엔 지금으로서는 생각할 수 없다. 그런데 어느 쪽이든 그럴 때는 발신 기록이 호텔 측에 남아 있을 것이다.

우에마쓰 형사는 힘이 불끈 솟았다. 그러나 당초 예상과 달리 후유코가 발신한 기록은 아무것도 없었다. 다만 오후 3시 반쯤 프런트 안내원에게 전화로 후유코가 든 방의 번호를 묻는 사람이 있었음을 알았다.

그런 종류의 문의는 많기 때문에, 안내원은 별다른 생각 없이 가르쳐 준 모양이다. 착 가라앉은 낮은 목소리였는데, 그것이 변성한 것인지 아닌지는 알 수 없다. '사무적인 응답이었기 때문에 목소리나 말씨의 특징 따위는 전혀 기억이 없다'고 안내원은 말했다.

이튿날 오후, 규슈 대학 병원에 의뢰한 시체 해부 결과가 나왔다. 당국으로선 좀더 빨리 나오기를 바랐지만, 집도 의사의 사정이 그러지 못했다.

그 결과에 따르면, 사망 추정 시각은 1일 오후 5시 안팎, 겉으로 드러난 사인은 감식의 소견대로 비소계 화합물의 다량 복용에 의한 중독사였다. 위 속의 내용물에서 약 0.3그램 정도의 비소가 검출되었다.

시체에는 특별히 난행된 흔적은 없었다. 질 내에서도 정액이 검출되지 않았다. 다만 외음부에 남자 것으로 보이는 음모 세 가닥과 분비형 B형의 정액이 조금 묻은 점으로 보아, 죽음 직전에 피임 기구를 장치하고 성교한 것으로 추정되었다. 피검체의 혈액형은 ABO식으로 AB형, MN식으로 BM형, Q식으로 q형이었다.

이 사건이 구주 살해와 관련이 있다고 한다면, 범인은 비로소 그 성별을 분명히 한 셈이다.

마시고 남은 주스에서도 아니나 다를까 다량의 비소계 독물이 검출되었다. 병에 남은 지문은 피해자의 것뿐이었다. 범인은 독물을 섞은 주스를 장갑 같은 것을 끼고 밖에서 가지고 들어가, 달콤한 말로 피해자에게 마시게 한 후 달아났을 것이다.

2

후쿠오카 경찰국에서 온 통보에 따라 히라가는 수사본부에서 급히 후쿠오카로 출장을 떠났다. 무라카와 경감이 특별히 그를 선택했다.

"히라가, 연속 살인 사건이야. 잘 하고 돌아와."

출발 때 무라카와 경감이 던진 말에는, 히라가가 경찰관으로서의 명예를 만회할 기회라는 뜻도 있었다.

히라가는 출정하는 군인처럼 비장한 기분으로 떠났다.

본부에서 비행기 요금 등을 받고 이다스케 비행장에 도착한 것은 한낮을 약간 지난 때였다. 공항에서 차를 잡아타고 후쿠오카 경찰국에 도착한 것은, 마침 아리사카 후유코의 해부 결과가 나온 때쯤이었다.

초대면의 인사가 끝나자 우에마쓰 형사는 말했다.

"지금부터 병원으로 안내해 드릴까요?"

이젠 후진을 위해 슬슬 물러날 때가 가까운 나이지만, 정수리까지 훌렁 벗겨진 머리가 대포 탄환처럼 툭 튀어 나오고, 있는지 없는지 모를 정도로 엷은 눈썹 밑에서 무섭게 빛나는 눈이, 범인을 물고 놓치지 않을 다부진 형사의 모습 그대로였다. 우치다 형사와 어딘지 모르게 닮은 데가 있는 사나이였다.

그들은 남달리 정의감이 강한 데다, 박봉에 시달리면서도 격무를 마다 않고, 오직 흉악범을 뒤쫓는 일에서만 사는 보람을 느낀다. 승진 시험을 치를 틈도 없고, 억지로 치르려 하지도 않는다. 그리고 그들은 시험 성적으로 범인을 잡을 수는 없다고 믿는다.

하지만 이 같은 형사들이 있음으로써 사람들은 생명과 재산을 불법으로부터 위협받지 않고 마음 놓고 살 수 있는 것이다. 그런데 그들이 퇴직한 후 오랫동안 위험한 근무를 한 보상으로서 사회가 그들에게 제공하는 것은, 겨우 회사 수위나 백화점 경비원 정도다.

'형사의 대우와 사회적 지위를 좀더 높이지 않으면 안 된다' 히라가는 우에마쓰나 우치다와 같은 형사를 볼 때마다 자기 자신의 신분도 잊어버리고 이렇게 생각했다.

규슈 대학 병원의 시체 냉동실 한구석에는, 아리사카 후유코의 검시가 끝난 시체가 하얀 나무 관에 넣어져 유족의 인수를 기다리고 있었다. 겉모습은 꼭 잠든 것 같았다.

우에마쓰가 어제 발견 직후에 본 이지러진 표정은 눈에 띄지 않았다.

의복이 입혀진 데다, 교묘하게 꿰매어져 해부한 흔적은 알아볼 수 없었다. 그러나 그녀의 유체가 병원의 시체 냉동실 속에 놓여 있다는 사실은, 지난여름 하룻밤동안 히라가만을 위해 미친 듯 불태우던 여자가, 집도 의사의 비정한 메스에 의해 두개골, 흉곽, 복강 등이 차례차례 절개되어 그 깊은 곳을 의사의 감정 없는 눈에 의해 관찰되었음을 말하는 것이었다.

히라가는 우에마쓰 형사의 앞이라는 것도 잊어버리고, 한 인간으로서 어쩔 수 없이 밀려오는 감상에 젖었다.

'나는 이곳에 뭐하러 왔나?'

여기에 온 것은 집도(執刀) 의사에게, 감정서에는 쓰이지 않은 세부 사항까지 직접 물어보기 위해서였다. 옛 여자, 이미 이 세상에서 사라진 여자와의 과거를 회상하기 위해서가 아니었다.

"해부를 담당한 의사 선생님을 만나볼까요?"

히라가는 약간 비틀거리는 걸음을 바로잡으며 꼿꼿이 섰다.

3

하카다 그랜드 호텔은 간사이 계의 호텔 자본이 규슈 진출의 교두보로서 작년에 건설했는데 지상 15층, 객실 6백, 수용객 1천 명으로 규슈 지방에선 가장 큰 규모의 호텔이었다.

히라가는 우에마쓰 형사와 함께 그 호텔을 찾아 지배인, 프런트 책임자, 룸메이드 등 만날 수 있는 사건 관계자는 다 만나 보았는데, 관계자의 반 이상이 비번이어서 출근을 하지 않았다. 그가 만난 사람도, 얻어들은 얘기도, 모두 우에마쓰 형사가 어제 확인한 것의 되풀이——그나마 우에마쓰의 반에도 못 미치는——에 불과했지만, 우에마쓰는 조금도 싫은 얼굴을 하지 않고 거들어 주었다.

팰리스 사이드 호텔에서도 경험한 일이지만, 호텔이란 곳은 24시간 영업을 하여, 한 번 기회를 놓치면 좀처럼 관계자를 모두 만날 수가 없다. 야근이니 조근(早勤)이니 풀 근무니 하여, 각 부서에 따라 저마다 교대 근무를 하고 있기 때문에, 같은 근무자끼리 같은 시간대에 얼굴을 맞대는 일이 거의 없었다.

그래서 수사관이 사건 발생 직후 관계자 모두에게 금족령을 내려놓은 경우가 아니면, 그들 모두를 만나기 위해선 몇 번이고 발걸음을 해야만 한다. 히라가가 어제 우에마쓰가 만난 사람의 반도 만날 수 없었던 까닭은 그러한 사정 때문이었다.

그러나 오후 6시가 되어 야근자가 출근하자 사건의 주된 관계자로부터는 사정을 들을 수 있었다.

그날 밤늦게 우에마쓰 형사가 주선해 준 시내 여관에 든 히라가에게 쓸쓸한 감정이 한꺼번에 밀어닥쳤다. 후유코가 죽고서야 비로소 자기 가슴속에 그녀가 얼마나 많이 차지하고 있었는지를 알 수 있었다. 필사적으로 밀실 수수께끼를 푼 것도, 그녀가 뒤집어쓰고 있는 혐의를 벗기기 위해서였다. 추적하면 할수록 후유코의 배후에 있는 사나이의 존재가 윤곽을 뚜렷하게 드러냈는데, 언젠가는 그 정체불명의 사나이로부터 후유코를 되찾고 말겠다는 자신이 있었기 때문에 사랑하는 사람을 궁지에 몰아넣게 되는 수사에도 견딜 수 있었던 것이다.

그 후유코가 죽고 말았다. 애써 연 이 밀실의 구석에는 후유코의 시체가 있을 뿐이었다.

'질 내에서 정액은 검출되지 않았음. 단, 외음부에 남자의 것으로 추정되는 음모 세 가닥과 분비형 B형의 정액이 조금 부착되어 있는 점으로 미루어, 죽음 직전에 피임 기구를 사용하여 성교한 것으로 추정됨.'

갑자기 히라가의 뇌리에 낮에 규슈 대학병원에서 읽은 감정서의 글귀가 되살아났다. 그렇다, 후유코의 시체만 있는 것은 아니었다. 범인은 비로소 그 존재를 나타내는 구체적인 유류품을 남겼다.

그런데 그 유류품은 일찍이 후유코가 히라가에게 선사해 준 가장 아름다운 부분을 결정적으로 더럽히는 것이었다. 시체에 난행을 당한 흔적이 없었으니까, 후유코의 의사를 무시하고 남겨진 유류품이 아님이 명백하다. 무시하기는커녕 그것은 그녀의 적극적 의사에 의해 받아들여진 것이다. 더블 룸, 두 장의 규슈 주유권, 12만여 엔의 소지금, 3일 전에 취해진 예약, 이것들은 모두 그 사나이를 맞아 당분간 행동을 같이 하기 위해서 마련된 것임에 틀림없다.

후유코는 그 사나이에 의해 행위 직후 피살되었으리라. 이유는 그 사나이가 구주 마사노스케를 죽였다는 사실을 후유코가 알고 있기 때문이겠지. 사나이의 권유, 아니 사실은 철두철미한 계획에 속아서 후유코는 신혼여행이라도 떠나듯 가벼운 마음으로 '죽음의 여행'에 나섰겠지. 따로 행동을 취하고 있던 그 사나이는 후쿠오카의 호텔에서 후유코를 만나, 애타게 기다리고 있던 그녀를 다정스럽게 포옹하고, 행위 후의 여운에 도취해 있는 후유코에게 치사량의 비소를 섞은 주스를 먹였겠지. 그녀는 행복감에 취한 채 방심하고 있는데다가 무미무취한 비소여서 의심도 없이 마셨겠지.

이어서 후유코는 괴로워하기 시작했겠지. 비소계 독물의 중독은 격렬하니까. 단말마의 중독 증상에 전신을 비비틀면서 후유코는 그 독을 먹인 장본인이 눈앞에 있는 사나이라는 것도 알지 못하고 필사적으로 구원을 청했으리라. 사나이는 짓밟은 벌레가 죽어 가는 것을 보듯 차디찬 웃음을 띠고 바라보았겠지. 그녀가 사나이의 살의를 깨달은 것은 갑작스레 희미해져 가는 시력에 사나이의 차가운 웃음이 가까스로 비쳤을 때였을까?

자기 목숨을 빼앗길 때까지 후유코가 속았다는 사실을 알아차리지 못했음은, 그녀와 사나이와의 거리가, 자기와 그녀와의 거리보다 훨씬 가까웠음을 나타낸다. 후유코가 죽어 버린 지금 그 거리를 만회하기는 불가능해졌다.

히라가는 그 보이지 않는 살인자와의 차이나는 영구적인 거리가 분했다. 그를 붙잡을 수 있을지라도 이미 그 거리를 좁힐 수는 없으니까.

히라가는 가슴속 깊은 데에서부터 분통함이 치밀어 올랐다. 범인을 갈기갈기 찢어 그 시체를 까마귀밥으로 내동댕이쳐도 시원치 않으리라.

경찰관으로서의 사명? 그런 것 개밥에나 섞어 주라지! 히라가에게 지금 있는 건 자기가 사랑한 여자를 농락하고 속이고 죽인 사나이에 대한 증오와 분노뿐이었다. 히라가는 그놈을 지금 자기 손으로 죽일 수만 있다면, 자신이 '흉악무도한 반사회적 경관'으로서 사형에 처해진다 해도 좋았다.

놈은 무슨 일이 있더라도 내 손으로 붙잡고 만다. 그래서…….

그는 이중 밀실을 열기 전보다 훨씬 많은 자료를 갖고 있었다.

'…… 아…… 가을…… 댁…… 씨…… 남 구니오…… 혼…… 텔…… 부…… 빛…….'

자료에 관련하여 오늘 우에마쓰 형사가 그에게 보여 준, 현장 화장실의 변기에서 나왔다는 종이쪽지의 글자들이 쇠고리처럼 토막을 잇고 머리에 떠올랐다. 히라가가 아무리 달리 배열해 보아도 뜻이 통하지 않는 글자들이었다.

 '그 글자들은 도대체 무엇을 뜻할까?'
 우에마쓰 형사는 "이건 범인에게 불리한 것임에 틀림없다"고 말했다.
 '범인은 후유코가 목숨을 거두기 전에 방을 떠났다. 그렇지 않다면 후유코가 그와 같은 추적을 못 했을 것이 아닌가. 그런데 구주 살해의 경우를 보나, 이번 경우를 보나 컴퓨터로 미리 계산하듯 정확하게 행동하는 범인이 왜 희생자가 숨을 거두는 것을 확인하지 않고 떠났을까?

 그 때문에 범인은 중대한 꼬투리를 남기고 말았다. 숨을 거두기 직전인 피해자가 만에 하나라도 그런 집념의 '추적'을 할 리 없다고 마음 놓고 그랬겠지만, 그렇더라도 숨이 붙어 있었음엔 틀림없는데, 혹시 그녀가 숨을 거뒀다고 잘못 알았던 것일까? 아니야, 그럴 리가 없어. 약물을 마신 사람은 움직임이 커서 생사가 쉽사리 구별되니까.

 범인에겐 아직 살아 있는 피해자를 남기고 현장에서 떠나가지 않으면 안 될 절박한 사정이 있었을 것이다. 그 사정이란 무엇일까?'
 여관 여종업원이 깔아 준 이불을 곁눈으로 보면서 히라가의 추측은 더한층 열기를 띠었다.

 이튿날, 마중을 온 우에마쓰 형사와 함께 다시 한 번 그랜드 호텔로 간 히라가는, 어제 만날 수 없었던 관계자로부터 사정을 들고, 오후 열차 편으로 하카다 역을 떠났다. 플랫폼까지 우에마쓰 형사가 전송해 주었다. 불과 이틀 동안의, 그나마 어제 오후부터 오늘 오전 중까지의 사귐이었지만 둘은 이상하게도 마음이 맞았다.

"신체 많이 졌습니다."

"뭘요, 오히려 도움이 못 돼 드려서 미안하군요. 피차 힘을 냅시다."

창 너머로 굳은 악수를 한 두 형사는 서로가 서로의 눈 속에서 범인을 향한 집념의 불꽃을 보았다. 열차가 조용히 움직이기 시작했다.

여섯 명의 호텔 맨

1

히라가가 본부에 들고 온 자료는 사건에 아무런 진전도 가져오지 못했다. 방정식을 풀기에는 미지수가 너무 많았던 것이다.

우에마쓰 형사가 변기에서 주워 모은 글자들을 머리를 짜서 모두 생각해 보았지만, 결국 무엇인지 알 수 없었다.

수사본부에서는 일단 후유코 살해를 구주 살해와 별개의 사건으로 생각하고, 수사 대상을 다음 여섯 가지로 나누어 각 전담 수사반을 편성, 그 수사에 전력을 기울였다.

- 피해자의 개인적 교제 관계, 특히 이성관계
- 피해자의 직장 관계
- 피해자와 구주와의 교제 관계, 특히 원한관계는 없는가?
- 피해자가 살던 집 부근의 전과자, 불량배, 정신이상자의 수사
- 범인의 독물 입수 경로
- 피해자의 갑작스런 여행에 관한 조사

동시에 후쿠오카 경찰에도 현장 부근 및 시내의 전과자나 불량배, 정신이상자의 조사와 현장 재검증을 의뢰했다.

히라가는 우치다 형사와 한 조가 되어 제2의 수사를 담당했다.

'아…… 가을…… 댁…… 씨…… 남 구니오…… 혼…… 텔…… 부…… 빛'

이 글자들을 각 수사반의 형사는 무슨 종교에 관한 제목이나 주문처럼 날마다 되풀이하여 외면서 수사에 전력을 다했다. 그러나 수사관의 노력과 고생에도 불구하고 새로운 사실은 아무것도 드러나지 않았다. 후쿠오카 경찰에서도 새 정보는 들어오지 않았다.

"뜨내기의 범행이 아닐까?"

피로하고 초조한 나머지 이런 유치한 소리를 입 밖에 내는 형사마저 있었다.

수사는 교착 상태에 빠진 채 11월에 접어들었다. 연일 본부에서 숙박하고 있던 히라가는 어느 날 오후, 셔츠와 속옷을 갈아입으러 자기 아파트에 돌아갔다. 문을 열자, 얼마 동안 주인을 잃었던 6조(1조는 90×180센티미터 크기로 다다미 한 장 크기에 해당) 방엔 곰팡이와 먼지가 뒤섞여 쉬척지근한 냄새가 서려 있었다. 그것은 언젠가 팰리스 사이드 호텔에 있는 구주의 방에서 맡은 사람 없는 방의 냄새보다도 훨씬 쓸쓸한 냄새였다.

"이거야말로 총각 냄새군." 히라가는 혼자 쓴 웃음을 지었다.

히라가의 본가는 사이타마 현의 K시에 있다.

연로한 양친이 건재하며, 하나밖에 없는 형이 선조 대대의 가업인 자그마한 일본 과자점을 이어 나가고 있다. 최근의 양과자 공세로 기울어져 가고 있는 가업을 만회코자, 형은 새로운 일본 과자를 만들려고 안간힘을 쓰고 있지만 장사가 별로 신통찮은 모양이었다.

이따금 노모가 형이 고심하여 창작한 '기미구레'니 '도메이지'니 하는 과자를 갖다 주는데, 히라가는 양과자보다 이 소박한 과자의 단맛이 훨씬 입에 맞았다. 그래서 섣불리 서양식 가공 같은 건 안 하는 편이 좋다고 생각했다.

노모가 요즘 혈압이 좀 높아서 히라가에게 오지 않아 그 단맛도 한동안 못 보고 있는 터이다. 노모가 온다면 이 너저분한 방도 빛이 날 텐데……

히라가는 쓸쓸함과 함께 육친이 그리워졌다.

옷가지를 찾고자 방 안으로 들어가려던 히라가는, 입구의 편지함에서 비집고 나온 신문 뭉치 속에 섞여 있는 대여섯 통의 우편물을 보았다.

거의 무미건조한 상품 광고 우편물이었는데, 그중 한 통에서 그리운 이름을 발견했다. 그것은 학생 시절, 꽤 친하게 지냈던 친구로부터 온 결혼 청첩장이었다.

"허허, 이 녀석도 마침내 침몰하는군."

참석하지 못하리라 여기면서도 히라가의 뺨은 느슨해졌다.

"삼가 아룁니다. 가을 하늘 드높은 요즘, 옥체 만강하시고 아울러 댁내 무고하시리라 믿어 경하해 마지않습니다. 다름 아니오라, 이번에 야마오카 선생 내외분의 중신으로 다이스케 씨의 차남 하루오와 요시로 씨의 장녀 히사꼬와의 혼사가 이루어져, 도토 호텔에서 다음과 같이 결혼식을 올리게 되었습니다. 평소의 두터운 정을 앞으로도 길이 바라고 싶은 마음에서 피로연을 마련하여 소찬을 올리고자 합니다. 바쁘신 가운데 매우 송구스러운 부탁이오나, 부디 오셔서 자리를 빛내어 주시기 바랍니다."

평범한 안내장이었다. 그러나 그것을 읽는 히라가의 마음은 오랜만에 따뜻해졌다.

'사람을 죽이는 자가 있는가 하면, 죽음을 당하는 자도 있고, 그리고 죽인 자를 뒤쫓고 있는 나 같은 인간도 있다. 그 어느 쪽이건 간에 그건 아귀 판이다. 그러나 그 한편에선 이렇게 아내를 맞아 그 축하연에 사람들을 초대하는 자도 있다. 녀석의 신부는 어떤 여자일까?' 히라가는 쉬척지근한 공기 속에서 즐거운 상상을 쫓았다.

'둥근 얼굴일까? 갸름한 얼굴일까? 아니면 아리사카 후유코처럼 차분하고 도톰할까…….' 거기까지 상상을 뒤쫓던 히라가의 표정이 문득 굳어졌다. 지금까지 부드럽던 그의 시선이 친구로부터 온 청첩장을 응시했다. 그는 그대로 그 자리에 얼어붙어 버린 듯 빳빳하게 서 있었다. 잠시 뒤 옷을 갈아입으러 온 그는 셔츠나 속옷도 갈아입지 않고 밖으로 뛰쳐나갔다. 지나가는 빈 택시를 세우자마자 히라가는 운전수가 깜짝 놀랄 만큼 큰 소리로 '고지마치' (경찰국 소재지)라고 외쳤다.

2

히라가의 발견은 수사본부에 오랜만에 활기를 불어넣었다.
"'아…… 가을…… 댁…… 씨…… 남 구니오…… 혼…… 텔…… 부…… 빛' 이건 모두 결혼 청첩장 속에 있는 글자입니다. 이만큼의 글자가 두 자만 빼고 다 포함돼 있으니까 틀림없어요. 여기 샘플이 있으니 맞춰보면 아시겠지만, 샘플 속에 없는 글자는 '구니'라는 두 자뿐이에요. 더구나 이 두 자는 '남 구니오'라고 연결되는 글자 속에 끼여 있는데, 이걸 샘플과 대조하면 다이스케 씨의 차남 하루오에 해당합니다. 즉, '구니오'는 범인의 이름이에요. 그리고 '텔'자 앞에는 호텔 이름을 나타내는 글자가 있었음에 틀림없어요. 즉, 피해자는 범인이 자기한테 살의를 품고 있다는 사실도 모르고, 범인이 올 때까지 남는 시간에 범인과의 결혼식을 머릿속에 그리며, 청첩장 문구를 짜고 있었던 거예요."

'제기랄!' 단숨에 말을 마치자 히라가는 가슴속에서 울부짖었다. 범인은 결혼식을 미끼로 후유코를 농락했던 것이다. 그런 줄도 모르고 후유코는 범인과의 결혼을 꿈꾸며 기꺼이 살인의 공범이 되었다. 더구나 범인의 꼭두각시인 후유코의 꼭두각시가 된 히라가는, 후유코의 알리바이를 증명해 주었다. 히라가의 가슴속에서 뜨거운 피가 미쳐 날뛰었다.

히라가의 참담한 표정과는 반대로 수사관들의 표정은 활기를 띠기 시작했다.

'가을'이란 글자가 있는 걸 보면 피해자는 범인과의 결혼을 10월이나 11월로 예정하고 있었음에 틀림없다. 왜냐하면 가을은 결혼 시즌이어서 어느 예식장이고 혼잡하므로 예약을 했을 것이기 때문이다. '텔'자가 있었던 것이 첫째 증거다. 예식장으로서는 호텔 외에 식장도 있고, 요정, 레스토랑, 사찰 등도 있다. 만약 아직 예약을 안 했더라면 '텔'이란 구체적인 글자는 들어가지 않을 것이다. 10월, 11월에 신청되어 있거나 취소된, 아리사카 후유코, 또는 ○○ 구니오 명의로 된 예식장 예약을 조사하면 된다. 대체로 예식장 예약은 양가(兩家), 또는 두 사람 이름으로 신청하기 마련이다. 그렇다면 범인이 모르는 사이에 범인의 이름도 함께 예약되어 있을 확률이 크다. 방정식의 미지수는 호텔 이름과 범인의 성(姓), 둘로 좁혀졌다. 호텔을 뒤져라! 전 수사관은 용기가 나서 팔방으로 뛰었다.

"히라가."

동료와 함께 뛰어나가려는 히라가를 무라카와 경감이 불러 세웠다.
"네?"
돌아본 히라가에게 무라카와는 거북한듯 말했다.
"변기에 남겨진 종이쪽지는 범인의 단서를 남기기 위해 피해자가 거머쥔 것이라는 추정 말이야, 피해자가 흘려보내려다 미처 못 흘려보낸 것이라고 생각하면 안 될까?"
"네에……."
히라가는 무라카와 경감이 한 말의 중대한 의미를 아직 깊이 생각지 않았다.
"시체의 자세로 보아, 오히려 그렇게 해석하는 편이 자연스럽지. 이 보라고, 피해자의 손은 변기의 물통 손잡이에 걸쳐져 있었어. 만약 범인이 흘려보내는 것을 거머쥐려고 했다면 말이야, 당연히 손이 변기 속에 넣어져 있어야 하지 않겠나? 그리고 말이야, 범인이 흘려보내고자 했다면, 그런 위험한 자료를 완전히 흘려보내지 않고 남길 리가 없어. 피해자가 흘려보내려고 물통 손잡이에 손을 댄 순간 숨이 끊어졌다, 그래서 완전히 흘려보내지 못했다고 해석하는 편이 자연스럽지 않겠나?"
"그렇게 되면 타살 가능성이 적어지는데요?"
갑자기 이상한 소리를 꺼낸 경감에게 히라가는 반론했다.
사람은 자기가 피살된다는 사실을 깨달았을 땐, 어떻게 해서든 범인의 단서를 남기려 하는 법이다. 경감이 꺼낸 '새로운 가설'에 따른다면, 후유코는 자기를 죽이려고 한——그때 그녀는 아직 살아 있었다——범인의 단서를 제 손으로 지우려고 한 것이 된다. 그것은 인지상정에 위배된다. 그렇다면 후유코의 죽음은 자살로 기울지 않을 수 없다. 그러면 그 남자의 음모와 B형의 정액은 어떻게 해석할 것인가? 남자가 헤어지자는 말을 꺼내 슬픈 나머지 자살했을 경우도 생각할 수 있으나, 그렇더라도 남자와 성교 직후 자살한다는 건 너무나 성급하다. 이런 경우, 자살자는 상당한 기간 망설이는 법이다.

"아니야, 조금도 적어지지 않아."

경감의 어조는 자신감에 넘쳐 있었다.

"만약 이게 자살이라면 말이야, 우에마쓰 형사가 지적했듯 그 종이쪽지는 다 흘려보냈을 거야."

"……"

"흘려보낸다는 사실은 남에겐 보이기 싫은 걸 처분하기 위해서야. 자살이라면 보이기 싫은 걸 깨끗이 처분한 뒤에 죽더라도 조금도 늦지 않아. 그리고 으레 그렇게 할 거야. 그런데 그것을 처분 못하고 죽었다는 건, 누군가에 의해 피살된 증거야. 심장마비나 뇌일혈이 아님은 해부해 보지 않더라도 확실하니까 말이야. 그리고 만약 범인이 흘려보내려고 했다면 역시 전부 흘려보냈을 거야. 단서가 될 것을 그렇게 불완전하게 처분할 리가 없어. 첫째, 범인은 구태여 수세식 변소를 이용하지 않더라도, 단서가 될 것을 현장에서 들고 나가 버리면 그만일 테니까 말이야. 그러니 그 종이쪽지는 아리사카가 자살한 것이 아님을 증명하는 동시에, 범인의 단서를 남기기 위한 것도 아님을 말해 주는 거야."

"그러면 후유코는, 아니 피해자는 범인의 단서를 제 손으로 숨기려 했단 말입니까?"

무라카와의 생각은 후유코의 심리를 설명할 수 없었다.

그때, 무라카와의 자신감 넘치는 눈에 미묘한 망설임의 그림자가 스쳤다. 그것이 히라가에 대한 동정과 연민이었음을 알게 된 것은 좀더 뒤였다.

"여자가 사랑하는 사내로부터 피살당하게 되었음을 깨달았을 때, 지금까지의 애정이 무서운 증오로 변하리라고 여기는 게 일반적인 해석이야. 그런데 말이야, 이건 남자가 여자의 심리를 제멋대로 짐작한 해석은 아닐까. 특히 이번 사건에선 말이야. 나는 그런 생각이 들어. 몇몇 아는 여자들한테 물어보았어. 그랬더니 거의 '실제로 당해 보지 않아 확실하겐 말 못하겠지만, 아마 사내를 미워할 거예요'라고 대답했어. 그러나 그중 한 여자는……."

무라카와는 말을 끊고, 그걸 말해도 괜찮냐는 듯 히라가의 눈을 들여다보고는 말을 이었다.

"목숨을 걸 만큼 사랑하는 남자라면 비록 그에게 피살당하는 경우일지라도 그 남자를 숨길지 모르겠다고 말했어. 알아듣겠나, 이 말 뜻?"

히라가는 놀란 나머지 하마터면 쓰러질 뻔했다. 무라카와가 자기 혼자만 불러 세운 뜻을 겨우 알 만했다. 그러나 그것을 안다는 사실은 히라가가 지금까지 지닌 가치 체계를 근본적으로 뒤집는 것이다.

무라카와가 이야기를 나눴던 여자는 수도 적고 현실적으로 피살당할 뻔한 적도 없다는 약점은 있으나, 조사 대상을 넓힌다면 생각지도 못한 여성 심리를 발견하게 될지도 모르는 일이다.

그 종이쪽지는 범인이 처분한 찌꺼기를 후유코가 거머쥔 것이 아니라, 후유코가 자기 스스로 처분하려던 것이었다! 그녀의 심리에도 그와 같은 가능성이 있었다고 알게 된 지금, '무라카와의 생각'은 가장 그럴듯하게 현장 상황과 부합되었다.

고동이 멎기 직전의 고통 속에서 그 괴로움을 안겨다 준 원흉인 사내를 숨기려 하다니! 무슨 이런 일이 있단 말인가?

히라가는 감정을 다스리지 못하고 있었다.

무라카와는 거기에 쐐기를 박듯 덧붙였다.

"그리고 그 쪽지를 범인이 흘려보내지 않았다는 결정적인 증거가 있어. 머리맡의 나이트 테이블엔 볼펜과 편지지가 비치되어 있었어. 범인을 알릴 생각이 있었다면, 구태여 빈사 상태의 몸을 이끌고 화장실까지 갈 필요는 없었어. 손을 뻗으면 닿는 데 있는 종이에 범인의 이름을 적으면 되었을 거야."

경감은 말하고 나서 히라가의 표정을 보고 아차 싶었는지 덧붙였다.

"이거, 자네한테는 잔인한 걸 지적한 모양인데? 자, 나가 봐. 지금은 아무것도 생각지 말고 범인을 찾는 거야. 그게 애인에 대한 보답이야."

무라카와의 말은 완전히 히라가를 때려눕힌 것 같았다. 범인은 무슨 이유에선지 후유코의 죽음을 확인하지 못했다. 모든 증거와 단서를 지웠다고 믿은 범인이 허둥지둥 떠난 뒤, 후유코는 고통에 몸부림치면서도 범인이 지웠다고 믿은 단서 중에 중대한 실수가 있었음을 알았겠지. 그것은 자기가 쓴 청첩장 초안이었다. 짐작건대 그녀가 휴지통에라도 버려두었던 것이리라.

'이게 있는 한 '그 사람'은 붙잡히고 만다.' 후유코는 엷어진 의식 속에서도 이렇게 생각했겠지. 그녀는 휴지통으로 기어가 초안을 꺼내 쥐자 마지막 힘을 다해 화장실로 기어갔겠지. 갈기갈기 찢어 변기 속에 처넣고 물통 손잡이를 누른 순간 숨이 끊어졌겠지.

그녀가 죽음의 순간까지 자기 목숨을 앗은 사나이를 비호하다니! 그것은 사랑이라기보다 비참함을 느끼게 하는 자기희생의 모습이다. 사랑이건 자기희생이건 여자가 그토록 모든 것을 사나이에게 바치다니, 그럴 수가 있을까? 그런데 그토록 모든 것을 바친 여자를 벌레라도 죽이듯 죽인 사나이는 도대체 어떻게 되어 먹은 인간일까?

이다지도 끔찍한 짝사랑이 세상에 또 있을까. 히라가는 후유코만 살아 있으면 언젠가는 만회할 수 있다고 믿었던 범인과의 거리가 머나먼 천체 저 너머만큼이나 벌어져 있음을 인정하지 않을 수 없었다. 그리고 지금 자기는 후유코가 목숨을 걸고 비호하려 한 범인의 가면을 벗기려고 한다. 그것은 후유코에 대해 보답이 되기는커녕 그녀의 유지(遺志)에 어긋나는 행동이 아닌가.

그렇기 때문에 히라가의 가슴속에 있는 피가 미쳐 날뛰는 것이다.

범인은 후유코의――히라가에게 있어선 가장 아름답고 깨끗했던――몸을 자근자근 씹어 먹고 있었을 뿐 아니라, 그 마음까지도 농락하고 있었다.

'오냐, 몇 년 아니, 몇십 년이 걸리더라도 내 생명이 있는 한은 그 놈을 뒤쫓을 테다. 미궁에 빠져 수사본부가 해체되더라도 나만은 추적을 그만두지 않을 테다. 다른 사건 같은 건 알 게 뭐야. 그 때문에 직장에서 잘린다면 잘리라지. 나쁜 놈, 언제 어디서고 내 발 소리가 네 놈 뒤에 있다는 걸 잊지 말아라!'

히라가는 무시무시한 얼굴로 본부를 나섰다.

3

원래 결혼 예식 장소로는 그것만 전문적으로 도맡아 치르는 연회장이나 회관을 이용하는 경우가 많았다. 그런데 호텔이 자주 이용되기 시작한 것은 1950년대에 접어들고부터다.

이것은 모든 도시 호텔이 그때까지의 '객실 중심주의'에서 탈피

하여 '호텔은 음식으로 승부한다'는 새 경영 이념 아래 음식 수입의 신장을 꾀하여 '연회'를 주력 상품으로 삼게 되었기 때문이다. 연회 중에서도 '한평생에 한 번' 하는 결혼식은 손님의 지불도 좋아 제일 수지맞았다.

호텔에 근무한 아리사카 후유코가 자기의 결혼식장으로 호텔을 선택한 것은 오히려 당연하다.

하긴 호텔이라 해도 천차만별이다. 피로연을 할 수 있는 호화로운 연회장 설비를 갖춘 호텔엔, 이름만 호텔인 여관이나 여인숙이 포함되지 않음은 물론이다.

대체로 일류라고 지목되는 호텔은 '국제 관광호텔 경비법'에 해당하는, 즉 외국인의 숙박에 적합할 만한 서양식 구조와 설비를 갖추고 있는데, 이들 호텔들도 일본 호텔 협회에 가입되어 있다.

도쿄에는 호텔 협회에 가입한 호텔이 서른 개 남짓 있었다. 수사본부에서는 우선 협회 가입 호텔부터 알아보기로 했다.

단순한 숙박객에 대한 문의와는 달리 요 10월과 11월, 두 달 동안에 걸친 피로연의——어쩌면 취소되어 있을지도 모르는——예약을 알아보는 일이어서 전화로 끝낼 수 있는 내용이 아니었다.

더구나 어느 호텔에서건 요즈음 객실 부족으로 콧대가 높아져, 그런 까다로운 문의에는 좋은 얼굴을 하지 않는다. 히라가는 우치다 형사와 한 조가 되어 지요다 구 아카사카 지역의 호텔을 알아보았다. 그 지역은 특급 호텔의 밀집 지대였다. 오타니, 오쿠라, 호텔 뉴저팬, 힐튼, 아카사카 프린스, 도시 센터 등이었다. 두 사람은 마치 원수를 찾아 나선듯 '호텔 순례'를 계속했다.

이 순례 동안에 그들은 호텔이라고 한 마디로 말하기는해도, 여러 종류가 있음을 알았다. 분류 기준에도 여러 가지가 있었다. 이를테면 이용객별로는 컨벤셔널(대집회용), 비즈니스(상업객용),

리조트(휴양객용), 투어리스트(관광객용) 등, 숙박 기간별로는 트렌지언트(단기 체재용), 퍼머넌트(장기 체재용), 레지덴셜(임시주거용) 등, 그리고 입지 조건별로는 메트로폴리탄(대도시), 시티(시내), 다운타운(도심지), 서버번(교외), 스테이션(역) 등으로 분류되었다.

이 중에서 결혼식장으로 가장 많이 이용되는 호텔은 설비가 호화로운 컨벤셔널 호텔이고, 그 다음은 교통이 편리한 비즈니스호텔이었다. 도시의 큰 호텔은 앞서 말한 기준에 따라 몇 가지 유형을 복합시킨 호텔이었다. 이를테면 히라가가 돌아본 오타니나 오쿠라 호텔은 컨벤셔널 호텔인 동시에 비즈니스, 트렌지언트, 투어리스트 호텔이기도 했다.

처음엔 귀찮아했으나 어느 호텔에서고 아리사카 후유코 사건으로 나왔음을 알고는 협조를 해주었다. 이것만으로도 그녀가 얼마나 업계에서 주목받고 있었는가를 알 수 있었다.

히라가는 이 수사를 통해 현대의 호텔이란 곳이 얼마나 거대한 '인간 처리 공장'인가도 깨달았다. 거기에서는 서비스라는 지극히 인간적인 역할마저도 양산되는 메커니즘에 지배되고 있으며, 손님 편에서도 마치 자동판매기에서 인스턴트 식품을 사듯 호텔의 손님이 되었다.

서비스가 나쁘다거나 저질이란 말이 아니다. 그들은 지불한 돈에 상당하는 만큼의 서비스는 반드시 제공한다. 요컨대 서비스의 내용이 기능 본위라는 점이다. 원래의 상품에 덧붙인 '경품'과 같은 서비스나 설비, 요리 등에서의 저질적 서비스를 저자세의 애교로 대충 얼버무리는 따위의 애매함은 손톱만큼도 없다.

명시된 요금을 지불하고 규격적인 서비스를 산다. 현대에는 인간적인 애매함을 위한 여유가 남겨져 있지 않은지도 모른다. 종종 야간에 걸친 수사 중에 히라가는 대도시의 밤하늘에 불야성처럼 우뚝 솟은 호텔들을 돌면서, 자기 자신도 그 애매함을 허용하지 않는 거대한 기계의 아주 작은 부분 같다는 생각이 드는 때가 있었다. 밤하늘에 치솟은 호텔은 아름다웠다. 거대한 바윗덩이 같은 벽면에 규칙적으로 배치된 창문이 불빛을 한껏 품고 떠올라 있는 모습은, 그 불빛 아래에서 어떠한 추잡스러운 삶이 영위되고 있다 하더라도 보는 이의 눈엔 다이내믹한 아름다움으로 나타났다.

그러나 히라가가 뒤쫓고 있는 범인은 애매하다는 말 따위로 형용할 수 있는 그런 '애매한' 사람이 아니었다. 두 인간의 목숨을 자기 형편 때문에 아무런 감정도 섞지 않고 앗아간 '사나이'인 것이다.

그가 아무런 제재도 받지 않고 살 수 있는 세상은 단호히 거부해야 한다. 그것을 거부하는 일이 히라가의 의무이다. 그 일이 비록 후유코의 유지에 어긋날지라도 개인적인 의지를 초월하여 이 흉악무도하고 냉철 무비한 범죄자를 막다른 데까지 몰아야 한다.

그런데 그것은 경찰관으로서의 입장에서였다. 아무튼 히라가는 스스로의 손으로 범인을 붙잡고 싶었다. 그에게 있어서 법률이나 질서 같은 것은 아무래도 상관없었다.

히라가는 범인을 붙잡기 위해 태어났고, 오직 그 일에서만 사는 보람을 느끼는 사람 같았다.

호텔의 협력과 수사반의 노력에도 시내 호텔의 어디서도 아리사카 후유코 및 ○○ 구니오 이름으로 된 결혼 피로연 예약은 발견되지 않았다.

"이거 혹시 호텔이란 이름을 붙인 일본식 여관이 아닐까?"

분담하여 알아본 삼십여 호텔에 희망이 없음을 알았을 때, 고바야시 형사가 말했다.

여섯 명의 호텔 맨

일본식 여관이라면 호텔과 동등한 설비를 갖춘 정부 등록 여관, 일본 관광 연맹, 또는 국제 관광 연맹 가입 여관 등, 방대한 수가 되지만, 휴양지와는 달리 도쿄 지구에는 '호텔' 이름을 붙인 그런 곳은 의외로 적었다.

형사들의 발길은 여관으로 뻗었다. 그러나 거기서도 '그들'의 예약은 발견할 수 없었다. 수사본부에는 걸음에 지친 형사들이 할 짓은 다 했다는 듯한 표정으로 모였다.

"그렇지만 이상한데?"

무거운 침묵을 깨고 혼자 중얼거리듯 말한 사람은 아라이 형사였다.

"이상하다니, 뭐가?" 우치다 형사가 따지듯이 물었다.

"난 말이야, 주로 시나가와 방면의 호텔을 돌았는데 말이야, 어디서고 아리사카 후유코를 알고 있었거든."

"그게 어쨌단 말이야?"

"그만큼 업계에 얼굴이 알려진 아리사카인데 이만큼 찾아도 알 수 없는 걸 보면, 그 결혼식 장소가 도쿄 이외의 호텔일지도 모르잖아."

"그렇지, 충분히 그렇게 생각할 수도 있어."

이것은 분명 수사기관의 맹점이었다. 범죄의 광역화, 스피드화와 더불어 경찰도 광역 수사에 꽤 익숙해졌다곤 하나, 독립적인 경찰 체제가 수사관의 느낌에 인접 지역에 대한 무의식적인 거리감을 심어주고 있었다.

그러나 이용하는 사람의 입장에서 본다면, 도쿄의 호텔이나 인접 지역의 호텔, 특히 요코하마 같은 대도시의 호텔이나 별 차이가 없을지도 모른다. 게다가 대도시가 더욱더 무질서하고 거대화됨에 따라 낮에는 도심에서 일하더라도 밤에는 인접 지역의 집으로 돌아가는 사람이 많았다.

"좋아, 우선 요코하마의 호텔을 훑어보자."

무라카와 경감이 말했다.

"요코하마 같으면 아리사카의 얼굴이 알려진 건 마찬가질 테니까 전화로 알아보면 안 될까요?"

야마다 형사가 극히 합리적인 안을 냈다. 현대의 형사로서는 두 다리 운동만이 능사가 아니다. 기계로써 대행할 수 있으면 최대한으로 이용해야 한다. 단순히 수고를 덜자고 한 말이 아니다. 그의 말에 젊은 형사의 합리성이 엿보였다고 할 수 있었다.

"그 전에 도쿄와 요코하마 간의 호텔에 횡적(橫的)인 유대가 있는지 어떤지 알아봅시다."

히라가는 일어섰다. 안면이 있는 팰리스 호텔의 우메무라나 프런트 직원에게 물어볼 참이었다. 다행히 우메무라가 근무 중이어서 이내 전화를 받았다.

"아아, 그건 말이죠, 도쿄에 호텔 본점이 있는 체인이 아니면 별로 서로간에 연락이 없어요."

호텔 협회가 지배인이나 최고 경영진의 의례적인 조직이 되어 버려, 젊은 동업자끼리 친목 단체로서 YHA(영 호텔 맨 어소시에이션)라는 것을 결성했는데, 그것이 어느 새 OHA(올드 호텔 맨 어소시에이션)가 되어 버렸다.

현재는 도쿄 지구에 있는 호텔 프런트 관계자 중심으로 만든 '매듭회'라는 비공식 친목 그룹이 있을 뿐인데, 거기에 요코하마의 호텔은 참가하지 않고 있다.

"편의상 게이힌 지구의 호텔이라고 일괄 취급하고 있지만, 인간적인 모임은 거의 없어요"라고 우메무라는 가르쳐 주었다.

이 정보를 듣고 형사들은 또다시 발을 움직여야만 했다. 마침내 요코하마 시의 뉴 요코하마 호텔에서 아리사카 후유코 명의로 된, 11월 말의 예식장 예약 신청서를 발견했다.

"뭐? 있어? 그래, 명의는? 아리사카 후유코, 11월 23일 오후 1시부터 80명. 그래, ○○ 구니오의 이름은? 없다고? 무슨 소리야? 어느 세상에 예식장 예약을 자기 혼자 이름으로 신청하는 사람이 있단 말이야?"

평소 부드러운 성격의 무라카와 경감이 요코하마 호텔에서 걸려온 부하의 전화에다 대고 소리질렀다. 예약 장부에 사나이의 이름이 없는 모양이다. 이런 종류의 예약 신청은 양가 명의나 두 사람 명의로 하는 것이 보통인데.

무라카와 주위에 형사들이 숨을 죽이고 모여들었다. 전화 응답은 계속되었다.

"뭐라고? 그런 신청도 이따금 있다고? 아, 여보세요. 소리가 멀다. 더 큰 소리로 말해! 그래, 들린다. 신청자 주소가 아리사카의 집으로 안 돼 있단 말이지? 어디야? 뭐? 더 천천히, 받아 쓸 테니까."

부하 한 사람이 재빨리 메모지와 연필을 꺼냈다.

"요코하마 시 호도가야 구 히나타쵸 389, 세이와 맨션. 알았어……. 곧 그리고 가 봐. 이쪽에서도 사람을 보내지. 가나가와 경찰에도 연락해 두겠어."

무라카와의 긴장은 흥분으로 바뀌어 있었다. 범인의 이름이 호텔의 예약 장부에는 실려 있지 않았지만, 피해자의 새 주소를 알게 된 것이다. 거기야말로 그녀가 범인과 새살림을 꾸미려고 예정한 '보금자리'일 테니까. 예식장의 예약까지 한 사람이 설마 거짓 주소를 댔겠는가.

짐작컨대 맨션의 권리금도 치러서, 이사하는 일만 남아 있으리라.

"호도가야 구 히나타쵸라, 도쿄선 연변이군."

무라카와 경감은 지도를 노려보았다.

그러나 '새 보금자리'에 급히 출동한 수사반은 거기에서 회복하기 어려운 절망감을 맛보지 않으면 안 되었다. 틀림없이 아리사카 후유코는 그 맨션의 관리인에게 권리금, 전세금 및 12월분 집세를 선불했고, 12월부터의 임대 계약을 맺고 있었다. 그런데 계약은 모두 후유코 명의로 맺어졌고 ○○ 구니오란 이름은 어디에도 남아 있지 않았다.

관리인은 방을 보러 올 때나 계약을 할 때나 늘 후유코 혼자였고, 같이 온 사람은 없었다고 말했다. 아직 가구들을 들여 놓지 않아서 턱없이 넓은 느낌을 주는 방 둘에 부엌이 하나쯤 되는 범인과 피해자의 새 보금자리가 될 뻔한 맨션 한 귀퉁이에 서서, 수사반 형사들은 범인 뒤를 쫓던 단 한 가닥 남은 가는 실이 툭 끊겼음을 느꼈다.

4

수사본부를 덮친 절망감은 매우 컸다. 매스컴은 공공연히 경찰의 무능을 나무라기 시작했다. 어떤 신문은 '현재의 경찰 기구가 최근의 범죄 경향을 따라가지 못한다'고 주장하고, 어떤 신문은 '범인의 지능에 우롱당하는 수사진'이라고 비웃고, 그리고 어떤 신문은 '대도시 중심부를 중점으로 이루고 있는 경비 체제가 수사의 장해가 되고 있다'고 논평했다.

"이런 제기랄! 다들 제멋대로군!"

무라카와 반 형사들은 이를 갈 지경이었으나, 그것은 절망감을 더한층 짙게 하는 효과밖에 없었다.

'수사가 막혔을 때는 현장으로 돌아간다'라는 수사관의 기본이 어려운 사건 수사의 공식처럼 되어 있었다.

그런데 얼마 되지 않는 수사비로는 후쿠오카의 현장에 몇 번이고 갈 수가 없는 노릇이었다. 그리고 팰리스 사이드 호텔 현장은, 억척스런 호텔 측에선 비워 두기는커녕 벌써 새 단장을 하여 룸 넘버를 바꿔 손님들에게 내놓고 있었다.

그런데 실제로 그 장소에 돌아가지 않더라도 머릿속에서 돌아갈 수는 있다.

히라가는 두 현장을 중심으로 사건의 경위를 다시 한 번 세밀히 돌아보기로 했다. 먼저, 수사본부가 이 두 현장을 당연한 듯 '연속된 것'으로 본 이유는 무엇이었던가?

그것은 첫째로 구주 살해의 중요 참고인으로 지목된 아리사카 후유코가 밀실이 열림과 동시에 행방불명이 되었고, 그 직후에 살해되었기 때문이다. 후유코가 살해된 시기와 밀실이 열린 시기가 일치한 것은, 범인이 수사본부의 움직임을 알 턱이 없는 만큼(그때 매스컴엔 비밀로 했으니까), 우연의 일치라고 보아도 무방하리라. 범인은 오래잖아 후유코를 죽일 생각이었으리라.

후유코의 시체는 상황으로 보아 뜨내기의 범행이 아님은 확실했다. 그 뒤, 후쿠오카 경찰에 있는 우에마쓰 형사 등의 수사에서도 현장 부근 및 시내에서 수상쩍은 사람은 떠오르지 않았다.

지방의 불량배나 전과자는 하나같이 사건 당시의 알리바이가 성립되었다.

피해자의 교우 관계, 직장 관계에서도 원한의 흔적은 찾아볼 수 없었다. 피해자를 나쁘게 말하는 사람은 한 명도 없었고, 누구한테나 사랑을 받고 있었다. 그런 뜻에서 아리사카 후유코는 완벽한 여성이며, 팔방미인이었다. 그런데 특별히 친하게 사귀던 사람,

특히 이성은 없었다. 말하자면 피해자는 하등 피살될 이유가 없었다.

그렇다면 그것은 뜨내기가 한 살인이거나 구주 살해와 관계된 살인이거나의 어느 한쪽이었다.

뜨내기의 경우가 우에마쓰 형사 등의 수사로 부인되었으니, 나머지는 오직 구주 살해와의 관계뿐이었다.

그런데 수사 당국이 이 사건들을 동일 범인이 저지른 연속 살인으로 본 것은 정말 그 이유 때문이었을까? 범죄 수법은 어떠했던가?

범죄자는 전에 성공한 방법이거나 자신있는 수단을 되풀이하여 범죄를 저지르는 법이며, 그것이 굳어져서 일종의 버릇이 된다. 이번 두 살인 사건은 미묘한 수법에 있어 다소 틀린 점은 있으나, 전체적으로는 강한 유사성이 있다. 이것을 좀더 깊이 분석, 정리할 필요는 없을까.

히라가는 새삼스레 두 현장에서 모은 유형·무형의 수사 자료를 하나의 표로 정리하여 서로 비교해 보았다.

그는 편의상 팰리스 사이드 호텔을 제1현장, 하카다 그랜드 호텔을 제2현장, 구주를 제1 피해자, 후유코를 제2 피해자라 부르기로 했다.

히라가는 표를 비교해 보며, 개별적으로 보면 각각 다른데 전체적으로 풍겨지는 강렬한 유사성은 어디에서 비롯되었는가를 생각했다. 그리고 자세히 보니, 그 가운데 어떤 항목들에서 당연히 비슷해야 할 것이 서로 다름을 발견했다.

먼저, 범인은 왜 같은 흉기를 쓰지 않았는가? 범인에게 절박함이 엿보이는 제2 피해자 살해의 경우, 오히려 칼을 사용하는 편이 보다 안전하고 확실하지 않았을까?

현장 자료	제1현장	제2현장
현장의 위치	팰리스 사이드 호텔 3401호실	하카다 그랜드 호텔 628호실
현장의 상황	밀실	밀실은 아니나 문을 꼭 닫으면 밀실이 될 수 있음
흉기	끝이 날카로운 칼 종류	비소 화합물
유류품	전혀 없음	음모 세 가닥과 B형 정액
범행시간	7월 22일 오전 1시 30분 안팎	10월 1일 오후 5시 안팎
범인	범행 전야 오후 7시 50분경, 흑색 중형차에 제2 피해자가 타는 것을 도어맨이 보았으나, 운전사를 범인이라고는 단정 못함	목격자 없음
침입도주로	비상 계단 경유?	불명. 호텔이 혼잡한 때를 노려 방문객을 가장한 듯
공범의 유무	있음. 제2 피해자	없는 듯
범행동기	불명	제1 피해자의 살해를 은폐하기 위해
흔적	있음. 단서 소거(端緒消去)	있음. 단서소거
물품의 이동 상황	없음	없음. 단 한 번 이동한 물품을 원위치로 복원한 흔적 있음
피해 금품	없음	없음
직접 사인	심장 손상에 수반한 실혈(失血)	중독
특이점	정밀한 계획과 계산	계획성은 느껴지나, 시체 상황으로 보아 범인에게 절박한 무엇이 있었던 듯

 둘째, 제1 현장을 왜 밀실로 했을까? 사건의 발견을 늦추기 위해 한 일만은 아닐지도 모른다.
 셋째, 왜 제1 피해자를 자살로 꾸미지 않았을까?
 상처를 여러 군데 내고 흉기를 현장에 남기면 자살로 꾸밀 수도 있었을 텐데? 자살로 위장하지 않으면 밀실 구성은 그다지 의미가 없을 성싶다.
 넷째, 범인은 제2 현장으로서 왜 후쿠오카를 택하지 않으면 안 되었을까? 만약 범인이 도쿄 부근에 주거가 있다면(이 추정은 후유코와의 관계로 보아 꽤 가능성이 있다) 도쿄를 제2 현장으로 삼는 쪽이 위치 감각도 있고 도주하기에도 편리했을 텐데.

이렇게 종합적으로 관찰해 보니, 얼른 보기엔 정밀한 기계 같은 범인의 움직임에도 상당히 부자연스러운 구석이 나타났다.

이어 히라가는 두 현장에서 볼 수 있는 공통성 및 유사성에 대해 생각했다. 먼저, 범행 장소가 둘 다 호텔 안이라는 점이다. 범인은 제1 현장을 밀실로 구성한 솜씨로 보나, 제2 현장에서 누구에게도 모습을 들키지 않고 기막히게 출입한 점으로 보나, 호텔의 내부 사정에 꽤 밝은 자라고 여겨진다.

여기까지 생각을 쫓던 히라가는 아차 싶었다. 그렇다, 호텔이다! 이 두 범죄는 모두 호텔과 얽혀 있다. 피해자, 범행 장소, 범행 시간, 출입 경로, 열쇠, 관계자, 이 모두가 호텔과 밀접한 관계를 가진 것뿐이다. 아니, 이것들은 호텔 그것이라고 해도 좋을 정도이다.

범인은 호텔의 내부 사정에 정통한 사람이 아니라, 바로 호텔에 있는 사람이 아닐까? 지금까지는 제2 피해자가 호텔 사정을 범인에게 알려 주었다고만 믿고 있었는데, 사실은 범인 자신이 속속들이 알고 있었던 것은 아닐까?

그러나 팰리스 사이드 호텔 내부의 사람들은 철저히 훑어보고 의심스러운 사람이 없음을 확인했다.

범인은 어쩌면 외부의 호텔에? 히라가는 이런 생각이 떠올랐다.

그렇다, 우리는 더욱더 시야를 넓혀야만 한다. '피해자가 죽어서 누가 제일 이득을 보았는가?'라는 수사의 기본 대상을 너무 좁게 한정시키고 있었다.

구주 마사노스케가 죽어 누가 제일 이득을 보았는가? 히라가는 수사 기록에 있었던 고바야시 형사와 이구치 지배인과의 대화를 떠올렸다.

고바야시──사장님이 돌아가셔서 크레이턴과의 업무 제휴는 영향을 받게 될까요?
이 구 치──당장 무슨 일이야 있겠습니까만, 임원들 중에는 반대하는 사람들도 꽤 있으니까요.
고바야시──만약 이 얘기가 백지화된다면, 누가 제일 이득을 봅니까?
이 구 치──그거야 게이힌 지구의 호텔들은 다 한숨 돌리게 되겠지요.

정확하지는 않지만, 분명 이런 내용이었다고 기억하고 있다.
"혹시 이 살인은 기업 경쟁이 표면으로 노출된 사건은 아닐까?"
그러나 히라가는 설마 싶었다. 명색이 일류기업을 하는 사람들이 호텔의 존속과 신장을 위해서라곤 하지만 살인까지 범할 리가 없다.
범인을 뒤쫓는 일에 뼈를 깎고 있으나, 영리를 추구하는 회사에 근무해 본 적이 없는 히라가는, 현대 자본주의 사회에 생존하는 기업이 보다 큰 이윤 추구와 자기 존속을 위해 얼마나 처절한 경쟁을 펼치고 있는지를 알지 못했다. 그런 그가 자본의 자유화로 국제적인 생존 경쟁에 허덕이고 있는 호텔 산업의 처참한 환경과 조건 같은 것을 알 턱이 없었다. 그는 호텔이라는 그 우아한 분위기와 거대한 성 같은 외관이, 형사 같은 피비린내 나는 직업에 비해 얼마나 깨끗한 장사냐 싶었다.

그 때문에 기업 경쟁의 알력에 의한 살인이 아닌가 하는 의심을 품고서도 실감이 나지 않았다. 그러나 아무 단서도 없는 지금, 하찮은 가능성도 배제할 수가 없다. 그리고 게이힌 지구에 있는 일류 호텔 사원 중에서 구니오라는 이름을 가진 사람을 찾아내는 일은 그다지 어렵지 않을 성싶었다. 후유코가 결혼의 대상으로 삼고 있었으니, 연령도 어느 정도 한정된다. 11월 말로 결혼식을 예정했다면 상대가 독신 내지는 이혼한 사람, 또는 근간에 이혼을 예정하고 있는 사람임을 시사해 준다.

이 가운데 독신자일 가능성이 가장 짙은데, 여자를 살해한 정도의 사나이니 그에게는 결혼할 뜻이 없었음이 확실하다. 유부남이 달콤한 말로 후유코의 마음을 이용했을 경우도 고려될 수 있는 만큼, 그들도 용의선상에서 뺄 수 없다. 아무튼 수사 대상은 아주 좁혀진다. 히라가는 자기 생각을 무라카와 경감에게 말하려고 일어섰다.

5

히라가의 생각은 받아들여졌다. 지체 없이 각 호텔의 인사과로 조회를 했다. 그 조사는 히라가가 생각했던 것처럼 간단하진 않았다. 훗날 들어서 안 일인데, 호텔 맨이란 사람들, 특히 요식 부문 관계자들은 '부평초 신세'인데다, 어느 호텔이고 거대화해 있기 때문에 사원 명부를 완비하기가 어렵다는 것이었다. 그리고 성이라도 알면 또 몰라도, 이름만으로 찾아내려니 꽤 곤란했던 모양이었다.

그래도 사흘 뒤에는 각 호텔에서 다음과 같은 해당자 명단이 수사본부로 들어왔다.

도토 호텔(도쿄) 오우라 구니오──연회과장 38세
신데이토 호텔(도쿄) 시바사키 구니오──웨이터 19세 독신
게이큐 호텔(도쿄) 마쓰무라 구니오──경리과원 23세 독신
다이토 호텔(도쿄) 하세가와 구니오──요리사 42세
도쿄 로열 호텔(도쿄) 하시모토 구니오──기획부장 32세 독신
데이토 프린세스 호텔(도쿄) 야나기 구니오──프런트 과장 34세
데이토 프린세스 호텔(도쿄) 다오카 구니오──룸보이 18세 독신

"이 가운데 일단 제외해도 좋은 사람은 데이토 프린세스의 다오카다. 나머지 6명에 대해서는 7월 22일과 10월 1일의 알리바이를 철저히 알아보도록. 특히 도토와 도쿄 로열은 팰리스 사이드와 가장 경쟁이 치열한 호텔이야. 그곳에 근무하며 지위나 연령으로 보아 제일 구린 오우라와 하시모토, 그 두 사람을 각별히 잘 알아보라고."

무라카와 경감이 지시했다. 히라가는 이 6명 속에 반드시 범인이 있다고 믿었다. 아니, 없으면 안 되었다. 수사본부에는 인제 이것 말고는 범인에게 이르는 루트가 남아 있지 않으니까. 만약 이 루트마저 끊긴다면 미제사건(未濟事件)이란 딱지를 붙이고 본부를 해체해야만 한다. 각 형사의 표정에는 과장이 아니라 배수의 진을 쳤다는 비장감이 감돌았다.

단독여행의 구도

1

 팰리스 사이드 호텔이나 도토 호텔을 익히 보아 온 눈에도 도쿄 로열 호텔의 위용은 그보다 더한층 크게 비쳤다.
 지상 42층, 높이 1백 50미터, 객실 총수 2천 5백인 일본 제일의, 아니 동양 제일의 거대한 호텔이었다. 이 호텔은 호텔로서뿐만 아니라 건축물로서도 그 규모가 동양 최대였다.
 히라가는 우치다 형사와 함께 앞뜰에서 그 호텔 건물을 올려다보며 '마침내 몰아붙였다'는 감개를 가슴에 넘치게 느꼈다. 이 건물 안에 범인은 6분의 1의 가능성으로 있을지도 모른다. 그것은 아무런 단서도 잡지 못했을 때에 비해 얼마나 큰 비약인가.
 형사가 용의자를 만날 때는 먼저 '무고함을 믿고 만나라'는 이상론을 요구당하는데, 그것은 형사의 인간적인 면을 무시하는 말이다. 오랫동안 피땀 흘리며 수사를 거듭하여 겨우 몰아붙인 용의자가 무고해서야 말이나 될 소린가. 히라가와 우치다가 우뚝 치솟아 버티고 서 있는 이 거대한 빌딩을 올려다보고 있으려니까, 범인이

'올 테면 와 봐라' 하고 겹겹이 둘러친 방벽 속에서 코웃음을 치고 있는 것 같았다. 이 건물 앞에서 히라가는 하시모토에 대한 의심이 더욱 커졌다.

"우치다 선배님, 하시모토 구니오란 사나이, 어떻게 생각합니까?"

"음, 도쿄 로열이 팰리스 사이드의 최대의 적수라는 점으로 보나, 기획부장이란 지위로 보나, 여섯 명 중에서 제일 의심스러운데."

수사관으로서 이와 같은 선입관은 금물이지만, 고참인 우치다 형사의 육감도 히라가와 마찬가지인 모양이었다. 그리고 무라카와도 같은 육감이 작용했기에 특별히 히라가와 노련한 우치다가 담당하게 했으리라.

직원 전용 입구가 어딘가에 있을 테지만 둘은 프런트로 곧장 갔다. 그들이 하시모토의 이름을 대고 연락해 달라니까, 처음엔 큰 호텔 직원답게 사무적으로 대하던 프런트 직원이 갑자기 달라졌다. 하시모토라는 인간이 호텔 안에 상당한 세력을 지니고 있으리라 짐작되었다. 아니면 그 프런트 직원이 하시모토의 심복 부하였던가?

둘은 연락을 부탁하기에 앞서 우선 하시모토의 주변부터 훑어볼까 하다가, 느닷없이 본인을 만나는 편이 그 반응을 보다 정확하게 볼 수 있겠다 싶어 처음의 생각을 고쳤던 것이다. 형사가 훑고 다닌다는 말이 먼저 본인 귀에 들어가, 그에 대한 방비책을 세우게 하는 것은 서투른 짓이다.

기다릴 사이도 없이 프런트 직원이 돌아왔다. 그는 카운터 안에서 형사가 서 있는 로비 쪽으로 나와 둘을 로비 안 구석 쪽으로 안내했다.

"하시모토 부장님은 지금 곧 오실 거예요. 여기서 잠깐만 기다려 주세요."

프런트 직원은 일반 손님의 모습이 뜸한 로비 한쪽 모퉁이에 있는 소파를 가리키며 앉으라고 권했다. 그가 내부 사람에게 경어를 붙인 이유는 형사를 손님으로 간주하지 않았기 때문인가.

"하시모토입니다. 기다리시게 해서 죄송합니다."

얼마 후에 다가온 하시모토 구니오는 뜻밖일 만큼 젊었다. 사전 탐사로는 32세라는 나이였는데 마치 20대 같았다. 그것은 그들이 기획부장이라는 직함으로 해서 제멋대로 중년이리라 상상했던 탓도 있으리라. 영국제인 듯한 회색 신사복을 말쑥하게 차려 입고, 딜럭스한 호텔 로비를 등지고 서 있는 하시모토의 모습은, 그대로 스크린의 한 토막에 끼워 넣더라도 어색하지 않을 듯했다.

전체적으로 여윈 몸매, 키는 중키보다 좀 큰 편, 짙은 눈썹 아래의 긴 눈과 일본 사람치고는 쭉 빠진 콧날, 의지적으로 다물어진 엷은 입술 등은 역삼각형으로 갸름한 하시모토의 얼굴을 샤프한 느낌으로 만들었다.

그는 반응이 날카롭고 머리가 좋을 것 같은 사나이였다. 과연 젊음에 걸맞지 않은 직함을 지닐 만도 했다.

히라가는 자기와 거의 동년배이지만 수입도 신분도 환경도(어쩌면 후유코에게 있어서도), 하나에서 열까지 자기보다 몇 곱이나 나은 위치에 있을 성싶은 하시모토에게, 형사로서 허용될 수 없는 적의를 느꼈다.

그 느낌은 6분의 1의 가능성으로 아리사카 후유코를 먼저 독차지했을지도 모르는 사나이에 대한, 히라가가 지닌 사나이로서의 감정이 노출되었다고 할 수 있었다.

하시모토는 그러한 히라가의 감정을 민감하게 느꼈는지, 호텔

단독여행의 구도 151

맨답게 훈련된 웃는 얼굴의 밑바닥에서 번쩍 흰 칼끝과 같은 시선을 히라가에게 던졌다. 그것은 눈 깜짝할 순간의 일이어서 우치다는 알아차리지 못한 듯했다. 그 뒤 하시모토에겐 호텔 맨이 처음 만난 손님을 응대하는, 부드럽게 웃는 얼굴이 있을 뿐이었다.

"저에게 무슨 용무라도?"

하시모토는 테이블을 끼고 두 형사와 마주 앉자 프런트를 통해 받은 그들의 명함에 새삼스레 의아한 시선을 떨어뜨렸다.

누구든 아무 죄 없는 사람이 느닷없이 형사의 방문을 받게 되면 미심쩍게 여기지 않을 리가 없다. 아까부터 하시모토의 손님을 대하는 듯한 호의적인 응대에 거북함을 느끼고 있던 우치다 형사는 하시모토가 방금 보인 미심쩍은 표정을 납득했다. 아까 웃던 얼굴은 호텔 맨으로서의 직업적인 표정이리라고.

그런데 만약 하시모토가 접객업자로서의 표정과 형사를 처음 만나는 인간적인 표정을 의식적으로 따로따로 지었다면, 노련한 우치다 형사마저 납득시킨 그 연기는 절묘하다 할 것이다.

"오늘 이렇게 갑자기 찾아뵙게 된 것은 어떤 사건에 대해 참고로 좀 여쭈어 볼 일이 있어섭니다."

우치다는 점잖게 본론으로 들어갔다.

"대체, 어떤 사건입니까?"

하시모토는 호기심을 숨기지 않았다. 아주 자연스러운 표정이었다.

"그건 좀……. 수사상의 비밀이라 말씀드릴 수 없습니다. 어디까지나 참고로 여쭈어 보는 거니까 너무 그리 빡빡하게 생각하지 마십시오."

후유코에 관해서는, 이 자리에서는 덮어 두기로 했다. 업계에 이름이 잘 알려진 구주와 후유코의 사건에 관한 알리바이 수사임을 안다면 무관한 사람까지 괜히 긴장하게 될 테니까.

"알겠습니다. 그런데 무슨 일이죠? 제가 알고 있는 일이면 뭐든지 말씀드리죠."

"감사합니다. 그럼, 한 가지 여쭙겠는데요, 7월 22일 오전 1시 반경과 10월 1일 오후 5시 전후에 어디 계셨습니까?" 두 형사는 하시모토의 표정에 눈동자를 모았다.

"7월 22일이라, 이건 꽤 오래전 일인데요. 이건 뭔가, 거, 알리바이 같은 겁니까?" 하시모토는 약간 불안한 듯한 얼굴을 했다. 딴전 부리고 있다고 볼 수는 없었다.

"아니, 그런 딱딱한 건 아닙니다. 그저 참고로 좀 여쭈어 볼 뿐이니까요."

"그렇습니까? 그렇지만 꽤 오래된 일이라 당장에는 생각이 안 나는군요. 그렇지, 업무 일지를 쓰고 있으니까 그걸 보면 생각이 날지도 모르겠군요. 잠깐 실례합니다."

하시모토는 선뜻 일어서서 곁에 있는 서비스 데스크의 구내전화를 들었다. 비서나 부하를 시켜 가져오게 할 모양인 것 같았다. 일지가 올 때까지의 공백을 메우듯 보이가 커피를 갖고 왔다. 형사들이 흔히 마시는 인스턴트나 변두리 다방의 '재탕'이 아니었다. 그윽한 향기가 코를 찔렀다.

"뭘 이런 걸……."

우치다는 미안해하면서도 즐거운 소리를 냈다. 이 정도라면 부당한 대접을 받은 것으론 되지 않으리라.

호텔에서는 손님과 무슨 트러블이 생기면 우선 장소를 조용한 데로 옮겨 찬 음료를 권한다고 한다. 그렇게 하는 것만으로도 머리카락을 세울 듯이 화를 내던 손님이 한결 진정된다는 것이다. 그럴 경우, 커피처럼 흥분을 부채질하는 음료는 내지 않는다. 히라가는 팰리스 사이드 호텔의 우메무라한테서 들은 얘기를 떠올렸다.

히라가는 진한 액체를 천천히 맛보면서 하시모토가 커피를 시킨 것은 무슨 까닭일까 생각했다. 그것은 형사가 마침내 눈앞에 나타났기 때문에 드디어 발등에 불이 떨어졌음을 깨닫고, 응답에 어떤 사소한 실수라도 하지 않기 위해 머리를 청명하게 하는, 자기를 위한 '예방책'으로서 시킨 것은 아닌가.

조금 전에 우치다가 한 질문에 대해선, 지은 죄가 있다면 그 중대성을 십분 알 것이다. 그러나 지금 단계에서 거기까지 생각하는 것은 지나친 짓이리라. 적어도 커피를 마시는 하시모토의 표정은 커피만을 즐기고 있는 모습 그대로였다.

이윽고 비서인 듯한 젊은 여자가 검정 커버의 작은 책자를 들고 왔다. 표지에 '기획부장용'이라 적혀 있다. 비서가 사라진 것을 확인한 다음, 하시모토는 페이지를 넘겼다.

"그럼 최근 것부터 보지요. 10월 1일이라고 하셨지요? 아, 이거예요, 이거. 그 날은 하루 종일 신도쿄 호텔의 싱글 방에 들어앉아 업무상의 기획을 하고 있었습니다."

"신도쿄 호텔요? 아니, 이런 훌륭한 호텔에 있으면서 남의 호텔에 갔단 말입니까?"

히라가가 갑자기 물었다.

"그게 아니죠. 자기 호텔에선 일하기가 거북해요. 사무실은 사람들의 출입이 잦지요. 그렇다고 객실을 쓸 수도 없고요. 객실은 상품이니까 혼잡하면 손님한테 양보해 드려야 해요."

"10월 1일은 만원이었어요?"

"아마 그랬을 거예요. 9월 말경부터 11월 말까지는 도쿄에 있는 호텔이 대목이었으니까요. 그리고 객실이 다 차지 않더라도 종업원이 객실을 쓰는 건 좀 뭣하거든요."

호텔의 내부 사정을 모르는 히라가로선 더 캐물을 수 없었다.

"호텔에 계셨던 정확한 시간을 알 수 있을까요?"

우치다가 모르면 모르는 대로 상관없다는 듯, 느긋한 어조로 물었다.

"글쎄요, 체크인을 한 때는 오전 11시 반쯤 됐을까요. 그리고 일을 하고 나온 때는 오후 11시 무렵이었다고 여겨져요. 숙박 카드를 보면 정확한 시간을 알 수 있을 텐데요."

"네에, 아침 11시 반부터 밤 11시까지라, 땀깨나 흘리셨겠습니다."

"급한 일이었거든요. 덕분에 성과는 있었어요."

어차피 조사해 보면 알 일이지만, 하시모토는 10월 1일에 열한 시간 반가량 공백이 있다. 숙박 카드에 기록만 하고 나면 그 다음엔 어디서 무얼 하건 알 수 없다. 그런 점에서 호텔은 편리한 곳이다. 비행기를 이용하면 열한 시간 삼십 분 동안에 후쿠오카를 왕복하고도 남는다.

히라가는 '제2 현장'으로 출장 갔을 때에 탔던 비행기의 속도를 상기하면서 가슴속에서 계산했다.

"오전 11시가 지나서 신도쿄 호텔에 가셨다면 일단 여기에 출근하셨습니까?" 우치다는 계속 물었다.

"네, 서류를 가지러 7시쯤에 출근했어요."

"무척 일찍 일어나시는군요. 아직 아무도 안 나와 있었겠죠, 그때?"

"모르시는 말씀이에요. 호텔의 7시라면 출발객의 러시가 슬슬 시작되는 시간이지요. 그 전날 밤의 야근자도 있고요."

"야근자는 선생이 출근하신 걸 알고 있습니까?"

단독여행의 구도 155

"알고 있을 거예요. 프런트에서 아침 인사를 나누었으니까."
"그래서 몇 시쯤 여기서 나가셨습니까?"
"확실친 않습니다만 9시 조금 전이었을 거예요. 도중에서 아침을 먹었으니까요."
하시모토의 응답에서는 아무런 거리낌도 느껴지지 않았다.
"알겠습니다. 그런데 7월 22일 쪽은 어떻습니까?"
우치다는 앞으로 나아갔다.
"그때는 물론 집에서 자고 있었죠. 아무리 호텔이 날밤새는 장사라 해도, 기획 일은 낮에 하는 거니까요."
"누군가 그걸 알고 있는 분은 계신가요?"
"글쎄요, 노총각의 아파트 생활이다 보니……. 오다큐연선(小田急沿線)의 이쿠다라는 곳입니다."
하시모토는 묻지 않는 말까지 말했다.
이쿠다라면 가나가와 현이다. 두 형사는 아리사카 후유코가 요코하마의 호텔에 예식장을 예약한 사실을 떠올렸다. 가나가와 현의 주소와 요코하마의 호텔, 하시모토의 독신…….
"그런데 사람이 자면서 밤마다 증인을 만들 수 없잖습니까?"
시종 웃는 얼굴이던 하시모토가 약간 감정을 드러냈다.
"옳은 말씀예요. 아가씨라도 있으면 별문젭니다만. 하기야 그것도 매일 밤마다 그렇다면 몸이 못 견딜 거라, 하하하."
우치다는 환한 웃음으로 하시모토의 감정을 날려 버렸다. 그리고 이젠 더 얻을 것이 없다고 판단했는지, 아니면 하시모토를 너무 자극해선 좋지 않다고 여겼는지 우치다는 정중하게 인사를 하며 수첩을 호주머니에 집어넣었다.
"잘 알았습니다. 덕분에 수사에 귀중한 참고가 됐습니다. 오늘은 갑자기 찾아뵈어 실례가 많았습니다. 앞으로 한두 번 더 협조를 구하게 될지 모르겠습니다만, 그때 또 잘 좀 부탁합니다."

더 여러 가지로 질문을 받으리라 각오하고 있었는지, 하시모토는 뜻밖에 선뜻 돌아가려는 그들에게 오히려 맥이 풀린 듯한 얼굴을 했다.

그러나 이것이 형사의 수법이었다.

일단 호텔 밖으로 나가는 체 하다가 두 형사는 하시모토의 모습이 로비에서 사라졌음을 확인한 다음, 다시 프런트의 카운터로 갔다. 아까 그 직원이 있으면 좀 민망하겠지만, 어차피 하시모토의 귀에 들어가고 말 테니까 별로 대수로운 일은 아니었다.

다행히 아까 그 직원의 모습은 보이지 않았다. 객실이 2천 개가 넘는 큰 호텔의 프런트는 거창했다. 거대한 벌집 같은 키 박스를 등지고 직원들이 쉴 새 없이 오고 가고 모이고 헤어지는 손님의 물결을 척척 처리하고 있었다. 손님도 각양각색이었다. 흰색, 검은색, 누런색……. 뚱보, 빼빼, 덩치, 꼬맹이……. 아마 여기는 온 세계의 인종이 모두 모여 있는 곳이리라. 주고받는 말도 외국어 쪽이 압도적으로 많았다.

우치다는 시선이 마주친 직원들을 붙들고 프런트 책임자에게 면회를 신청했다. 이윽고 나타난 책임자인 듯한 사나이로부터 10월 1일의 프런트 야근자——호텔의 날짜로는 9월 30일——의 이름을 물었다. 하시모토가 프런트 근무자라고 잘라 말하진 않았지만, 프런트에서 인사를 나누었다니 틀림없을 것이다. 다행히 그 가운데 몇 사람이 마침 근무 중이어서, 그 자리에서 아까 그 하시모토의 말이 거짓이 아님을 확인할 수가 있었다. 그들과 하시모토가 말을 맞추고 있다는 눈치는 보이지 않았다. 오히려 그들은 하시모토의 얼굴을 본 때가 7시가 아니라 6시 40분쯤이었다고 말했다. 하시모토가 신도쿄 호텔에 도착한 시각 쪽을 중시한 우치다와 히라가는 그 20분간의 차이에 그다지 신경을 쓰지 않았다. 그 정도의 시간차를 느낀다는 것은 누구에게나 있는 일이기 때문이다.

그보다도 두 형사는 거기서 하시모토가 도쿄 로열 호텔의 대단한 '거물'이 되려 하고 있음을 알았다. 그 호텔의 사장인 마에카와 레이지로에게 잘 보여, 그 셋째 딸과 12월 말에 결혼하기로 되어 있다는 것이었다.

두 형사는 비로소 그의 나이에 걸맞지 않은 요직과 아까 그 프런트 직원이 보인 갑작스런 태도의 변화를 이해할 수 있었다.

그들은 거기서 신도쿄 호텔로 갔다. 그것은 시나가와에 최근 객실 5백 개 가량의 중간 규모로 건설된 호텔이었다. 그들은 거기서도 하시모토가 한 말이 거짓이 아님을 확인했다. 호텔 숙박 카드에는 '체크인 10월 1일 오전 11시 24분, 체크아웃 오후 10시 55분'이라고 선명하게 찍혀 있었다. 그러나 그가 방에 들어가고부터 떠날 때 계산을 하러 프런트에 내려오기까지 그의 모습을 본 사람은 아무도 없었다.

하시모토가 묵었다는 방이 있는 층을 담당하는 룸 메이드에게 물어보니, 그 방 문에 입실 금지 팻말이 하루 종일 걸려 있었기 때문에 침대를 정리하러 들어가지 않았다는 것이었다.

입실 금지 팻말은 고리끈이 달린 화물표 크기만한 카드로서, 손님이 아무에게도 방해받지 않고 일을 하거나 낮잠을 자고 싶거나 할 때, 복도 쪽 문 손잡이에 걸어 두는 팻말이다. 이 팻말이 걸려 있으면 메이드가 침대를 정리하거나 청소하기 위해 드나들 수도 없고, 방문객이 들어갈 수도 없다. 아니, 노크조차 할 수 없다. 말하자면 '인간 접근 방지'의 부적 같은 것이다.

그리고 하시모토는 교환수에게 '방해받지 않고 일하고 싶으니 어떠한 전화도 연결하지 말아 달라'고 일렀다는 사실도 알았다.

즉, 하시모토가 도착해서부터 출발하기까지 열한 시간 반가량 누구 한 사람 그의 모습을 보거나 말소리를 듣거나 한 사람이 없었다. 그 열한 시간 반은 완전한 공백인 셈이다.

그뿐만 아니라 신도쿄 호텔은 지난 7월 말에 개관한 호텔이어서, 프런트에 하시모토를 알고 있는 사람이 없었다. 출발할 때에 나이트매니저가, 그것도 하시모토 쪽에서 말을 걸었기에, 겨우 어디선가 열렸던 동업자의 모임에서 만난 적이 있는 그를 알아볼 정도였다.

1일 아침, 하시모토의 체크인을 받았던 직원에게 물어봐도 기억이 흐려 확실히 알고 있지 않았다. 다만 우치다가 말한 하시모토의 특징에 대해 그는 '그런 사람이었다고 생각된다'고 끄덕일 뿐이었다.

그에 비해 체크아웃할 때는 나이트매니저와 인사를 나눈 일도 있어, 캐셔도 확실히 기억하듯, 하시모토 자신이 체크아웃하였음에 틀림없었다.

따라서 호텔 숙박 카드가 하시모토와 용모가 닮은 딴 사람에 의해서 기입되었다고 한다면, 하시모토의 공백은 그가 자기 호텔에서 프런트의 친구들에게 말을 건 오전 7시 전까지 확대되는 셈이다.

이것은 하시모토에게 있어 더욱 불리해지는 일이었다. 히라가는 문득 하시모토의 계산서 사본을 조사할 것을 생각했다. 사람이 열한 시간 반 동안이나 아무것도 안 먹고 있었다면 이상하다. 뭘 먹어도 먹었을 것이다. 그러나 만약 방에 없었다면 먹은 것이 아무것도 없을 것이다.

히라가의 착안은 좋았으나, 하시모토는 분명히 식당에서 3천 엔어치 정도의 음식을 먹었다. 호텔 음식은 시중의 레스토랑보다 비싸지만, 그렇더라도 점심 식사에 3천 엔은 꽤 호화판이다.

그러나 식당 보이나 캐셔에게 물어보아도 그땐 점심때라 꽤 혼잡해 딱히 남는 인상이 없다는 것이었다. 그리고 숙박객이 호텔 안에 있는 식당이나 바 같은 데서 식사를 할 때는, 방 열쇠 등을 보이고 전표에 사인하기로 되어 있는데, 하시모토의 전표에는 사인이 없었다. 식당 캐셔에게 물었더니 숙박객이라는 사실이 확인되면 사인을 안 받는 수도 있다고 했다.

두 사람은 호텔 숙박 카드와 계산서의 복사를 부탁하여 호텔 측이 임의 제출한 형식으로 영치했다.

2

며칠 뒤, 형사들의 끈기 있는 탐문수사의 결실로서 수사본부에는 용의자 6명의 자료와 그들의 7월 22일 및 10월 1일의 알리바이 유무가 수집되었다. 그 가운데 도토 호텔의 우라와 다이토 호텔의 하세가와는 양일 다 알리바이가 완전히 성립되었다. 또 게이큐 호텔의 마쓰무라는 7월 22일에만, 데이토 호텔의 야나기는 10월 1일에만 알리바이가 있었다. 그런데 이 두 사람 다 혈액형이 B형은 아니었다. 양일 다 알리바이가 불명확한 사람은 신데이토의 시바사키와 도쿄 로열의 하시모토 두 사람으로 좁혀졌다.

그러나 시바사키를 담당한 고바야시 형사의 보고에 따라, 그는 고등학교를 갓 나온 풋내기로 도저히 그런 계획적 범죄를 저지를 수 있는 사람이 아님을 알았다. 그리고 18, 9세의 나이로서는, 재원으로 이름 높은 아리사카 후유코가 죽어 가면서까지 숨기려 한 상대라고 보기엔 무리가 있었다.

"역시 하시모토가 구린데."

무라카와 경감이 한 말은 본부에 있는 모든 사람들의 일치된 의

견이었다.
 "좋아, 하시모토를 쫓아라. 우선 아리사카 후유코와의 관계를 철저히 뒤져 봐. 후유코와의 사이에 무슨 연관을 발견하기만 하면 일은 수월해진다." 무라카와 경감은 사뭇 흥분했다.
 우치다와 히라가가 수집한 하시모토 구니오 관계 자료에 의하면, 그는 고향인 야마가다의 고교에서 도토 대학에 진학, 재학 중에 적을 둔 교내의 호텔 연구회에서 호텔업에 흥미를 갖고, 대학 졸업과 동시에 업계 최고의 전통을 자랑하는 도토 호텔에 입사했다.
 맨 처음 프런트 직원부터 출발했는데, 타고난 호텔 맨 적성과 재능이 당시 그 호텔의 사장이었던 마에카와 레이지로의 마음에 들어, 2년 후에는 프런트 계장, 5년 후에는 프런트 과장으로 빠른 승진을 했다. 음식 판매의 신장으로 프런트 중심부주의가 그 전보다는 빛을 잃었지만, 객실이라는 호텔의 주력 상품을 장악하는 프런트는 호텔 맨의 엘리트 코스임에 틀림없다. 더군다나 연공서열이 엄격한 도토 호텔 같은 전통 있는 호텔에서 30세도 채 안 되는데 그 부서의 과장이 되었으니, 마에카와가 얼마나 그를 높이 평가하고 있었는지 알 만했다.
 그런 만큼 하시모토는 마에카와를 위해 분골쇄신했다. 그 충성심은 '도토 호텔에 근무한 게 아니라, 마에카와에 근무했다'는 뒷소문을 낳을 정도였다.
 서른이 넘도록 독신으로 지내 온 까닭도 마에카와가 권하는 혼담을 기다리느라고 그랬다는 소문이 있다. 현재 마에카와의 셋째 딸과 혼담이 진행 중에 있다는 사실은 그 소문을 뒷받침해 준다. 하시모토가 결혼 적령기에 달했을 무렵에 마에카와의 딸은 여학교를 나왔을까말까한 나이였으니, 만약 그 무렵부터 그가 마에카와의 사위 자리를 노리고 있었다면 철저한 출세주의자라 할 수 있으리라.

그 뒤 도쿄 로열 호텔 건설의 기획이 구체화되어 마에카와 레이지로가 그 사장으로 내정되자, 하시모토도 그를 따라 새 호텔 프런트 객실 부분을 총괄하는 제1영업과장의 자리를 약속받았다.

그의 마에카와에 대한 충성은 더한층 눈물겨워졌다. 196×년 4월, 도쿄 로열 호텔이 화려하게 개관되고, 일 년 후에 그는 기획부장으로 승진했다. 그것도 단순한 스태프로서의 기획부장이 아니었다. 마에카와를 보필하여 회사의 최고 경영 방침을 기획 입안하고, 동시에 그 수행에 있어선 각 영업 부분에 대해 명령하는 권한을 부여받은 기획부장이었다.

호텔의 기획부는 말하자면 그 호텔의 '엘리트의 집단'인데 그는 그 집단의 우두머리가 된 셈이다. 그것과 거의 때를 같이하여 마에카와의 딸과의 혼담이 일어났고, 호텔 사람들은 누구나 하시모토의 임원 취임이 가까운 장래에 있을 것임을 의심하지 않았다.

하시모토의 의욕과 정력은 대단했다. 북동쪽 한 귀퉁이에 있는 어두컴컴한 지방 도시의 가난한 가정에서 자란 그의 출세욕과 '금의환향'하려는 의식은 치열했다. 원래 중앙에서 멀리 떨어진 산간벽지의 빈곤 속에서 자란 사람일수록 햇빛 찬란한 곳에 올라가려는 의욕이 강렬한 법이다. 그리고 그런 사람이 상당한 지위를 얻으면 그 다음으로 원하는 것이 더러브렛(영국산 경마의 순혈종, 여기서는 사회의 높은 계층 사람을 가리킴)과의 교류다. 제아무리 지위가 높아져도 타고날 때부터 붙어 다니는 천한 핏줄을 지울 수는 없다. 그것을 가까스로 보충하는 길이 순수 혈통을 끌어들이는 것이다.

하시모토가 마에카와의 셋째 딸과 하는 혼사는 그 출세의 화룡점정(畵龍點睛)인 셈이다. 더구나 그 마지막 한 점은 더한층 스케

일이 큰 지위와 권력을 약속하는 것이었다.

　마에카와가 명령만 한다면 지금의 하시모토는 지옥의 불길 속에라도 뛰어들 각오가 되어 있는 것이 아닐까. 더구나 그 마에카와는 구주 마사노스케와 원수 사이였다. 구주가 획책한 CIC와의 제휴로 인해 마에카와는 곤경에 몰려 있었다.

　'상전'을 궁지에서 구하기 위해, 그리고 무엇보다도 상전에게 빚을 지움으로써 '엘리트로 가는 패스포트'를 손아귀에 꼭 쥐기 위해, 하시모토는 엄청난 범죄를 저지르는 데 무리 없는 환경과 조건 속에 있었다고 생각할 수는 없는가?

　어쩌면 마에카와로부터 암시적인 명령이 있었을지도 모른다.

　수사관에게 있어 이론의 비약과 선입관은 금물이었으나, 지금 그들이 6명의 용의자로부터 발로 뛰어 긁어 모은 자료는 하시모토 한 사람을 향해 강력하게 오그라드는 것 같았다.

　두 현장의 공통점인 호텔 맨, 그것도 일류 호텔 맨 중에서 '구니오'라는 이름을 가진 사람, 이런 추리과정에는 무리가 없다. 그렇다. 무리는 없다, 히라가는 그 점에 대해서 자신을 갖고 있었다.

　형사로서보다도 후유코를 둘러싼 라이벌로서의 그의 후각이 그렇다고 호소하고 있었다.

3

　먼저 수사관의 노력은 하시모토 구니오의 사진을 손에 넣는 작업부터 시작되었다. 결국 일본 호텔 협회에서 실제 얼굴에 가까운 사진을 몇 장 얻어 낼 수 있었다.

　동시에 하시모토의 혈액형 조사가 그의 생활 범위 안에 있는 종합 병원이나 개인 병원을 중심으로 진행되었다. 이것 역시 별로 어렵지 않았다. 도쿄 로열 호텔 내에 있는 진료소에서 B형이라고 판명되었다. MN식, Q식에 의한 혈액형은 알 수 없었다. 음모는 물론 간단히 손에 넣을 수 있을 것 같지 않았다.

신도쿄 호텔에 사진 조회를 한 결과, 오전 11시 24분에 체크인한 인물과 많이 닮았으나, 틀림없이 사진과 동일 인물인지 어떤지는 확실히 말할 수 없다고 했다. 이것은 체크인을 한 직원이 불과 몇 초 동안 하시모토를 보았을 뿐이고, 그리고 사진과의 비교이기 때문에 무리인 것 같았다. 그러나 체크아웃 때는 하시모토 본인이었음이 확인되었다.

마지막에 남겨진, 그리고 가장 중요한 문제는 하시모토와 후유코와의 관련 여부였다. 수사의 모든 힘이 이 조사에 투입되었다. 무라카와 반을 주축으로 한 수사반의 형사들은 사면팔방으로 뛰었다. 그러나 형사들이 노력했는데도 하시모토와 후유코를 연결할 실오라기조차 발견되지 않았다.

후유코네 가족에게도 하시모토의 사진을 보였으나 전혀 모르겠다는 대답이었다. 후유코의 집에 들른 아라이와 나이토 두 형사는 혹시나 하고 후유코의 앨범을 보여 달라고 했다. 컬러사진을 군데군데 섞어서 전국 명승지의 풍경을 등지고 아리사카 후유코가 여러 가지 자태와 표정으로 찍혀 있었다.

"여행을 좋아한 모양인데요?"

"네, 그 애는 여행을 무척 좋아했어요. 자주 휴가를 얻어서 혼자 훌쩍 떠나곤 했답니다."

늙은 후유코의 어머니가 눈두덩을 눌렀다. 아닌 게 아니라 여러 사람과 찍은 사진은 몇 장 안 되었다. 태반이 독사진이었다. 처녀의 몸으로 혼자 돌아다닌 점으로 미루어 꽤 여행을 좋아했던 모양이다. 사진마다 아래쪽에 앨범 연필로 정성들여 쓴, 여자 글씨다운 가늘고 깨끗한 글씨가 촬영 장소와 날짜를 알려 주었다. 그런데 어느 페이지를 보아도 하시모토는 그림자조차 없었다.

그중에 몇 장, 히비야 공원 근처에서 찍은 듯한, 히라가와 함께 찍은 사진이 있어 형사를 쓴웃음 짓게 했다. 앨범을 보고 짐작되는 후유코의 이성 관계는 히라가뿐이었다.

"그 애를 그렇게 무참한 꼴로 만든 범인을 하루바삐 붙잡아 주세요. 제발 부탁합니다."

딸의 앨범을 보고 있는 사이에 슬픔이 치밀어 오른 어머니가 두 형사 앞에 손바닥을 짚었다.

4

"범인과 아리사카 후유코는 육체관계가 있었어. 그것도 꽤 오래 전부터야. 둘은 반드시 어디선가 만났어. 그 장소를 찾아내면 둘을 연결할 수 있을 거야. 수고스럽지만 근교의 호텔, 여관을 샅샅이 뒤져 봐 주게."

무라카와 경감의 지시로 수사의 초점은 두 사람의 '밀회 장소'를 찾는 일로 조여져 갔다. 하시모토와 후유코 둘 다 업계에서 얼굴이 알려져 있는 호텔 맨이어서, 일류 호텔은 수사 대상에서 제외되었다. 그래서 일본식 여관, 그것도 그다지 눈에 띄지 않는 으슥한 여관을 중심으로 형사의 탐문이 이루어졌다.

그런 종류의 여관은 으레 법망과 아슬아슬한 관계의 환경 속에서 영업하고 있다. 아니, 아슬아슬하기는커녕 매춘 방지법 위반 상습 여관이 많다. 따라서 경찰 관계에 있어 겉으론 친절하지만 실제에 있어선 지극히 비협조적이라 수사는 어려움을 겪었다.

그리고 그런 종류의 여관이 많기로 도쿄는 아마 세계에서 으뜸일 것이다. 특히 센다가야, 신주쿠, 신오쿠보 일대는 그 밀집 지대였다. 그런 여관이 많다는 사실은 그만큼 수요가 있음을 말해 준다.

수사관들은 관할 경찰서의 협력 아래 연일 여관을 돌면서, 대도시에 사는 남녀의 욕망이 왕성함에 어이가 없었다. 그러나 연일 발바닥에 불이 날 만큼 수사했는데도 하시모토는 아리사카 후유코와 계속 결부되지 않았다.

거리에 징글벨 소리가 울려퍼지자 형사들은 더한층 초조해졌다. 어느덧 12월로 들어선 것이다.

'연내 해결은 무리인가?' 겉으로 드러내진 않지만, 초췌한 형사들의 마음속에서 절망감이 싹트기 시작했다. 형사들은 7월에 제1의 사건이 발생한 이래 밤낮 없는 수사와 긴장의 연속으로 지칠 대로 지쳐 있었다.

의기소침해진 수사본부에 추격이라도 가하듯 하시모토 구니오와 마에카와 레이지로의 딸과의 약혼 피로연이 도쿄 로열 호텔에서 각계 명사들이 참석한 가운데 화려하게 열렸다. 이 달 말에 결혼하기로 되었으니, 새삼스레 약혼 피로연을 할 필요가 없으련만, 이 파티에는 마에카와의 위세를 만천하에 과시하려는 의미가 다분히 있었다.

매스컴이나 연예 주간지는 다투어 이 피로연을 특집, '동양 최대의 호화 약혼 파티'니, '동양 제일의 신랑 신부'니, '연말연시에 걸쳐 세계 일주 신혼여행'이니 하고 떠들어 댔다. 어느 신문이나 잡지에도, 돈더미 속에서 자란 듯한 더러브렛인 처녀에게 바싹 붙어, 자랑스럽게 가슴을 젖히고 있는 하시모토의 모습이 실려 있었다. 형사들은 그 사진을 눈앞에 놓고 분함보다도 패배감에 가까운 감정을 느끼지 않을 수 없었다. 초상집 같은 본부에서 히라가만이 조금도 시들지 않는 집념으로 수사 활동을 계속하고 있었다.

현재로서 하시모토를 표적으로 삼는 주된 상황 증거는 다음과 같다.

- 하시모토의 혈액형이 B형이라는 사실
- 하시모토의 이름이 구니오라는 사실
- 7월 22일 및 10월 1일의 알리바이가 확실하지 않다는 사실

이상 세 가지에 불과했다. B형은 아시아계 민족에 많은 혈액형이고, 구니오라는 이름도 흔하디흔한 이름이었다. 알리바이에 이르러서도 무고한 사람일수록 언제 어디서 무엇을 하고 있었느냐는 문제 따위엔 도통 관심이 없는 법이다. 핵심인 후유코와의 관계가 밝혀지지 않는 한, 하시모토를 용의자로 삼을 수는 없는 것이다. 그리고 하시모토와 후유코의 관계가 밝혀지지 않는 한, 하시모토를 구주 살해에 결부시키는 일은 더욱 곤란해진다.

그러나 저러나 지금은 후유코 살해에 달라붙지 않고서는 이 범인을 공략하는 실마리를 붙잡을 수가 없는 것이다.

그런 때에 나이토 형사가 재미있는 말을 꺼냈다.

"아리사카 후유코는 왜 하필 후쿠오카에서 살해됐을까?"

이 독백 같은 말을 귀담아 들은 사람은 때마침 곁에 있던 히라가였다. 히라가도 전에 같은 의문을 품어 본 적이 있는데, 날마다 수사에 바빠 어느 새 잊어 먹고 있었다.

"만약에 하시모토가 범인이라면 구태여 후쿠오카까지 안 가더라도, 어디 도쿄 근처에서 적당한 장소를 물색할 수 있었을 텐데 말이야."

나이토는 멋대로 지껄였다. 맛도 없는 엽차 잔을 손에 든 채, 마시지도 않고 테이블에 놓지도 않았다.

"아리사카 후유코는 여행을 좋아했단 말이야. 혼자 자주 여기저기 나다니고 있었는데, 그 행선지에 후쿠오카는 없었지, 아마? 후유코는 가는 곳마다 사진을 찍어 앨범에다 잔뜩 붙여 놓고 있었어. 웃는 얼굴, 새침한 얼굴, 서 있는 모습, 앉아 있는 모습……, 항상 혼자였지……. 그런데 그 사진은 누가 찍어 줬지?"

나이토 형사의 먼 데를 보고 있는 듯한 눈에 빠른 속도로 초점이 되돌아왔다.

"그 앨범이다!"

그는 외치더니 포켓에서 수첩을 꺼내 보고 부리나케 다이얼을 돌려 어떤 곳을 불렀다.

"여보세요, 아리사카 씨 댁이죠? 전 요전날 찾아뵌 경찰국의 나이토라는 사람인데요. 아가씨는 카메라를 갖고 있었던가요? 가지고 있었어요? 그럼 삼각대는요? 네, 카메라를 세우는 겁니다. 네? 안 갖고 있었어요? 정말입니까? 그럼 말이죠, 지금 곧 댁으로 찾아뵐까 하는데, 아가씨의 앨범을 좀 빌려 주실 수 없겠습니까?"

전화기에 대고 기관총처럼 지껄여대는 나이토의 말을 들으면서, 주위에 있는 형사들도 겨우 그의 생각을 알아차리기 시작했다.

하시모토와 후유코는 항상 여행지에서 만나고 있었다. 그것도 도쿄 근교가 아니라 꽤 떨어진 장소에서. 후유코의 앨범 사진은 그 데이트의 기념사진이었다.

얼마 후에 나이토 형사가 적장의 목이라도 벤 듯이 아리사카 씨 집에서 앨범을 빌려 왔다.

"이거 보세요. 촬영 날짜와 장소가 죄다 적혀 있어요. 1월 2일 신년 휴가, 구니사키 반도, 3월 22일 리쓰린 공원, 5월 4일 아오지마, 9월 15일 나쓰도마리 반도, 다 잘 찍혀 있어요. 대체 누가 이 사진을 찍었을까? 피해자는 삼각대를 안 갖고 있었어요. 그렇다면 혼자서 셀프타이머로 찍을 수는 없지요."

"누구한테 셔터를 눌러달라고 부탁할 수도 있잖을까?" 우치다가 조심스레 물었다.

"그건 저도 생각했어요. 그렇지만 이 스냅의 구도를 잘 좀 보세요."

나이토가 앨범을 가리켰다. 모두들 시선을 모았다. 아마추어의 사진치고는 잘 찍힌 그저 그런 사진뿐이었다.

"저 제가 카메라를 좀 만지기 때문에 아는 일인데, 구도에는 촬영자의 개성이라 할까, 버릇 같은 게 나타나는 법이에요. 예를 들면 이 구니사키 반도의 바다를 배경으로 표지판에 기대어 있는 모습, 아오지마의 열대 상록수에 손을 걸치고 있는 모습, 리쓰린 공원에 있는 연못 위의 구름다리 한복판에 서 있는 모습 등, 모두 다 인물과 먼 배경을 연결하는 매체를 효과적으로 사용하고 있어요. 특히 큰 배경 속에 인물을 불쑥 집어넣으면 인물 쪽이 떠올라, 마치 합성 사진처럼 되기 쉬운 법인데, 이 사진들을 보면 표지판, 나무, 다리 등을 잘 이용하고 있어요. 그뿐 아니라 기념사진으로서 필요한 건 모조리 다 들어 있어요. 이만큼 통일된 사진을 지나가는 사람한테 부탁하여 모을 수는 없을 겁니다. 이 사진들은 분명히 동일인물의 손으로 찍힌 거예요."

"그렇겠는데."

모두들 나이토의 착안에 감탄함과 동시에 그가 형사부에서 으뜸가는 명 카메라맨이며, 경찰국 안에서 개최되는 직원 카메라 콩쿠르에 종종 상위 입상하고 있음을 떠올렸다.

"그리고 이 날짜와 장소를 주의해 보세요. 먼저 1월 2일은 신년 휴가, 3월 22일은 토요일인데 21일이 춘분(일본에서는 춘분이 휴일임)이니 격일 연휴, 5월 4일은 일요일, 그 다음 날은 설명하나 마나고, 9월 15일은 경로일인데 그 전날이 일요일이니 연휴예요."

"모조리 휴일인데." 무라카와 경감이 말했다.

"그래요. 다음에 장소를 보면, 구니사키 반도가 오이타, 리쓰린 공원이 다카마쓰, 아오지마가 미야사키, 나쓰도마리가 아오모리 모두 다 비행기로 갈 수 있는 곳이에요."

'그렇구나' 하고 말하듯 형사들의 표정은 갑자기 생기를 되찾았다. '밀회 장소'는 규슈나 시코쿠에 있었던 것이다. 그러니 도쿄의 여관을 아무리 뒤져도 소용없었을 수밖에.

"좋았어. 당장 그 지방 경찰서에 연락해서 해당일 전후에 두 사람이 숙박한 여관이 있나 없나 조사해 달래자." 무라카와 경감의 소리에도 오랜만에 힘이 들어 있었다.

발목을 안 잡히기 위해 샐러리맨의 휴일만을 골라 도쿄로부터 멀리 떨어진 지방에서 남몰래 피해자와 연락한 용의자의 조심성도 사진구도에 나타난 버릇으로 간파되고 말았다. 도쿄 로열 호텔에 경찰이란 것은 숨기고 조회를 해보니, 하시모토가 카메라에 취미를 갖고 있고 3월 22일에 휴가였던 것이 확인되었다.

피해자의 앨범에 붙어 있는 사진과 공통된 구도의 사진이 하시모토의 앨범에서 발견되면, 그것은 그와 후유코를 연결하는 유력한 자료의 하나가 될 것이다.

각 관할 서에서의 회답은 이틀 뒤에 속속 들어왔다. 숙박일을 알고, 사진이 있기 때문에 조사가 부드럽게 진행된 모양이었다.

그 조사에 따르면, 오이타에서는 베푸의 와나고 호텔에서 1월 1일부터 2박, 다카마쓰에서는 야지마의 야지마관에서 3월 21일 1박, 미야사키에서는 아오지마 관광호텔에서 5월 3, 4일 2박. 각각 숙박한 남녀가 하시모토와 후유코임에 틀림없음이 여관 종업원들에 의해 확인되었다. 아오모리로부터는 아직 회답이 없으나, 이것만으로도 충분했다. 좀 뒤늦게 송부된 각 숙박부의 해당란은 하시모토의 필적을 입수하는 대로 감정키로 했다. 모두 적당히 가명을 쓰고 있었지만, 그런 건 문제가 되지 않았다.

조금 뒤 아오모리 서에서도 회답이 왔는데, 9월 14일, 아사무시 온천 난부야에서 두 사람과 흡사한 남녀가 1박했음이 보고되었다.

마침내 하시모토 구니오와 아리사카 후유코가 연결되었다. 그의 용의는 확정적인 것으로 되었다. 만약 그가 무고하다면 어째서 후유코와의 관계를 그토록 은폐하지 않으면 안 되었을까?

10월 1일의 알리바이를 조사할 때, 우치다 형사가 조사 목적을 밝히진 않았지만, 10월 1일이라는 날짜로 봐서 그것이 후유코에 관한 수사인 줄은 당연히 알았으리라.

그런데 하시모토는 후유코의 '후'자도 입 밖에 내지 않았다. 무고하다면 숨길 필요가 없는 일이다. 여자를 몰래 만나는 일은 매춘 이외엔 범죄가 안 된다. 더구나 이것은 살인 사건의 수사다. 자기와 깊은 관계가 있는 여자의 죽음에 대해, 더욱이 그 살해 당일의 행동에 관해 질문을 받는다면, 으레 무슨 반응을 나타내는 것이 인지상정이다.

수상했다. 그러나 아직 이 단계에선 수사진의 주관적 혐의에 불과했다. 섣불리 체포장을 청구할 수는 없다.

후유코와 관련되어 있다는 것을 알았으니, 다음으로 수사본부가 해야 할 일은 10월 1일 하시모토가 열한 시간 반에 걸친 공백에, 도쿄——후쿠오카를 왕복한 증거를 잡는 일이었다.

"놈은 당일 확실히 후쿠오카를 왕복했다. 열차로는 신칸센과 특급을 이어 타도 후쿠오카 왕복엔 20시간 이상 걸리니까 틀림없이 비행기를 이용했을 거야. 우선 하네다 공항을 알아보자."
 무라카와 경감은 노려보고 있던 열차 시간표를 책상에 놓으며 말했다.

공백 속의 공백

1

도쿄――후쿠오카 사이를 연결하는 항공 노선에는 '일본항공'을 비롯하여, 오사카에서 바꿔 타는 '전일항공(全日航空)'과 '일본국내항공', 세 회사가 관계되어 있다.

도쿄~오사카~후쿠오카 간은 하늘의 '로열 루트'로서, 아침엔 오전 3시경부터, 밤엔 오후 11시경까지 각 회차 항공편이 꼬리를 물고 있다.

소요 시간은 이용하는 항공편에 따라 편도 1시간 반에서 3시간쯤인데, 공항에서 시내까지의 자동차 왕복 시간과 범행 시간을 더하더라도 11~14시간――신도쿄 호텔의 숙박 카드가 하시모토의 손에 의해 씌어졌음이 확인되기 전에는, 공백의 기점을 신도쿄 호텔 도착 시간으로 할 수는 없다――이라는 공백에는 우수리가 붙는다.

형사들은 활기를 띠고 각 항공 회사의 예약상황을 훑었다. 항공기 예약은 호텔 객실 예약과는 달라, 항공권을 사지 않으면 좌석을 확보한 것이 되지 않는다. 그것을 발권주의(發券主義)라고 하는데, 그때 손님이 이름과 연락처를 말하므로 예약 리스트에 남는다. 그러나 이름을 말할 때 손님은 얼마든지 가명을 쓸 수 있다. 사람을 죽이러 갔다 오면서 본명을 말할 바보도 없겠지만, 호텔이나 여관의 경우와는 달리 항공 여객에는 가명을 쓰는 사람이 의외로 적으므로 이들만을 골라, 본명과 가명의 상관관계, 예약시 상황, 스튜어디스의 기억 등으로 대강 그 족적을 잡을 수 있다.

신도쿄 호텔에 있는 숙박 카드의 글씨가 북동 지방 규슈 등지의 여관 숙박부에 적힌 글씨와 같은 사람의 것이라고 감정되었으나, 그것이 꼭 하시모토의 필적이라는 확증이 되지는 않으므로, 공백의 기점을 오전 11시 24분으로 할 수는 없었다. 신도쿄 호텔에 나타난 사람이 하시모토의 의뢰를 받은, 그와 용모가 닮은 딴 사람이었는지도 모르기 때문이다.

따라서 '범인'은 오전 7시쯤 도쿄 로열 호텔을 출발하여 공항으로 직행했다고 가정하고, 수사는 남행편인 도쿄~후쿠오카 만의 오전 예약 리스트부터 시작되었다.

히라가와쵸의 로열 호텔에서 고속 1호선을 이용하여 하네다까지 이삼십 분 걸린다고 보고, 7시 반~11시쯤의 항공편이 최초의 수사 대상이 되었다.

다음으로 북행편인 후쿠오카~도쿄 간은 아리사카 후유코의 사망 추정 시각이 오후 5시 안팎이므로, 오후 5시부터 7시경까지의 항공편으로 우선 좁혀졌다. 이 시간대에 걸리는 세 회사의 제트기나 바이카운트, 또는 YS11의 예약 리스트에 의거하여 탑승객 체크가 이 잡듯이 진행되었다.

가명을 쓴 사람이 여러 명 나왔으나 수사 결과 모두 신원이 판명되고, 하시모토가 아님이 확인되었다.

수사 대상을 남행편은 오후 2시까지, 북행편은 오후 5시부터 9시까지로 확대하였다. 각 회사 각 항공편에 따라 기종과 정원이 제각각인데, 이 시간대에 걸리는 남행편은 일본항공이 10편, 전일항공이 오사카까지 6편, 오사카에서 후쿠오카까지 1편, 국내항공은 없고, 북행편은 일본항공이 6편, 전일항공이 후쿠오카에서 오사카까지 1편, 오사카에서 도쿄까지 3편, 국내항공은 없었다.

모두 27편의 예약 리스트에서 탑승객의 연락처에 신원 조회가 이루어져, 혐의가 벗겨진 사람의 이름이 자꾸자꾸 지워졌다. 그중에 베푸 온천에 딴 여자와 '밀행'한 것이 부인에게 들통 나 엉뚱한 가정 소동을 일으킨 '피해자'도 있었다. 이런 일을 겪으면서도 수사는 순조로이 진행되었다. 결국 10월 1일 도쿄 오전 7시——후쿠오카 오후 5시 전후의 살인——다시 도쿄 오후 10시 55분에 걸친 시간대의 공간적 이동을 가능케 하는 항공편에는 하시모토 구니오의 족적이 전혀 남아 있지 않음이 판명되었다.

다만 오사카 발 일본 항공 128편 20시 30분 및 330편 21시 30분의 도쿄행에 가명의 신원 불명객이 3명 있었으나, 이 편에 연락되는 후쿠오카로부터의 각 편에 하시모토의 족적이 전혀 없는 점으로 보아 일단 별개 인물이라고 간주되었다. 항공기 이외의 수단으로 오사카까지 갈 수도 있겠으나, 그래 가지곤 범인은 절대로 이 두 편에 당도하지 못하니, 별개 인물이 무슨 사정이 있어 신분을 속인 것이라고 생각해도 무리는 없었다.

이와 거의 때를 같이하여 한 통의 엽서가 우치다와 히라가 앞으로 수사본부에 날아들었다. 도쿄 로열 호텔로부터 온 크리스마스 파티 안내장이었다.

"무슨 생각으로 이런 걸 보냈지?"

우치다 형사는 하시모토의 속셈을 모르겠다는 듯이 엽서를 뒤척이고 있다가 '크리스마스 이브를 가족과 함께 로열 호텔에서 축하합시다'라는 따위의 판에 박은 광고 문구 옆에 뭔가 펜으로 쓴 듯한 글자에 시선을 모았다.

그것을 읽은 우치다는 혀를 차면서 말했다.

"쳇, 한가한 소리 하고 있네. 하시모토한테서야. 자식, 크리스마스에 오기만 하면 파티 티켓을 할인해 주겠다는군. 한 장에 1만 엔이나 하는 호텔의 크리스마스 티켓을 우리보고 어쩌라는 거야. 90퍼센트쯤 할인해 준다면 또 모르지."

그는 쓴웃음을 지으면서 엽서를 히라가에게 건넸다. 전관(全館)을 조명으로 장식한 호텔 야경 그림엽서인데, 수신인은 우치다와 히라가 두 사람으로 되어 있었다. 발신인은 틀림없이 하시모토 구니오인데, 글씨체는 꽤 잘 쓴 필적으로 다음과 같이 적혀 있었다.

"전번엔 실례했습니다. 그 후 수사는 잘 진행되고 있는지요? 수고 많으시리라 여겨집니다. 다름 아니라, 저희 호텔에서는 다음과 같이 크리스마스 파티를 개최하는데, 혹시 틈을 내어 오실 수 있다면 특별히 티켓을 할인해 드리고 싶습니다. 잠시나마 수사의 피로를 덜어 드릴 수 있으면 저로선 그런 다행이 없겠습니다. 그럼 더욱 평안하시길."

히라가에겐 그것이 자기들의 무능을 비웃고 있는 것처럼 보였다. 비웃음을 당해도 도리 없는 일이었다. 7월에 일어난 사건이 12월에 접어들었는데도 아직 그 해결의 실마리조차 잡히지 않고 있으니까.

"제기랄!" 욕을 내뱉고 엽서를 찢어 버리려던 히라가의 손이 굳어졌다.

"우치다 선배님!" 그는 곁에 있는 형사가 깜짝 놀랄 만큼 큰소리를 질렀다.

"이만큼 적혀 있으면 필적 감정은 충분하지요?"

"아, 그렇군." 우치다는 신도쿄 호텔에서 입수한 복사된 숙박 카드를 상기했다.

2

감식과의 감정에 의해 호텔 숙박 카드와 아오모리, 규슈의 여관 숙박부의 필적은 분명히 엽서의 글씨와 같은 손으로 씌어졌음이 밝혀졌다.

감정관의 말에 따르면, 엽서의 글씨나 카드의 글씨나 필자의 개성을 있는 그대로 나타내어 쓴 것이라 감정이 용이했다고 한다.

"그러나 이게 과연 하시모토의 손으로 씌어졌는지 어쨌는지는 아직 몰라."

무라카와 경감은 신중론을 제의했다. 말을 듣고 보니 과연 그랬다. 우치다나 히라가나 하시모토가 그 글을 쓰는 것을 목격하지 않았으니까. 하시모토의 구술을 비서가 받아 쓸 수도 있지 않은가.

히라가가 묘안을 생각했다. 지난 번 '예식장 조사' 때 알게 된 게이힌 지구의 호텔업자 중에는 하시모토가 아는 사람이 있을 테니, 그 사람들한테서 하시모토로부터 받은 편지를 빌리자는 의견이었다.

"게이힌 지구 같으면 전화로 용무를 마치지 않을까?" 우치다가 고개를 기울였다.

"연하장쯤은 내겠지요. 그중엔 우리한테 온 엽서처럼 직접 쓴 필적이 있을 거예요."

히라가는 우겼다. 그의 예상은 적중했다. 몇 통의 편지가 본부에 제공되었다. 그중 한 통은 봉투를 뜯지도 않은 편지였다. 이만

하면 충분했다. 감식과에 의뢰할 필요도 없이 그것들이 숙박 카드나 안내장의 글씨와 같은 필적임을 알 수 있었다.

숙박 카드의 글씨를 하시모토가 썼음이 밝혀졌다. 이로써 그의 공백 시간은 한층 줄어든 셈이다.

수사본부에 형사들이 어두운 얼굴로 모였다. 그믐날까지 이제 며칠 남지 않았다.

"그렇지만 이상합니다."

고바야시 형사가 수사 회의에서 말했다.

"아리사카 후유코의 사망 추정 시각은 오후 5시 전후 아니었습니까?"

모두들 무슨 새삼스런 소리를 하는가 하는 표정을 지었다.

"그뿐 아니라, 시체의 상황으로 보아 하시모토는, 아니 범인은 피해자의 죽음을 확인도 하지 않고 도망쳤어요. 바로 무슨 말인고 하니, 늦어도 오후 5시 전에 범인은 호텔에서 나왔다는 말이에요. 호텔에서 이다스케 공항까지 20분, 아무리 많이 걸려 봐야 30분이에요. 그 당시의 항공기 스케줄을 보면 17시 30분에 일본 항공 392편 도쿄행이 있어요. 국내선의 체크인은 출발 20분 전이니, 시간적으로 연결됩니다만, 실제로는 탈 수 없었을 거예요. 그러나 그 뒤에 역시 일본항공의 326편 18시 15분발 오사카 경유 도쿄행이 있어요. 혼란이 없도록 군대 시간으로 말했는데, 범인은 이 18시 15분의 항공기에는 틀림없이 탈 수 있었을 거예요. 그렇다면 이 326편의 하네다 도착이 20시 20분이니, 공항에서 신도쿄 호텔까지 많이 걸려 봐야 30분 잡고, 그는 늦어도 21시에는 호텔에 자기의 모습을 나타낼 수 있었을 게 아닙니까?"

"그렇지, 맞았어."

일본항공 도쿄-오사카-후쿠오카 항공기 스케줄

편	101	351	303	391		355	307	309	311	361	113	315	365
●도쿄	700	710	800	900	화	940	1000	1100	1200	1230	1300	1400	1410
	755	‖	855	955	·목	‖	1055	1155	1255	‖	1355	1455	‖
●오사카	...	‖	920	1035	·토	‖	1120	1220	1320	‖	...	1520	‖
●후쿠오카	...	845	1015	1130	운항	1115	1215	1315	1415	1405	...	1615	1545
오키나와	↓	...											

편	102	350	104	306	352	110	312	356	360	116	318	362	320
오키나와	...	...	...	...	...	...	...	...	...	...0	...	...	...
●후쿠오카	...	740	...	815	920	...	1115	1150	1300	...	1415	1440	1515
	...	‖	...	905	‖	...	1205			...	1505	‖	1605
●오사카	730	‖	830	930	‖	1130	1230	‖		1430	1530	‖	1630
●도쿄	↓820	900	920	1020	1040	1220	1320	1310	1420	1520	1620	1600	1720

  모두들 비로소 납득이 간 표정을 지었으나, 새로운 의문에 고개를 갸웃거렸다.

  하시모토가 항공기를 이용했을 경우, 사고나 기상 조건에 좌우되지 않는 한, 오후 9시 전후엔 자기의 모습을 제삼자에게 확인시킬 수 있었다. 그리고 그날은 사고도 없었고 기상 조건도 좋았다.

  그가 범인이라면 자기 공백 시간을 되도록 단축시키려고 노력했을 것이다. 그런데 그렇게 하지 않았다는 사실은, 그렇게 할 수 없었기 때문이 아닐까?

  "그렇지만 말이야, 12시든 22시든 항공기를 이용해서 왕복이 가능하다는 사실이 간파된다면 범인에게 위험한 건 마찬가지 아니겠어? 오히려 항공기 스케줄에 딱 들어맞는 듯한 공백 쪽이 더 의심받을 확률이 클 것 같단 말이야."

(9월 1일부터 10월 31일까지)

367	119	369	321	123	125	375	327	129	379	391	901	905	721	903
1150	1600	1650	1700	1800	1900	1910	2000	2100	2110	900	···	910	940	1645
‖	1655	‖	1755	1855	1955	‖	2055	2155	‖	955	···	‖	1035	‖
‖	···	‖	1820	···	···	‖	2120	···	‖	1035	△	‖	1105	‖
1725	···	1825	1915	···	···	2045	2215	···	2245	1130	1230	◆	◇	▲
	···			···	···		···			△	1405	1155	1310	1930

366	122	324	392	┐	326	370	128	330	376	906	902	392	722	904
···	···	···	···	화	···	···	···	···	···	1245	1455	△	1740	2015
1630	···	1715	1730	·	1815	1900	···	2015	2120	◆	1625	1730	◇	▲
‖	···	1805	1820	목	1905	‖	···	2105	‖		△	1820	1925	‖
‖	1730	1830	1850	· 토	1930	‖	2030	2130	‖	‖	···	1850	1955	‖
1750	1820	1920	1940	운항	2020	2020	2120	2220	2240	1450	···	1940	2045	2220

무라카와가 점잖게 반박했다.

"그러나 그래 가지고선 범인이 피해자가 숨이 끊어진 것을 확인도 않고 도주했다는 것이 설명되지 않아요. 범인은 아무한테도 들키지 않았으니까 서두를 필요가 없었어요. 다른 이유는 도쿄까지의 '탈것'을 붙잡기 위해서였다고 생각할 수밖에 없어요."

무라카와는 말이 없다.

"하시모토는 관계없는 게 아닐까요?" 야마다가 조심스레 말했다.

"그럴 리가 없어!"

히라가가 단호한 어조로 부정했다. 그의 얼굴에는 피가 올라 있었다. 야마다는 목을 움츠렸다.

"저는 하시모토가 왜 크리스마스 안내장을 보냈을까 하고 곰곰이 생각해 봤어요. 해결 안 된 사건이 있는 수사본부의 형사가 한가롭게 크리스마스 파티에 갈 수 있을 리가 없잖아요. 그것도 단순한 안내장만이라면 또 몰라도, 일부러 자필을 덧붙여 보낸 데는 반드시 이유가 있을 거예요. 우리가 하시모토한테 잘 해 준 거라도 있나요? 우린 그의 알리바이를 조사하러 갔어요. 보통 두뇌의 소유자라면 그게 알리바이 수사인 줄 당장 알 것이고, 우리한테 좋은 감정을 안 가질 거예요. 그런데 그는 역으로 나왔단 말이에요. 우리도 연하장 등으로 경험해왔지만, 인쇄한 엽서에 첨서를 한다는 건 아주 친한 사이에만 한정되는 법이지요. 그가 형사한테 마치 애인이라도 초대하는 듯한 안내장을 보낸 까닭은 도대체 무엇 때문이냔 말이에요. 요컨대 그는 우리한테 편지를 쓰고 싶었던 거예요. 즉 글씨를 보이고 싶었단 말이에요. 신도쿄 호텔에 남긴 숙박 카드에 쓰인 글씨가 그 자신에 의해 씌어졌음을 우리한테 알리고 싶었던 거예요. 이건 범인의 도전장이에요!"

형사들의 입에서 신음 소리 같은 것이 새어 나왔다. 히라가는 화가 난 듯한 어조로 계속 말했다.

"그는 자기의 공백을 단축하고 싶었던 거예요. 그렇게까지 정교한 공작을 하는 그가 이 일에 무관할 리가 없어요. 그리고 그렇게까지 해서 오전의 공백 기점을 늦추려고 애쓴 그가, 오후의 공백의 종점을 앞당기는 데 애쓰지 않을 리가 만무합니다. 만약 하시모토가 21시까지 돌아왔다면 그 시간에 반드시 모습을 보였을 거예요."

히라가가 입을 다물자, 그의 엄호 사격에 힘을 얻은 고바야시가 신이 나서 지껄이기 시작했다.

"하시모토가 열한 시간 반 동안에 후쿠오카를 왕복했음은 확실한 것 같아요. 그래서 아까 같은 요령으로 하시모토의 움직임을 분석해 보고 싶어요. 먼저 신도쿄 호텔에 도착한 때가 오전 11시 24분, 이건 틀림없어요. 일단 방에 들어간 것처럼 보여 놓고, 어떤 방법으로, 아마 비상계단 같은 걸 이용했을 것 같습니다만, 아무튼 호텔에서 빠져 나와 공항으로 급히 이동했겠죠.

 마침 일본항공 311편 12시발과 361편 12시 30분발의 후쿠오카행이 있어요. 361편은 늦게 출발합니다만 후쿠오카 직행이기 때문에, 오사카에서 먼저 떠난 311편을 추월하여 후쿠오카에 14시 5분에 도착합니다. 즉 311편보다 십 분 앞서 도착하지요. 일 분이라도 시간이 아쉬운 범인은 361편을 이용했을 확률이 크지요.

 이걸 놓치면 다음은 365편으로서, 후쿠오카 도착시간이 15시 45분이 되니까, 호텔에 닿자마자 피해자에게 독을 먹이지 않으면 안 됩니다. 피해자의 시체에 성교 흔적을 남길 수 있는 시간적 여유가 도저히 없어요. 아무튼 범인은 15시 반경——그때쯤 해서 피해자에게 범인인 듯한 사나이로부터 전화가 걸려 왔죠——부터 17시 전후에 걸쳐 피해자와 만나 관계를 갖고, 속여서 독을 먹인 다음 도주했어요. 이게 불과 한 시간 반가량의 작업이니, 범인은 몹시 애가 탔을 겁니다. 그가 도쿄의 호텔에 22시 55분——하시모토가 호텔에서 나간 시간——까지 돌아오면 된다고 작정했다면, 그는 피해자의 방에서 더 천천히 시간을 보낼 수 있었을 테니까요.

 일본항공의 항공기 스케줄을 다시 한 번 봅시다. 370편 19시 후쿠오카발, 20시 20분에 도쿄 도착 직행편과, 330편 20시 15분발 오사카 경유 22시 20분에 도쿄 도착하는 두 편이 있어요.

그 뒤의 비행기는, 그 중 빠른 376편도 도쿄 도착시간이 22시 40분이 되니까, 22시 55분에 시나가와의 호텔에 모습을 나타내기엔 무리여서, 범인으로선 이용할 수가 없지요. 즉, 330편은 범인에게 있어 '최종편'이었어요. 그런데 이 최종편을 타는 데 있어선, 호텔에서 공항까지의 소요 시간과 체크인 타임을 넉넉 잡고 한 시간으로 치더라도, 19시에 호텔에서 나오면 충분히 도착하지요. 즉, 범인은 두 시간 더 피해자의 방에 느긋하게 있을 수 있었지요. 그렇게 오래 버틸 필요는 없었겠지만, 적어도 17시 전후에 피해자가 숨이 끊어지는 것을 확인할 수 있었겠지요. 그런데도 그는 그러지 않았어요. 피해자의 숨이 아직 붙어 있는데도 달아난다는, 가장 위험한 줄타기를 굳이 했어요. 왜 그랬을까요?

더구나 그런 위험한 모험을 감행하면서까지 애써서 번 두 시간을 그는 어디선지 낭비했어요. 이건 아주 부자연스러워요. 뜨내기나 충동범 같으면 또 몰라도, 전자계산기같이 치밀한 성격의 범인이 왜 그런 짓을 굳이 했을까요? 이게 문제예요. 아마 그만하면 소생할 가능성이 없다고 판단하고 그랬겠지만, 그렇다면 더욱더 그렇지, 왜 그는 불과 몇 분 동안을 더 머물지 못했을까요? 범인은 17시 전에 도주했어요. 그 범인이 가령 하시모토라고 한다면, 그는 19시까지는 피해자의 방에 있을 수 있었어요. 그리고 피해자가 숨이 끊어진 것을 확인한 다음 유유히 달아날 수도 있었던 거예요."

"그렇지만 말이야, 그건 어디까지나 비행기를 이용했다는 가정 아래에 성립되는 추측이 아니겠어? 하시모토가 도쿄――후쿠오카를 연결하는 항공 노선에 탑승한 흔적이 없으니, 그 항공기 스케줄을 가지고 녀석의 행동 시간을 분석한다는 건 의미가 없지 않을까?" 무라카와가 말했다.

"바로 그 점이에요. 그는 비행기를 이용한 흔적이 없어요. 그런데 그는 열한 시간 반 동안에 도쿄――후쿠오카를 왕복했어요. 비행기나 열차가 아닌 탈것으로서, 도쿄――후쿠오카를 왕복하고 또 살인까지 할 수 있는 것인가? 제 말은 그걸 푸는 열쇠가 이 두 시간이라는 '공백 속의 공백'에 있는 것 같다는 말이지요."

너나없이 팔짱을 끼고 생각에 잠겨 버렸다. 회의실에는 침울한 공기가 덮였다.

그날 밤, 히라가는 후쿠오카 경찰의 우에마쓰 형사에게 장문의 편지를 썼다. 우선 10월에 출장 갔을 때 신세진 데 대한 인사말을 하고, 지금까지의 수사 경과를 상세히 썼다. 그리고 정리하는 의미로서……

후쿠오카의 매력

1

우에마쓰 도쿠타로 선배님 귀하

……이상과 같은 경과를 거친 끝에 우리는 하시모토 구니오를 범인이라고 확신하고 있습니다. 그러면서도 그가 이 열한 시간 반 동안 후쿠오카를 왕복할 때 이용한 수단을 발견할 수 없습니다. 이 수단을 발견하지 못하는 한, 우리는 그에게 구속 영장을 발부할 수 없습니다.

고바야시 형사가 지적했듯, 제 생각도 그가 후쿠오카라는 곳을 범행 장소로 선택한 점과, 두 시간이라는 '공백 속의 공백'에 이 비밀을 푸는 열쇠가 있는 것 같습니다.

그는 범행을 후쿠오카에서 저지르지 않으면 안 되었는데, 대체 후쿠오카에는 무엇이 있는지, 범인을 이끈 '후쿠오카의 매력'은 무엇인지를 알 수가 없습니다.

그래서 우에마쓰 선배님께 부탁드립니다만, 이쪽에 있는 저는 그쪽 사정을 모를 뿐더러, 한정된 수사비를 뻔히 알면서 몇 번이고 출장을 보내 달라고 할 수도 없는 형편입니다.

　다른 사건도 많아 바쁘시겠지만, 아무쪼록 사정을 참작하셔서 열한 시간 반 이내의 왕복을 가능케 하는, 우리로선 알 수 없는 그쪽의 사정을 조사해 주신다면 감사하겠습니다. 사적인 얘기입니다만, 피해자는 저하고 개인적인 관계를 가진 여자였습니다. 형사로서도, 한 사람의 개인으로서도 저는 이 범인을 어떻게 해서든 체포하고 싶습니다. 그럼, 건투 있으시기를 빕니다.

히라가 다카아키 올림

　추신——하시모토 구니오는 12월 29일 오후 도쿄 로열 호텔에서 이 회사 사장 마에카와 레이지로 씨의 영애와 결혼식을 거행한 후, 하와이, 미국을 경유해 세계 일주 신혼여행을 떠날 예정으로 있습니다.

2

　우에마쓰는 히라가의 편지를 후쿠오카 경찰국의 수사본부실에서 읽었다. 아리사카 후유코 살인 사건은 후쿠오카 경찰 관할 사건이어서 수사본부가 경찰국 수사 1과실에 설치되어 있었다. 그런데 도쿄에서 발생한 구주 마사노스케 살해 사건과 연관된 혐의가 짙어서 도쿄 경찰국과 합동 수사로 긴밀한 연락을 취하면서 수사 활동을 진행시키고 있었다.

　따라서 히라가의 편지 내용은 우에마쓰가 거의 알고 있는 것들이었다. 그러나 우에마쓰는 그것을 열심히 읽었다. 히라가는 이 편지를 수사 활동에 지친 몸에 채찍질을 하며, 본부실의 갓도 없는 전구 아래서 썼으리라. 불과 하루도 채 안 되는 만남이었지만,

현대 형사다운 합리성과 세련미를 겸비한 히라가의 모습이 우에마쓰의 눈망울에 되살아났다. 그리고 그 집념, 단 하루 동안에 보여 준 그의 범인을 추적하는 집념은, 형사 기질에 있어선 누구에게도 지지 않을 자신이 있는 우에마쓰를 압도하듯 육박해 왔다. 그 녀석은 귀신 같은 형사다. 그와 같은 부류의 사람인 것이다. 최근 샐러리맨처럼 변해 버린 젊은 형사가 많은데, 그 녀석은 보석과도 같은 사나이다. 앞으론 그 녀석과 같은 형사가 활약해 주어야지, 안 그러면 고도로 지능화 되어가고 있는 범죄자를 따라갈 수 없게 된다.

우에마쓰는 두 다리와 육감만을 믿고 범인의 꽁무니를 뒤쫓아 다니며 보낸 자기의 형사 생활을 뒤돌아보며, 젊음과 과학과 기동력을 한껏 구사하여 범죄자를 추적해 갈 수 있는 히라가가 부러웠다. 아무튼 호감이 가는 젊은 형사로 인상이 깊었다.

그래서 그는 히라가의 편지를 자기에게 온 개인적인 편지로서 읽었다. 그렇지만, 그 내용은 우에마쓰의 의욕을 크게 북돋는 것이었다.

후쿠오카에서도 수사가 더 이상 진행되지 않기로는 도쿄 이상이었다. 원점이 도쿄에 있고, 그 결과가 뚝 떨어져 후쿠오카에서 발생한 격이므로 그럴 수밖에 없었다. 피해자와 관계있는 사람은 모조리 도쿄에 있고, 현장 이외에는 전혀 단서가 없으며, 그 현장도 이미 호텔의 영업 때문에 의미가 없어져 버렸다.

그런데 히라가는 흥미 있는 말을 해 왔다.

'범인은 범행을 후쿠오카에서 저지르지 않으면 안 되었다.' 범인을 이끈 후쿠오카의 매력은 무엇인가?

이것은 후쿠오카 수사본부에서도 미처 생각하지 못했던 점이다.

하카다 그랜드 호텔에서 젊은 여자가 피살됐다. 신원은 곧 밝혀졌다. 신원이 밝혀진 타살체가 특정한 장소에서 발견된 후에는, 수사 대상은 모름지기 누가, 왜, 언제, 어떻게 죽였느냐는 점으로 좁혀지고, 누구를 어디서 죽였느냐는 점에 대해선 도통 주의를 하지 않는다. 그런 것은 이미 알고 있기 때문이다.

그 장소가 선택된 이유에는, 그곳이 여간 특이한 장소가 아닌 한, 생각이 미치지 않음은 오히려 당연하다.

그러나 히라가의 말을 듣고 보니 틀림없이 이것은 이상했다. 현장에서 수집한 직·간접의 수사 자료로 미루어 보아, 여자가 범인을 기다리고 있었음은 분명하다. 범인이 달아난 여자를 뒤쫓아 온 것이 아니라, 범인의 지시에 따라 여자는 '지정된 장소'에서 기다리고 있었다.

여자 쪽에서 지정했다고 생각할 수도 있으나, 만약 그랬다면 너무 오래 기다리고 있었다고 할 것이다. 시체의 상황, 피해자의 호텔 체크인 타임, 더블 룸, 사흘 전에 취해진 예약, 두 장의 규슈 주유권 등으로 판단하건대, 장소는 남자의 계산으로 선택되었다고 보는 쪽이 자연스러웠다.

그렇다면 왜 그는 후쿠오카로 '정'했을까? 열차로는 왕복 20시간 이상, 비행기를 이용하면 흔적을 잡히기 쉬운, 그런 불편과 위험을 치르지 않고도 오사카나 나고야에서 충분히 같은 목적을 이룰 수 있었을 텐데.

나고야 근처 같으면 신칸센을 이용하여 네 시간, 범행 시간을 더하여 불과 다섯 시간이면 왕복할 수 있다. 그쪽이 알리바이 공작도 쉽고, 그리고 기차 쪽이 비행기보다도 훨씬 쉽게 흔적을 지울 수 있다. 신칸센의 일반석에라도 묻혀 버리면 소요 시간은 약간 길어지더라도 수사할 방도가 없을 게 아닌가. 그런데도 그는 그렇게 하지 않고 일부러 후쿠오카까지 왔다.

후쿠오카에 그런 '매력'이 있었던가? 이곳에서 태어나 이곳에서 자란 우에마쓰 형사는 이 매력을 찾아 내지 못한다면 면목이 서지 않는다고 생각했다.

동시에 히라가가 추신으로 슬쩍 덧붙인 12월 29일이, 하시모토가 '여의주를 입에 물고 있는' 신부를 껴안고 세계 일주 신혼여행을 떠나는 그 날이 자기들의 수사에 부과된 마감 날 같은 생각이 들었다.

"이 친구, 그런 뜻으로 추신을 썼을 거야."

우에마쓰는 쓴웃음을 지으며, 쓰러지는 한이 있더라도 연내로 해결하지 않으면 안 된다는 투지가 솟구쳐 올랐다.

하시모토를 떠나게 해서는 안 된다. 사람을 둘이나 죽인 살인귀에게, 아름다운 신부를 딸려서, 아름다운 미지의 나라들을 돌게 해서는 안 된다. 살인을 한 자가 갈 곳은 달리 있다. 그것이 사회의 질서다. 당장은 한 사람의 신부를 울리는 일이 될지 모르지만, 그러는 편이 결국은 그녀에게 있어서도 행복해지는 길이 아닐까. 그것은 아무것도 모르고 살인자의 아내가 되려는 여자를 구제하는 길이 되기 때문이다.

이렇게 생각하자 우에마쓰는 투지와 함께 책임의 무거움을 느꼈다.

3

범인이 피해자의 사망 추정 시각인 오후 5시 전에 현장을 이탈했음은 거의 확실하다. 우에마쓰는 일단 오후 5시라는 시각을 범인이 출발한 '시각'으로 치고, 그가 무엇에 접속하기 위해 그 시각에 행동을 시작했는지 분석해 보기로 했다. 이미 고바야시 형사 등이 시험한 일이지만, 자기 나름으로 해 보고 싶었다.

범인이 항공기를 이용한 흔적은 없다고 한다. 후쿠오카——도쿄 간을 열한 시간 반 이내에 왕복할 수 있는 교통수단은, 항공기 말고는 생각할 수 없다. 헬리콥터를 전세 낸다 하더라도 아마 그 시간 안으로는 무리일 테고, 그리고 살인을 위해 헬리콥터를 전세 낸다는 것은 좀 비약이 심하다.

그러나 일단 가능성으로서 유의해 두자. 다음으로 민간기를 이용한 흔적이 없으니, 군용기에 편승했다고 생각할 수는 없을까? 우에마쓰는 가끔 오키나와나 베트남에서 날아온 군용기가 이다스케 기지에 슬금슬금 내려오는 것을 목격했다. 요코다나 다치가와 기지쯤에서 미군 군용기에 편승할 수 있다면 못 올 것도 없다. 그러나 범인은 왕복했다. 일본의 일개 민간인이 미군 군용기에 한 번 편승하기조차 어려울 텐데 왕복할 수가 있을까? 그리고 과연 그런 안성맞춤인 비행기가 있을까?

그러나 이것도 아주 희박하나마 가능성의 하나로서 조사해 보자. 가만 있자, 왕복이라고 했는데, 편도만 군용기 편승이란 방법은 어떨까? 아니야, 이것도 틀렸다. 제트 전투기가 마하 2나 3으로 날아온다 하더라도, 살인을 하고 기차로 돌아간다면 시간이 모자란다. 열한 시간 반으론 무리다.

군용기와 헬리콥터를 일단 보류한 우에마쓰는 다음으로 후쿠오카발 북행편인 10월 1일 당시의 항공기 스케줄을 조사해 보았다. 후쿠오카에서는 세 회사의 노선이 있으나 5시를 기점으로 한 경우에는 일본항공과 전일항공밖에 없다. 더구나 전일항공편 중 범인이 이용 가능한 비행기는 후쿠오카발 19시 40분의 290편뿐인데, 오사카 도착시간은 20시 30분으로 같은 항공사의 오사카발 21시의 42편을 바꿔 타면 하네다 도착시간이 21시 50분이 되어, 시나가와의 신도쿄 호텔에 22시 55분, 즉 밤 10시 55분에 체크아웃할

전일항공기 스케줄 (9월 28일까지 10월 31일까지)

기종	B	B	B	B	B	B	B	B	B	B	B	B	B
편	15	17	19	23	25	27	29	31	35	37	39	41	43
●도쿄	730	830	930	1130	1230	1330	1430	1530	1730	1830	1930	2030	2130
●오사카	825	925	1025	1225	1325	1425	1525	1625	1825	1925	2025	2125	2225
기종	B	B	B	B	B	B	B	B	B	B	B	B	B
편	14	16	20	22	24	26	28	32	34	36	38	40	42
●오사카	700	800	1000	1100	1200	1300	1400	1600	1700	1800	1900	2000	2100
●도쿄	750	850	1050	1150	1250	1350	1450	1650	1750	1850	1950	2050	2150

B	B	B	V	V운임	B운임	기종	V	B	B	B	B
B	B	B	V			기종	V	B	B	B	B
283	285	287	289			편	282	284	286	288	290
1150	1450	1755	1940	엔	엔	●오사카	845	1130	1415	1730	2030
1245	1545	1850	2105	6,200	7,000	●후쿠오카	730	1040	1325	1640	1940

수는 있으나, 오사카까지의 290편에는 범인의 흔적이 없다.

뿐만 아니라 290편은 후쿠오카발이 19시 40분인데, 범인이 호텔에서 나간 때는 17시니까, 이 두 시간 반 이상의 공백을 어디서 지냈는지 설명이 되지 않는다.

다음으로 도쿄 경찰국이 철저히 알아본 일본항공에 다시 한 번 눈을 돌려 보자. 틀림없이 392편 17시 30분 비행기가 있다. 그러나 이것은 출발 20분 전에 체크인해야 한다는 규제가 없더라도 범인이 절대로 타지 못했을 이유가 있다. 즉 392편은 화, 목, 토요일로 격일 운항하여, 수요일인 10월 1일에 운항하지 않기 때문이다.

그렇다면 가장 가능성이 강한 것은 326편 18시 15분발과 370편 19시발인데, 두 편 다 도쿄 도착시간은 20시 20분이다. 이어서

'최종편'인 330편 20시 15분발이다.

 그런데 이 세 편에서는 도쿄 경찰과 후쿠오카 경찰이 합동 수사를 했는데도, 범인의 흔적을 발견할 수 없었다.

 우에마쓰 형사는 앓는 소리를 내며 팔짱을 끼었다. 그는 생각을 계속하며 집으로 돌아왔다. 늙은 아내가 인사한 듯했지만 대답도 안 했다.

 그렇다면 역시 군용기인가? 헬리콥터인가? 그러나 저 냉철하기 짝이 없는 범인이, 조사하면 당장 들통이 날 군용기나 헬리콥터를 이용했다고는 도저히 생각할 수 없다.

 다음으로 빠른 교통 기관은 열차다. 열차를 처음부터 도외시하고 있었는데, 시간표를 한번 철저히 검토해 볼 필요가 있지 않을까. 우에마쓰는 그가 애독하는 본격파 추리 소설에서, 열차를 교묘하게 바꿔 탐으로써 시간을 놀랄 만큼 단축할 수 있다는 것을 알았다. 아무리 교묘하게 바꿔 타 봐야 후쿠오카——도쿄를 열한 시간 반으로 왕복할 수는 없다고 생각해 버리는 데에 맹점이 있지 않을까? 그는 비치해 두고 있는 10월 열차 운행표를 검토하기에 앞서, 9월 운행표와 같음을 확인했다. 열차 운행표가 바뀌는 때를 노려 알리바이 공작을 한 추리 소설을 읽은 적이 있었기 때문이다.

 하카다발 17시 40분, 도쿄행 특급 '보라매호'가 있다. 우에마쓰의 눈이 빛났다. 17시 40분이라는 시간에 끌렸기 때문이다. 호텔에서 하카다 역까진 자동차로 5분이면 갈 수 있다. 그러나 살인을 한 뒤 범인이 현장 근처에서 자동차를 잡아타지는 않았을 것이다. 흔적이 남기 때문이다. 그렇다면 17시 전후에 도망친 범인에게 있어 17시 40분이라는 시간은 실로 매력적——형사에게 있어서도——인 것이다.

그러나 보라매호의 도쿄 도착시간은 이튿날 오전 10시 10분이어서 신도쿄 호텔에 모습을 나타낸 시각에서 실로 열한 시간 이상이나 늦어 버린다. 더욱이 이것이 열차로서는 가장 빠른 편이다. 역시 열차는 글렀다.

우에마쓰는 생각을 정리해 보았다.

· 일본항공──가능성은 있으나 흔적 없음
· 전일항공──290편, 42편을 바꿔 탈 가능성 있으나 흔적 없음
· 일본 국내항공──가능성 없음
· 열차──가능성 없음
· 군용기, 헬리콥터──물리적 가능성이 있을 뿐, 현실성 없음

'결국 나는 후쿠오카의 매력을 발견하지 못했다.' 우에마쓰는 당초의 의욕과는 달리, 이 이상 아무리 생각해도 진전되지 않는 자기의 사고에 어깨를 떨어뜨렸다.

아무튼 히라가에게 알리자. 그런 것쯤은 벌써 생각하고 이미 수사가 끝났다고 웃음을 살 것 같았지만, 우에마쓰는 용기를 내어 펜을 들었다.

"당신의 편지를 반갑게 받아보았습니다." 점잖게 서두를 꺼냈으나 뒤가 꽉 막혔다.

실망 또는 조소로써 자기 편지를 읽는 저 도쿄의 젊은 형사의 모습을 상상하니 아무래도 펜이 움직이지 않는다. 뭔가 후쿠오카 출신이 아니고선 생각해 낼 수 없는 것은 없을까? 비행기도 안 돼······.

여기까지 사고의 쳇바퀴를 돌리고 있던 우에마쓰 형사는 문득 시선을 허공에 고정시켰다.

"잠깐 나갔다 올게."
"아니, 이렇게 늦게요?"
"도쿄서 '우리 동료들'이 고생하고 있어. 목구멍에 밥이 안 넘어갈 것 같아."
늙은 부인은 무슨 일인지 잘 알 수 없었지만, 그 표정에는 오랜 세월 형사와 함께 살아 온 아내로서의 체념이라 할까, 깨달음이라고 할까, 그런 것이 있었다.

4

우에마쓰 형사 앞으로 편지를 보낸 지 엿새째 되는 날 저녁, 히라가는 우에마쓰 형사로부터 두툼한 속달을 받았다. 우선 그는 우에마쓰가 편지 앞머리에서 말한 군용기 편승과 헬리콥터 전세의 착상을 재미있다고 여겼다. 틀림없이 비약적인 착상이긴 하지만, 일차 탐사해 볼 필요가 있다 싶었다.

히라가는 그 전통적인 형사의 전형과 같은 우에마쓰가 젊은 그도 생각지 못한 유연한 착상을 한 데 대해, 한 방 얻어맞은 듯한 약간의 분함을 느꼈다. 그러나 우에마쓰가 편지의 뒷부분에서 말한 그 착안과 재빠른 탐사에는 진심으로 탄복했다. 그리고 그런 간단한 것에조차 생각이 미치지 못한 자기가 부끄러웠다.

우에마쓰는 그 편지 끝에 다음과 같이 말했다.

……우리는 도쿄——후쿠오카라는 두 도시의 거리에 너무 구애를 받았던 것은 아닐까요. 그래서 우리는 항상 기점과 종점을 도쿄와 후쿠오카라고 여기고, 범인을 하네다와 이다스케 공항의 탑승객 가운데 한 사람이라고만 믿었습니다. 그러나 범인은 구태여 이 두 공항을 이용할 필요는 없었던 것입니다. 이것은 도

쿄——후쿠오카 간을 열한 시간 반으로 왕복하는 데 있어서는 꼭 항공기만 의존할 필요는 없음을 의미합니다. 즉 항공기 및 다른 종류의 교통 기관을 '바꿔 탐'으로써 충분히 이 목적을 달성할 수 있다는 말입니다.

용의자의 입장에서 본다면 피해자의 시체가 발견되었을 경우, 조만간 수사의 눈이 자기에게 향해지리라고 충분히 예측했을 것입니다. 그렇다면 수사진이 자기의 열한 시간 반의 공백을 조사하고자 당일의 하네다, 이다스케 두 공항의 탑승객을 철저히 쫓을 것도 당연히 예상할 수 있는 일로서, 그에 대한 대비책을 강구하지 않을 리 만무합니다.

그 세심한 범인이 자기의 범행을 역력히 말하는 듯한 발자취를 하네다, 이다스케에 남겨 놓으리라고는 도저히 생각할 수 없습니다. 그는 항공기 이외의 다른 종류의 교통 기관을 이용해 출발함으로써 양 터미널에서 자기의 발자취를 남기지 않았습니다. 즉 그는 열차나 자동차로 터미널을 출발하여 양 터미널 사이의 어느 공항에서 항공기를 탄 것입니다. 그 항공기가 양 터미널 이외의 공항에서 출발한다면 그 예약객 명단에는 수사의 눈이 미치지 않습니다. 도쿄——후쿠오카를 왕복한 범인이 그 이외의 공항에서 탑승하리라고는 좀처럼 생각할 수 없기 때문입니다.

저는 우선 제가 살고 있는 후쿠오카에서의 귀로에 대해 범인의 흔적을 쫓아 보았습니다.

양 터미널을 열차나 자동차로 출발한다고 하더라도 그 중간 거리를 대부분 항공기로 메우지 않으면 열한 시간 반 동안에 왕복할 수 없습니다. 즉 범인이 목적을 충족시키기 위해서는 양 터미널의 도중에, 그것도 터미널에 되도록 가까운 곳에 공항이 있어야만 합니다. 그런데 후쿠오카 근처에는 북규슈 공항이 있습니다.

저는 범인이 범행 후 열차나 자동차로 북규슈 공항으로 달려가, 거기에서 비행기로 바꿔 타고 도쿄 방면으로 도주했을 것임에 틀림없다고 생각했습니다.

이 가정 아래, 북규슈 공항에서 도쿄 방면으로 가는 항공편을 조사해 보았는데, 전일항공 272편 18시 55분발 오사카행이 있음을 알게 되었습니다. 오사카 도착시간이 20시 10분이니, 신원불명의 가명을 쓴 손님이 타고 있었다는 일본항공의 128편 및 330편에 접속이 가능해집니다. 제가 일본항공의 후쿠오카 영업소에 가서 알아본 바에 의하면, 원칙상 체크인은 20분 전이라고 되어 있으나, 확실히 탄다는 사실을 알고 있으면 좌석을 잡아놓는다고 합니다. 그러니까 전일항공 272편이 정시에 오사카에 도착하고, 범인이 일본항공 128편에 재빨리 환승했다면 충분히 가능성이 있는 셈입니다. 설사 기상 조건이나 기타 사유로 272편이 연착하여 일본항공 128편에 대지 못해도, 그 뒤에 전일항공 42편 21시발과 일본항공 330편 21시 30분발이 기다리고 있습니다. 이 두 비행기의 도쿄 도착시간은 각각 21시 50분 및 22시 20분이므로, 용의자가 신도쿄 호텔에 모습을 보인 22시 55분에는 도착하는 것입니다. 설사 330편이 다소 연착한다 하더라도 신도쿄 호텔의 체크아웃이 좀 늦어질 뿐, 범인의 알리바이는 꿈쩍도 않습니다.

저는 이 가정 아래 10월 1일의 전일항공 272편의 예약과 시내의 택시 회사를 탐문조사해보았습니다. 범인은 틀림없이 후쿠오카에서 북규슈 공항까지 자동차나 열차로 갔을 것이라고 생각했기 때문입니다.

전일항공 오사카편 항공기 스케줄(12월 28일까지)

F	O	F	O	F	운임	기종 편	F	O	F	O	F	
261	263	269	279	271			262	264	268	270	272	
735	935	1235	1520	1705	엔	●오사카	1040	1240	1540	1825	2010	…
900	1100	1400	1645	1830	6,000	●북규슈	925	1125	1425	1710	1855	…

그러나 곧 열차로는 어렵다는 사실을 알았습니다. 범인이 탈 공산이 가장 큰 보라매호는 고쿠라에서 서지 않고 모지 도착시 간이 18시 38분이어서, 거기에서 북규슈 공항의 18시 55분발 272편을 타기에는 자동차를 아무리 빨리 몰아도 무리입니다.

만약 처음부터 자동차를 이용하는 경우, 후쿠오카에서 5시 전후에 나서면 북규슈 공항까지의 소요 시간은 한 시간 반가량이라서, 빨리만 몰면 272편의 체크인 타임에도 댈 수 있습니다.

탐문조사 결과, 시내 쓰쿠시 택시의 운전수가 10월 1일 오후 5시경, 와다베나 거리의 마이니치 방송국 앞에서 30세 안팎의 선글라스를 쓴 사나이를 태우고, 북규슈 공항까지 간 사실을 알아내었습니다. 운전수의 말에 따르면, 사나이는 매우 급한 모양으로 18시 30분보다 빨리 닿으면 1분당 1천 엔씩 팁을 주겠다기에, 맹렬히 차를 몰아 1만 엔쯤 벌었다고 머리를 긁적거렸습니다. 그런데 사나이의 얼굴은 선글라스를 쓰고 있는 데다 백미러에 비치지 않게 내내 수그리고 있어 잘 알 수 없었다고 합니다만, 그 키나 몸집이나 운전수가 몇 마디 들었다는 또록또록한 도쿄 말씨 등은 용의자와 꽤 비슷했습니다.

더욱이 그 사나이가 차를 세웠다는 방송국 앞은 사건이 난 호텔의 맞은쪽입니다. 범행 현장과 너무 가깝기는 합니다만, 시간이 절박했던 범인으로선 어쩔 수 없는 일이었다고 생각됩니다.

저는 이 사나이에게 깊은 의문을 품고, 사나이가 탔다고 생각되는 전일항공 272편 승객의 예약객을 탐문조사하여, 현재 신원이 판명된 사람을 제외하고 다음 13명의 탑승객을 남겼습니다. 그 가운데 도쿄 근교의 주소 및 연락처를 예약부에 남긴 승객은 ○표와 같으니 그쪽에서 수사해 주시기 바랍니다.

저는 반드시 이 13명 중에, 다시 좁히면 도쿄 및 그 근교의 연락처를 신고한 사람 중에 범인이 있을 것만 같습니다. 왜냐하면 범인은 도쿄 출발 전에 세심한 계획 아래 모든 예약을 했을 것임에 틀림없기 때문입니다.

항공기를 갈아타는 승객의 예약은 우선적으로 확보됩니다만, 그것은 동일 인물의 동일 명의에 의한 예약에 한합니다. 그러나 범인이 항공기를 갈아타는 것은 발자취를 감추는 것이 목적이므로, 그는 분명 다른 이름으로 신청했을 것입니다.

만약 예약을 하지 않으면 항공기를 갈아타는 승객에 대한 우선적인 좌석 확보의 혜택을 받을 수 없어, 오사카에서 바꿔 탈 때 좌석을 얻지 못할 우려가 있으므로, 그는 현장 신청을 하지 않았다고 보아집니다. 그리고 범인이 도쿄 거주자라면 예약할 때, 도쿄에서 극단적으로 떨어진 연락처를 대지는 않겠지요. 그렇게 하면 도리어 의혹을 살 우려가 있기 때문입니다.

당신의 편지에 의하면 일본항공 128편과 330편에 신원이 불명한 손님이 3명 있었다는데, 저는 그 가운데 1명과 전일항공 272편의 미조사 탑승객 13명 가운데 한 명은 동일 인물이 아닌가 하는 깊은 의문을 품고 있습니다.

우선 범인이 돌아간 발자취를 추적해 보았는데, 같은 방법을 취하면 올 때도 상당히 시간을 단축할 수 있지 않았을까 싶습니다.

도쿄 근교에는 군사 기지를 제외하면, 이곳처럼 북규슈 같은 인접한 공항이 없습니다만, 나고야나 니가타 등지의 공항을 염두에 두면 우리가 알지 못하고 있는 시간 단축의 맹점이 있을지도 모릅니다.

범인이 다른 교통 기관을 바꿔 탐으로써, 5, 6시간 이내로 도쿄——후쿠오카 간을 이동할 수 있었음이 증명되면 범인의 알리바이는 무너집니다. 저의 빈약한 두뇌와 자료로써는 그 공작을 발견할 수가 없습니다만, 도쿄 사정에 밝은 당신이 보면 반드시 그 맹점을 발견할 수 있으리라 믿습니다. 저의 미흡한 조사와 견해가 다소나마 귀하의 수사에 참고가 된다면 다행이겠습니다.

이 사건의 범인은 우리도 추적하고 있는 자입니다. 앞으로도 긴밀한 연락 아래 하루바삐 이 냉혹 무도한 살인범에게 수갑을 채우고 싶습니다. 귀하의 건투를 충심으로 기원합니다.

이렇게 맺어진 우에마쓰의 편지에는 전일항공 272편에 탄 승객 13명의 이름과 연락처 리스트가 첨부되어 있었다. 그리고 도쿄 근교 거주자로서 다음 6명의 이름 위엔 ○표가 붙어 있었다.

○ 호소가와 신이치——세다가야 구(區) 히가시다마가와쵸 183
○ 나가이 구니오——무사시노 시(市) 나카노마치 3의 4
○ 오하라 기타로——오다와라 시 고후즈 2489
○ 노사카 도시코——도시마 구 니시스가모 2의 2234
○ 구로사키 후미히코——기타마 군(郡) 이즈미 530의 2
○ 오노 히코이치로——요코하마 시 도쓰카구 기미다쵸 18의 311

히라가는 그 편지와 리스트를 읽고 나서 가슴에 벅차오르는 감동을 느꼈다. 히라가는 우에마쓰의 답장을 그에게 편지를 보낸 지 엿새 만에 받은 셈이다. 양쪽 편지 다 속달이긴 했으나, 우에마쓰는 편지의 왕복에 소요되는 3, 4일을 뺀 이틀이나 사흘 동안에 이만큼의 착안과 수사를 했다.

그는 지방 형사의 면목을 걸고 후쿠오카의 매력을 해명했다. 북규슈 공항, 그것이 있었기에 범인은 후쿠오카를 범행 장소로 택했으리라.

도쿄——오사카——후쿠오카라는 로열 루트의 공항 중에서 이만큼 근접한 지방 공항을 지닌 곳은 후쿠오카밖에 없다. 더구나 범인은 그 사이를 자동차로 이동함으로써 터미널에 쏠리는 수사진의 눈길을 피했다.

우에마쓰 형사의 착안은 범인이 절묘하게 몸을 숨기는 것을 간파했을 뿐 아니라, 갈 때의 이동경로에 있어서도 같은 수단에 의한 이동 가능성을 시사해 주었다.

그 방법이 현 시점에선 발견되지 않았으나, 교착 상태에 있는 수사진에 커다란 힌트를 주었다.

그러나 지금은 이 6명의 신원을 훑는 일이 선결 문제이다. 틀림없이 이 6명 가운데, 지난 번 수사에서 드러난 오사카발 도쿄행 128편 및 330편의 신원이 불명한 탑승객 중 누군가와 일치하는 자가 있을 것이다. 지난 번 수사에서는 그들 3명의 후쿠오카——오사카 간의 발자취가 완전히 단절되어 있다는 점 때문에 사건과 관계없다고 판단했지만, 우에마쓰의 수사로 범행 후 이 양쪽에의 접속이 가능해진 지금은 신원이 불명한 3명의 탑승객이 유력한 용의자로서 뚜렷하게 떠올랐다.

히라가는 메모를 꺼내, 그 3명의 탑승객의 이름과 연락처에 새삼스레 뜨거운 시선을 쏟았다.

일본항공 330편 : 나카무라 도모유키──시나가와 구 나카노베 7의 1의 18
일본항공 330편 : 사사베 시게오──지바 현 후나바시 시 혼마치 4의 519
일본항공 128편 : 아카에 모도이치로──가와사키 시 유리가오카 108의 115

그는 얼마 동안 이 3명과 우에마쓰가 보내 온 리스트를 비교해 보고 있었는데, 점차로 그 초점이 그중 2명의 이름으로 좁혀져 갔다.

즉 아카에 모도이치로와 구로사키 후미히코 두 사람이었다. 가명이란 것은 아무리 조작한다고 해도 반드시 어딘가에 본명과의 관련을 나타내는 점이 있다고 히라가는 경찰학교 시절에 배웠다. 이들 9명의 신원 불명인 탑승객 가운데 하시모토 구니오(橋本國男)라는 이름과 한 자라도 같은 사람은 아카에 모도이치로(赤江本一郎)뿐이었다.

그리고 아카에 모도이치로란 이름과 극명한 대비를 나타내는 이름이 구로사키 후미히코(黑崎文彦)였다. 아카(赤)와 구로(黑), 혼(本=책)과 분(文=글월)──갑자기 도화선에 옮겨 붙은 불이 치닫듯, 후유코가 새 살림집으로 예정한 요코하마 시 호도가야 구의 맨션, 하시모토 구니오의 주소인 가와사키 시 이쿠다, 구로사키와 아카에의 가짜 주소(구로사키 쪽은 미확인)가 차례차례로 연결되어 떠올랐다.

요코하마 시 호도가야 구──가와사키 시 이쿠다──기다타마 군 이즈미──가와사키 시 유리가오카. 이 가운데 세 곳은 가나가와 현이다. 히라가는 더 나아가 이들 연락처를 공통으로 꿰뚫는 대동맥을 발견했다. 요코하마를 제외한 세 주소는 모두 오다큐의 연선(沿線)이다. 범인은 여기에서 살고 있었다. 그래서 아침저녁으로 통근하며 무의식중에 보아 온 지명을 예약할 때 신고했으리라. 유리가오카는 이쿠다보다 오다큐에 가까우나, 한 역이나 두 역의 인접 역으로서 범인의 기억에 남아 있었으리라.

하시모토 구니오, 구로사키 후미히코, 아카에 모도이치로는 동일 인물임에 틀림없다. 히라가는 어쩔 수 없이 빨라져 오는 고동을 느꼈다.

수사의 초점은 전일항공 272편을 탄 승객 구로사키 후미히코의 신원 파악으로 좁혀졌다. 그러나 수사진의 의욕이나 흥분이 무안하게, 구로사키 후미히코는 예약부에 적힌 주소에 살고 있음이 판명되었다. 그리고 아카에 모도이치로란 이름은 구로사키가 사용한 이름이었음이 밝혀졌다.

구로사키는 텔레비전 탤런트로서, 아카에 모도이치로는 그의 예명이었다. 유리가오카의 주소는 전에 살았던 주소로서 무의식중에 입 밖에 나왔다고 했다. 그는 그다지 알려지지 않은 탤런트여서 수사진이나 후쿠오카의 택시 운전수가 알아차리지 못했던 것이다. 그날 구로사키는 전례 없이 후쿠오카와 도쿄의 두 방송국에 겹치기 출연을 하게 되었는데, 특히 도쿄의 일을 놓치기가 아까워 팁을 듬뿍 내고 마구 달리게 했다는 것이었다. 도쿄로 직행하는 일본항공 370편의 좌석이 꽉 차서 그런 방법을 썼다고 했다.

커다란 실망을 맛보면서도 나머지 신원 불명 탑승객 12명의 탐사와 일본항공 330편 2명의 재조사가 진행되었다.

그러나 전일항공 272편의 12명은 모두 연락처에 실재하고 있었다. 또한 일본항공 330편의 두 명 가운데 나가무라 도유키도 실재하고 있음이 밝혀졌다.

결국 사사베 시게오 한 명만이 후쿠오카——도쿄 간의 발자취가 없는 유일한 탑승객으로 남게 되었다.

수십 번째나 되는 수사 회의가 열렸다.

"수사 결과 오사카에서 일본항공 330편에 탑승한 사사베 시게오란 인물은 예약부의 주소에 존재하지 않는다는 사실이 밝혀졌어. 이자의 예약은 9월 28일, 제2 철강 빌딩 안에 있는 일본항공 영업소에 전화로 이루어졌고, 티켓은 9월 30일에 픽업되었어. 이 예약은 아리사카 후유코가 교통공사를 경유하여 후쿠오카 호텔을 예약한 시기와 거의 같은 때야. 그리고 그 비행기 스튜어디스의 증언에 의하면, 선글라스를 쓰고 있었기 때문에 확실하게 단정할 수는 없지만 하시모토의 사진과 많이 닮았다는 거야. 키, 몸집, 나이도 거의 일치해.

아마 이 사사베가 하시모토일 거야. 그렇다면 말이야. 놈은 오사카까지 어떻게 왔느냐 말이야."

무라카와 경감이 이 범인의 주위에 겹겹으로 둘러쳐진 방벽에 손을 들었다는 듯한 어조로 말했다. 지금까지 몇 개의 벽을 넘어 왔던가. 겨우 벽을 넘었다 싶으면, 항상 새로운 더한층 높은 벽이 앞길을 막고 있었다. 정말이지, 열 겹 스무 겹으로 덮인 느낌이었다. 잠시 동안 아무도 말이 없었다. 이윽고 히라가가 입을 열었다. 무엇인가 생각해 낸 얼굴이었다. 이 사건에 관해서는 시종 흥분하고 있는 듯한 그가 전에 없이 침착한 표정이었다.

"우에마쓰 형사의 착안으로 종류가 다른 교통기관으로 바꿔 탔을 경우와 범인이 하네다——이다스케 이외의 공항을 이용했을 가능성이 있음이 밝혀졌어요. 이 사사베란 인물은 하시모토임에 틀림없을 거예요. 왜냐하면 그는 도쿄——후쿠오카 간을 열한 시간 반 이내로 왕복하기 위해선 절대로 어디선가 항공기를 이용하지 않으면 안 됐기 때문이지요.

그리고 하시모토의 공백 시간 내에 이 두 곳을 연결하는 노선은 일본항공과 전일항공밖에 없어요. 따라서 그는 이 두 회사 노선의 어딘가에 반드시 모습을 나타내야 했어요. 그리하여 마침내 오사카에 나타났어요. 일본항공 330편 21시 30분. 물론 사사베는 우리의 지난 번 수사망에 걸렸지요. 그러나 그가 오사카까지 간 흔적이 일본항공, 전일항공의 어느 쪽에도 없었어요. 오사카에서 또 다른 가명을 써서 두 회사의 노선을 갈아탄다는 경우도 생각할 수 있으므로, 우리는 오사카에서 탄 승객도 훑었지요. 그런데 만약 동일 인물이 갈아탔다면, 당연히 후쿠오카——오사카 간의 비행기에도 신원이 불명한 탑승객이 있어야만 할 텐데 그런 승객은 없었어요. 이건 이미 여러분도 아시지요. 즉, 사사베는 오사카에서 출발했던 거예요. 적어도 기록상으론 그래도……. 그래서 우리는 사사베를 후쿠오카와는 무관한 사람으로 보고, 수사선상에 포착했으면서도 깊이 추적하지 않았던 거예요."

모두들 히라가의 긴 설명을 지겨운 듯한 표정으로 듣고 있었다. 그런 말은 새삼스레 들을 필요도 없이 모두 알고 있는 내용이었다. 그런데도 그의 말을 가로막는 사람이 없었던 이유는, 그 이상 발언할 만한 자료들을 갖고 있지 않았기 때문이다.

"그러나 사사베는 후쿠오카에서 출발했어요. 범행 장소에서 17시 전후에 출발했다고 치면, 그는 오사카에 모습을 나타내는 데 네 시간 반을 소비했어요. 이 시간 내에 열차로 후쿠오카에서 오사카까지 가는 일은 절대로 불가능해요. 그러나 항공기에는 흔적이 없어요. 그럼, 그는 어떤 방법으로 네 시간 반 동안에 오사카까지 갔을까요?

그 수수께끼를 풀기 전에 저는 한 가지 기묘한 것을 느꼈어요. 즉, 거듭 말씀드리지만 범인은 후쿠오카 18시 15분발 일본항공 326편을 탈 수 있었어요. 이 편의 오사카발은 19시 30분이에요. 그런데 사사베가 오사카에서 탄 비행기는 이보다 무려 두 시간이나 늦은 21시 30분발 330편이었어요. 이미 여러분도 아셨으리라 생각됩니다만, 이 두 시간의 공백은 고바야시 형사가 이미 문제 삼은 '공백 속의 공백'과 전적으로 일치하고 있어요. 즉 후쿠오카에서의 공백 두 시간이 그냥 그대로 오사카의 사사베에게 넘겨지고 있어요. 제가 사사베를 하시모토라고 믿는 커다란 이유가 여기에 있어요.

그러나 일 분 일 초가 아까운 그가 두 시간이란 막대하고도 소중한 시간을 헛되게 쓸 턱이 없어요. 그는 뭔가를 위해 이 두 시간을 적절히 썼어야만 했을 거예요. 그것은 무엇일까요? 그가 오사카까지 오는 동안에 쓴 네 시간 반이란 시간은, 그중에 두 시간의 공백을 포함하는 것이 아니라, 그가 죽기 살기로 행동한 시간을 모두 합한 것은 아니었을까요? 저는 이렇게 생각해 봤어요. 그럼 그는 어떤 행동을 했을까요? 두 지점 사이의 거리를 이동하는 데 있어, 직선적인 이동보다 시간이 더 걸리는 것은 딴 데로 돌아갔기 때문이에요. 즉, 범인은 후쿠오카에서 오사카로 곧장 오지 않고 딴 데로 돌아왔던 거예요."

"돌아와?"

우치다가 목구멍에 고기 뼈가 걸린 듯한 소리를 질렀다. 이제 지겨운 듯한 표정을 하고 있는 형사는 한 사람도 없었다.

"그래요, 우리는 항상 후쿠오카에서 도쿄 쪽만을 보고 있었어요. 따라서 우리가 조사한 예약은 모두 북행편이었어요. 우치다 형사도 북규슈 공항에서 도쿄의 하늘을 바라보았어요. 그러나

동아항공 가고시마 선(10월 28일까지)

운임	기종	YS	YS	YS	YS	YS	YS	YS	YS
	편	351	361	353	355	363	357	365	359
엔 5,000 5,000	●후쿠오카 ●미야자키 ●가고시마	800 ‖ 845	915 1000	1000 ‖ 1045	1200 ‖ 1245	1335 1420	1600 ‖ 1645	1740 1825	1915 ‖ 2000

전일항공 미야자키~오사카 선(10월 28일까지)

기종	F	B	V	B	V	O
편	402	404	408	414	416	420
●오사카	920	1115	1510	1720	1855	2055
●미야자키	750	1025	1355	1630	1740	1925

 범인은 일단 남하할 수도 있었어요.

 이러한 가정 아래 각 회사 항공기 스케줄을 보니, 동아항공에 후쿠오카 17시 40분발 미야자키행 365편이 있어요. 미야자키에 도착하는 시각은 18시 25분인데, 한 시간 기다리면 전일항공의 19시 25분 미야자키발 420편 오사카 직행이 있어요. 이 편의 오사카 도착시간은 20시 55분이므로 사사베가 탄 일본항공 330편 21시 30분발 도쿄행에는 체크인 타임을 고려에 넣더라도 충분히 도착해요. 이 밖에 가고시마, 구마모토, 오이타, 나가사키 등지에서도 가능할 것 같지만, 이건 항공기 스케줄을 검토한 결과 모두 오사카에서 일본항공 330편엔 닿지 않는 것이 확인됐어요.

 이상 말씀드린 바와 같이 범인은 이다스케 및 북규슈 공항에서 북행편을 사용하지 않고서도 약 네 시간 걸려 오사카에 갈 수 있어요. 그리하여 일본항공이나 전일항공의 도쿄행을 바꿔 타면 후쿠오카――오사카 간을 약 다섯 시간으로 이동할 수 있어요."

히라가가 입을 다물자 동시에 모두들 웅성거리기 시작했다. 돌아올 때 다섯 시간에 올 수 있다는 사실은 거기까지 갈 때도 그 시간 내에 갈 수 있음을 암시한다. 그토록 난공불락을 자랑하던 범인의 성도 마침내 그 일부분이 무너진 셈이다. 수사관들의 얼굴에 오래간만에 밝은 빛이 보였다.

즉각 10월 1일의 동아항공 365편과 전일항공 420편의 승객에 대한 내밀한 조사가 시작되었다.

그리하여 양쪽에 1명씩 연락처에 존재하지 않은 승객이 남았다. 그 이름과 주소는 다음과 같다.

동아항공 365편 : 와다나베 이치로 세다가야 구 15 노사와 1의 15
전일항공 420편 : 우치가와 류헤이――오사카 시 기다 구 나카노시마 2의 22

이 두 명과 하시모토와의 사이에는 아무런 관련도 없는 것 같았으나, 미야자키 공항 내 레스토랑의 웨이터가 당일 오후 6시 반경에 하시모토와 흡사한 사나이에게 음식을 갖다 주었음을 알아냈다. 웨이터는 마침 그 사나이가 무슨 이유로 잠시 선글라스를 벗었을 때 음식을 갖고 가서 얼굴을 보게 되었다고 했다. 사나이는 당황해서 얼른 선글라스를 썼는데, 그 당황해하는 모습이 좀 지나친 것 같아 그의 인상에 남아 있다고 말했다.

"이 사나이가 틀림없어요." 웨이터는 하시모토의 사진을 보여 준 미야자키 경찰서의 형사에게 단언했다.

그리고 해당 항공편의 스튜어디스들도 와타나베와 우치가와가 선글라스를 쓰고 있었음을 증언했다.

더욱이 우치가와 류헤이의 오사카 주소는 엉뚱하게도 오사카의 대표적인 호텔인 오사카 그랜드 호텔의 소재지였다.

"십중팔구 틀림없군."

신중파인 우치다 형사까지 고개를 끄덕였다. 호텔 맨이거나, 호텔 출입이 여간 잦은 인물이 아니고서는 그 호텔 소재지의 주소를 알 턱이 없으니까.

"남은 건 후쿠오카까지 간 경로만 증명하면 되겠군."

수사본부에 활기가 넘쳤다.

남쪽으로 뻗는 푸른 선

1

 하시모토가 오전 11시 24분에 신도쿄 호텔에 체크인 한 것도 호텔의 숙박 카드에 의해 확인되었으니까, 그가 움직인 때는 그 이후이다.
 수사진의 눈을 속이기 위해 도쿄에서 일단 북상하거나 우회하여, 그 다음 후쿠오카로 남하했다는 가정 아래, 일본항공, 전일항공, 일본 국내항공의 북행편이 조사되었다. 그중에서 하시모토가 이용했을 확률이 가장 큰 비행기는 센다이, 모리오카, 아키다 등으로 가는 동북지방 도시의 노선을 경유한 전일항공과 일본 국내항공이었다.
 수사는 이 노선들을 훑는 일부터 진행되었다. 그러나 세 회사의 북행편을 이 잡듯이 뒤져 봐도 이상한 사람은 떠오르지 않았다. 그렇다면 우에마쓰 형사가 발견한, 열차나 자동차를 섞어 탄 경우도 생각할 수 있는 일이다. 이번에는 비교적 도쿄에 가까운 나고야와 니가타의 공항에서 탑승한 승객에 대해 수사가 진행되었다.

그러나 여기서도 결과는 마찬가지였다. 하시모토가 후쿠오카까지 간 흔적은 이용 가능성이 있는 어느 노선, 어느 공항을 뒤져 봐도 전혀 발견할 수 없었다. 도쿄로 돌아온 흔적이 있을 뿐, 후쿠오카까지 간 흔적이 없다. 후쿠오카에서 도쿄까지 다섯 시간으로 돌아온 방법을 증명할 수 있더라도, 나머지 여섯 시간 반으로 살인 장소에 도착하는 방법을 증명하지 않는 한, 하시모토의 알리바이는 흔들리지 않는다.

"203 고지(高地)는 저리 가라군." 우치다 형사가 해묵은 비유를 했다.

"그런데 그것도 결국은 함락됐어요. 어딘가에 돌파구가 있을 거예요."

203고지가 러일 전쟁 때의 러시아의 튼튼한 보루였음을 어슴푸레 알고 있는 히라가가 말했다. 그는 연일 휴일도 없는 수사 활동으로 광대뼈가 불거지고 눈만 번들번들했다. 수사관들은 모두 초췌해 있었는데, 초췌할수록 불타오르는 히라가의 범인 추적에 대한 집념은 유별났다. 지금 그 집념이 눈에 응결하여 하얀 불꽃을 뿜어올리는 것처럼 보였다.

"그랬지, 그러나 그때까지가 괴롭단 말이야."

노련한 형사는 젊은 형사의 흥분을 가라앉히듯 말했다.

그날 저녁때, 히라가는 우편물이며 속옷 등을 가지러 오랜만에 자기 아파트로 돌아갔다. 지하철 차내에 나붙은 주간지 광고는, 호스티스 출신으로서 동남아시아 어느 나라 대통령의 둘째 부인이 된 여성과 모 영화배우 스타와의 국제적 러브 로맨스를 전하고 있다. 부인은 대통령이 실각한 후 남편과 별거, 온 세계를 돌아다니며 화려한 가십을 뿌리고 있는 여성이었다. '런던——뉴욕——파리, ○○ 부인을 철저히 추적'이라는 표제가 사뭇 선정적이었다.

'세상은 태평하군.'

히라가는 자기 가슴속에서 불타고 있는 범인을 추적하는 집념의 불길과는 차원이 다른 세계의 소식에 잠시 눈길을 멈추었다.

'런던→뉴욕→파리라…… 돈만 있으면 어디든지 갈 수 있고, 뭐든지 할 수 있군.'

히라가는 속으로 중얼거렸다. 그때 차내 방송이, 문득 상상한 아름다운 이국 도시의 이미지와는 거리가 먼, 히라가가 살고 있는 동네의 역명을 알리기 시작했다.

2

민간 항공 노선에 하시모토의 흔적이 전혀 없었으므로, 나머지 가능성으로선 우에마쓰 형사가 현실성이 없다고 단서를 붙였던, 군용기 편승이나 민간기 전세밖에 생각할 수 없게 되었다.

도쿄 근교의 군사 기지로서는 다치가와와 요코다가 있다. 그중 요코다가 B52 클래스의 대형기 발착 전용기지 같은 상태가 되고부터는, 중형기 이하의 비행기들은 거의 다치가와에서 발착하고 있었다.

군사 기지라고는 하지만 전투기 같은 것은 보기 어렵고, 미국 본토에서 오는 보급품의 중계를 주로 하는 병참 기지였다.

군인이나 군수 물자의 수송은 팬아메리칸, 플라잉 타이거, 노스웨스트, 월드 항공 등 십여 개의 미국 민간 항공 회사가 미군과 위탁 계약을 맺어 담당하고 있었다.

히라가가 조사한 결과, 이들 항공기에 일본 민간인이 편승한다는 일은 전혀 불가능하다는 사실을 알았다.

인원과 물자의 수송은 미국의 엄중한 규제 아래 행해지고, 군기 보안을 위해 미군이 특별히 허가한 사람 외에는 절대로 탈 수 없었다.

 후쿠오카의 이다스케 항공은 원래 군사 기지로서 그 일부를 민간 항공에 개방한 곳이라서 군용기가 착륙하는 데 제한을 받지는 않는다. 그러나 요코다나 다치가와 방면에서 출발한 군용기가 기상 조건 등으로 목적한 공항에 내릴 수 없을 때에 한해서만 대체 공항으로서 이용할 뿐, 착륙하는 일이 거의 없었다.

 10월 1일에 후쿠오카에 내린 군용기는 한 대도 없었고, 그런 기상 상태도 아니었다. 그리고 그날 군에서 편승을 허가한 일본인은 한 사람도 없었다.

 단, 그렇게 엄격한 군용기도 돌아가는 길에는 융통성이 있었다. 즉, 군과의 수송 청부 계약은 목적지까지뿐이므로 목적지에 인원이나 물자를 내린 뒤의 빈 비행기에는 그 항공 회사가 양해만 하면 편승할 수도 있다는 것이다.

 그러나 하시모토가 도쿄로 돌아갈 때의 발자취는 알고 있으므로, '돌아가는 군용기 편승'은 의미가 없었다. 나머지 가능성은 민간기 전세뿐이었다.

 먼저 교통부를 통해 10월 1일 항공 교통 관제 기관에 도쿄에서 후쿠오카 방면으로 가겠다는 항공기 계획서가 제출되어 있는지 없는지를 알아보았다. 지표 또는 수면에서 2백 미터 높이 이상의 공간을 '공항 교통 관제구'라 하고, 교통부 장관이 지정하는 비행장 및 부근 상공의 공역을 '항공 교통 관제권'이라 하는데, 이 두 공간을 계기 비행할 때는 사전에 교통부 장관에게 항공기 계획서를 제출하여 그 승인을 받게 되어 있었다. 그리고 그 항공기가 계획대로 비행을 완료했을 때에도 지체 없이 그것을 통지해야 할 의무가 있었다.

 그러나 10월 1일에는 그러한 계획서가 제출되거나 승인해 준 사실이 없었다.

 10월 1일은 전국적으로 날씨가 맑아 비행이 가능한 기상 상태여서, 항공기 계획서를 제출하지 않았을 가능성도 있었지만, 도쿄나 가까운 지방의 모든 항공업자를 다 뒤져 봐도, 그날 하시모토의 요구에 응한 항공업자는 없었다. 또한 그들이 법적으로 비치할 의무가 있는 모든 항공 일지를 훑어보았으나 그런 비행 기록은 없었다. 혹시나 하고 도쿄, 후쿠오카 근처에 있는 모든 비행장과 관제탑도 알아보았으나, 그런 비행기가 착륙한 일이나 착륙 허가를 해준 일이 없었다.

 우에마쓰가 시사한 한 가닥의 가능성도 이렇게 완전히 끊어지고 말았다. 어둡고 지친 표정으로 수사본부에 돌아온 형사들의 귀에 '고요한 밤, 거룩한 밤'의 멜로디가 흘러들어 왔다. 수사에 쫓겨 날이 가는 줄도 몰랐는데, 오늘 밤은 크리스마스 이브였다.

 언제 들어도 마음이 씻기는 듯한 '고요한 밤, 거룩한 밤'의 멜로디도 이 밤엔 오히려 형사들의 초조감을 부채질할 뿐이었다.

 히라가는 하시모토가 보내 온 크리스마스 파티 안내장을 상기했다. 지금쯤, 저 동양 제일의 호화찬란한 도쿄 로열 호텔에서는 황금과 여가를 듬뿍 부여받은 남녀가 '메리 크리스마스'를 즐기고 있으리라. 하시모토도 그중 한 사람으로서 화사한 표정으로 상류 사회 사람들 틈을 헤집고 다닐 것임에 틀림없다.

 피로와 패배감이 먹물처럼 용해되어 히라가의 온몸에 번져 갔다.

3

 "그런데 범인은 왜 후쿠오카를 택했을까?"
 패배감에 짓이겨지면서도 히라가의 가슴속에 전에 품었던 의문이 되살아났다. 그 후 수사에 쫓겨 잊어버리고 있었으나 모든 루트가 막혀 버린 지금, 의식 밑바닥에 있던 의문이 다시 고개를 치켜든 것이다.

　범인이 북규슈의 공항을 이용하지 않았다는 사실을 안 지금, 후쿠오카에는 그 밖에 다른 매력이 있었다고 보아야 한다. 미야자키로 가는 남행편도 분명 매력의 하나이긴 하나, 지방 노선 터미널로선 비단 후쿠오카만이 전매 특허를 내진 않았다. 오사카나 삿포로에서도 마찬가지로 조작할 수 있으니까.

　히라가는 후쿠오카의 매력을 철저히 조사해 보고 싶었다. 그리고 현재 그것밖엔 아무런 실마리도 없었다.

　범인이 후쿠오카를 택한 첫 번째 이유는 뭐니 뭐니 해도 교통편 때문이리라. 오로지 후쿠오카에만 그를 도쿄에서 대여섯 시간 이내로 운반해 주는 탈것이 있었으리라. 둘째로는 지형 감각이 있었다는 것도 고려된다. 범죄를 저지르는 경우, 지형 감각이 있고 없는 것으로 범인의 안정성에 큰 차이가 난다. 범행 장소뿐만 아니라 주위 환경 조건을 속속들이 알고 있으면 면밀한 계획을 세울 수 있으며, 성공률도 높고 도주하기도 쉽다. 셋째로 후쿠오카에는 범인이 아는 사람이 없거나 있더라도 아주 적다는 점이다. 아무도 자기를 아는 사람이 없는 곳에서의 범행은 범인의 관련을 단절해 주니까.

　둘째와 셋째의 이유는 서로 모순되는 듯하지만, 그것은 범인이 미리 그 지형을 연구함으로써 해결된다.

　그렇더라도 둘째와 셋째는 꼭 후쿠오카라야만 될 필요는 없다. 어디라도 사전에 답사만 하면 되니까. 그렇다면 역시 맨 처음에 든 교통적인 이유 때문이다.

　히라가는 후쿠오카에 출입하는 모든 교통 기관을 열거해 보았다.

   1. 항공기
   일본항공 남행편, 북행 편(오키나와 편 포함)
   전일항공 도쿄──후쿠오카선
   전일항공 오사카──오이타선
   동아항공 가고시마선
   2. 철도
   가고시마 본선
   쑤쿠히선
   니시니폰 철도
   3. 선박
   규슈 우편선

  여기까지 적어 내려온 히라가는 그 선박의 항로를 쫓기 위해 규슈 지도를 펼쳤다. 먼저 눈에 들어온 것은 붉은 선의 항로보다도 푸른 선으로 그은 항공로였다.
  '이것 때문에 골치를 앓는군.'
  히라가는 별 생각 없이 그 푸른 항공로에 눈을 떨어뜨리고 있다가, 뭔가 이상한 것이라도 발견한 듯 눈의 초점을 고정시켰다. 그는 후쿠오카에서 출발하여 가고시마나 미야자키나 오이타에 닿지 않고, 곧장 남쪽 바다 위로 뻗어 간 한 가닥 푸른 선을 보았던 것이다. 오키나와선인가? 아니다, 오키나와선은 오른쪽으로 갈라져 있다.
  '뭘까, 이건?' 푸른 선이니까 항공로임엔 틀림없는데, 이런 노선은 항공기 스케줄에 없었다.

"대체 공항으로 이용하는 경우가 아니면, 군용기가 후쿠오카에 내리는 일은 드물어요."

범인이 군용기에 편승한 흔적이 없는지 조사할 때, 요코다 기지의 군 관계자가 한 말이 그의 기억에 되살아난 것은 그때였다.

이다스케 공항이 대체 공항이라면 본래의 공항은 어디인가? 지금까지 그것을 요코다나 다치가와의 대체 공항이라고만 생각했는데, 기상 상태에 따라서는 외지 공항의 대체 공항으로 이용될 수도 있지 않은가.

히라가는 지도를 일본 전도에서 세계 전도의 동남아시아 부분으로 확대하여 푸른 선의 행방을 쫓았다. 그 푸른 선이 가서 닿은 곳은…….

"타이페이!"

히라가의 시야는 한꺼번에 트였다. 박봉을 받는 형사의 슬픔이랄까, 히라가는 한 번도 해외여행을 한 적이 없었다. 그것은 무라카와 반의 모든 형사들도 마찬가지리라.

최근의 범죄는 그 테두리가 점점 넓어져, 전 세계에 걸친 국제적인 범죄를 낳고 있다. 이에 대처하는 기구로서 국제 경찰이 조직되어, 국제 범죄자의 체포나 인도에 관한 협력이 각국 간에 이루어지고 있다.

형사들은 해외로 도망친 범죄자가 외국 경찰에 의해 붙잡혔을 경우, 그 범인을 데리러 출장 가는 수도 있으나, 히라가에겐 아직 그런 경험도 없었다. 그것이 그를 포함한 수사관들의 눈을 국내로 한정시켰던 것이다.

후쿠오카에는 국제선이 들어온다! 그러나 그런 일이 과연 가능할까? 도쿄를 떠난 범인이 불과 열한 시간 반 만에 타이페이를 경유하여 후쿠오카로 날아가 살인을 한 다음, 도쿄로 돌아오는 일이? 국내에서 평범한 생활을 하는 사람으로선 생각조차 못해 볼 일이다.

히라가의 뇌리에는 며칠 전 지하철의 차내에서 본 광고가 되살아났다.

런던——뉴욕——파리, ○○ 부인의 국제적 러브 로맨스를 전하는 주간지의 표제를 보고, 돈만 있으면 어디든지 갈 수 있다고 생각하지 않았던가. 그때 왜 이 생각을 못 했을까?

항공기가 비약적으로 발달해서 세계를 아주 좁히고 있다. 미사일을 평화적으로 이용하면 도쿄——뉴욕 간도 18분 만에 이동이 가능한 현대는, 거리감과 현실 거리의 이동 시간에 엄청난 불균형을 낳고 있다. 가고시마나 삿포로에 가는 시간보다 더 빨리 구미(歐美)에 갈 수 있는 세상이다.

맹점은 국내선이었다. 히라가는 온몸이 떨려옴을 느꼈다. 마침내 범인을 몰아 붙였다는 감격의 몸부림이었다.

후쿠오카를 다른 지방 공항과 구별 짓는 특색은 국제선이 들어와 있다는 사실뿐이다.

오사카에도 국제선이 없는 것은 아니지만, 신칸센(新幹線)이 통하고 있어 항공기와의 시간차가 그다지 나지 않아 알리바이 공작이 어려워진다. 그리고 후쿠오카에는 서울에서도 대한항공이 들어와 있다. 서울이면 타이페이보다도 거리가 가깝다.

히라가는 당장 대한항공을 알아봤다. 그러나 이쪽은 부정기편으로서 10월 1일에는 운항하지 않았다고 하여 수사 대상에서 제외시켰다.

다음에 알아볼 것은 말할 필요도 없이 타이페이로부터의 노선이다. 이쪽에는 갸세이 항공이 들어와 있었다. 히라가는 그 회사로 전화를 걸었다.

"귀사의 노선이 타이페이에서 후쿠오카로 들어와 있는데, 이 노선의 10월 1일 당시의 타이페이 출발 시간과 후쿠오카 도착 시간을 좀 가르쳐 주세요."

"86편이군요. 이건 아직 시간이 바뀌지 않았어요. 수요일과 금요일, 주 2회 운항하고 있는데 말씀이죠……."

항공 회사 직원의 대답을 들으면서 히라가는 온몸의 피가 소리를 내며 흐르는 듯한 기분에 휩싸였다. 10월 1일은 수요일이었다.

"수요일의 86편은 타이페이발 현지 시간 12시 35분, 후쿠오카 도착시간은 15시 25분이에요. 이 경우, 시차는 생각하지 않으셔도 돼요."

15시 25분! 범인이 살인을 하고 나서 탄, 17시 40분발 동아항공 365편까지 두 시간 십오 분이 있다.

이 얼마나 '매력적인' 시간인가. 이 시간에 범인은 공항과 시내를 왕복하고, 피해자와 관계를 맺은 다음 독을 먹이고 도주했다. 그것은 결코 충분한 시간이라고 할 수는 없지만 불가능하지도 않다.

히라가는 두 시간 십오 분을 컴퓨터 같은 속도로 분석해 보았다.

　입국 수속 시간 : 20분
　공항 → 시내 이동 시간 : 20분
　택시에서 내려 피해자의 방까지 가는 시간 : 3분~5분
　성교 시간 : 10~15분

범인은 동아항공에 17시 20분 안에 체크인 해야만 했다. 공항까지의 소요 시간이 20분, 피해자의 방에서 탈출하여 택시를 잡기까

지를 5분으로 본다면, 그는 17시 5분 이전에 피해자 곁에서 떠나지 않으면 안 되었다.

이것은 피해자의 사망 추정 시각 및 시체의 상황에 딱 부합한다. 17시 5분 이전을 범인의 '데드라인'이라고 한다면, 범인은——15시 25분부터 시작하여 한 시간 후인 16시 25분까지에는 앞서 말한 입국에서 성교에 이르는 '모든 일'을 마칠 수 있다는 계산이 되니까——'데드라인'까지 약 30분간의 '자유 시간'을 가질 수 있다. 이것은 살인을 할 수 있는 충분한 시간이다.

비행기의 도착이 한 시간 이상 늦어지지 않는 한, 범인과 피해자가 함께 지내는 시간을 가질 가능성이 남는다. 히라가는 그 가능성에 딱 달라붙었다.

"금요일의 항공기 스케줄은……." 항공사 직원이 계속하는 말을 가로막고, 히라가는 갑자기 물었다.

"금요일 건 상관없어요. 혹시 수요일에 타이페이에 12시 35분 전에 도착하는 도쿄발 항공기 스케줄은 없을까요?"

"저희들 걸로는 하네다발 오전 9시, 항공기 넘버 577편, 타이페이 도착시간 12시 20분 비행기가 있습니다만……."

"그거다!" 히라가는 자기도 모르게 외쳐 버렸다.

"네?"

상대가 놀란 듯한 소리를 내는 것도 아랑곳하지 않고 히라가는 말했다.

"그 577편으로 타이페이에 가서, 곧장 86편을 바꿔 타고 일본으로 돌아오는 일은 가능합니까?"

"뭐라고 하셨죠?"

항공사 직원이 놀라며 물었다. 국제 여객 취급에 익숙한 그도 이런 묘한 질문을 받아 보기는 처음인 모양이었다. 일부러 비싼

항공 운임을 내고 외국까지 가서, 아무런 볼일도 없이 어디 한 군데 구경도 하지 않고, 공항에서 되돌아오는 괴상한 손님은 없었기 때문이리라. 하지만 그런 괴상한 손님이 꼭 한 사람 있어야만 했다.

"그건 무리예요."

그런데 항공사 직원은 타협할 여지도 없이 딱 잘라 말했다.

"십오 분으론 도저히 불가능해요. 선생님께서도 아시겠지만, 국제선은 출발 한 시간 전에 체크인해요. 국내선과는 달리 승객이 올 때까지 기다리는 게 국제선의 관례이긴 합니다만, 그렇더라도 십오 분으론 무리예요. 우선 항공기에서 내리는 데에도 입구에서 먼 좌석에 있으면 꽤 시간이 걸려요. 단체 손님 뒤에라도 있다 보면, 출입국과 통관 수속에 한 시간쯤 그냥 지나가 버리고 마니까요."

심한 경쟁 때문인지 항공사 직원은 히라가의 묘한 질문에도 친절히 대답해 주었다. 그러나 아무리 그 어조가 친절해도 히라가의 실망감은 구제되지 않았다. 86편을 발견했을 때의 기쁨이 컸던 만큼, 지금 받은 실망의 깊이 또한 깊었다. 온몸에 팽배해 있던 피가 한꺼번에 빠지는 것 같았다.

"아무래도 무리일까요?"

"무리인데요."

"타이페이의 출입국 수속은 까다로운가요?"

어쩔 수 없는 실망에 짓이겨지면서도 히라가는 십오 분이라는 시간이 주는 한 가닥의 가능성에 필사적으로 매달렸다.

열차 같으면 십오 분 동안에 충분히 바꿔 탈 수 있다. 외지의 일이어서 사정을 알 수 없지만, 뭔가 빠져 나갈 길이 있지 않을까?

그러나 항공사 직원의 대답은 그의 실망을 점점 더 깊게 할 뿐이었다. "거긴 까다로워요. 아무리 짧은 입국체재(入國滯在)라도 비자가 있어야 하구요."

"역의 플랫폼에서 밖에 안 나가듯이, 공항에서 한 발짝도 안 나가면 어떨까요?"

"그래도 입국은 입국이니까요. 그리고 단체객의 바꿔 타는 편의를 위해 항공 회사가 출입국 관리 사무소의 양해를 얻어 단체승객을 출국자 대합실에서 기다리게 하는 경우를 제외하곤, 도착한 모든 손님은 일단 CIQ를 통해야만 하니까요."

C는 customs(세관), I는 immigration(출입국 관리), Q는 quarantine(검역)의 약자인데 이는 국제 여행의 '관문'과 같다. 히라가도 그만한 지식은 갖추고 있었다.

"아무튼 절대 무리예요."

항공사 직원은 무정한 결론을 내렸다.

"다른 회사의 항공기 스케줄에 이 항공사의 577편보다 빨리 타이페이에 닿는 비행기는 없을까요?"

히라가는 실망의 밑바닥에서 다른 가능성을 찾아냈다.

"글쎄요, 다른 회사 것은 모르겠는데요."

항공사 직원은 갑자기 퉁명스러워졌다. 별 볼일 없는 손님이라고 판단한 모양이다. 히라가는 고맙다는 인사를 하고 전화를 끊었다. 나머지 수사는 전화로써 마칠 수 있는 내용이 아니었다.

제2의 공백

1

히라가는 팰리스 사이드 호텔의 우메무라를 떠올렸다. 우메무라 같으면 외국 손님을 밤낮 대하고 있으니까, 갸세이 항공 이외의 타이페이 편을 알고 있을지도 모른다. 전화를 걸었더니 오늘 밤엔 야근이어서 밤 8시가 되어야 출근한다고 했다. 하네다 공항의 관리 사무소에라도 문의하면 당장 알 수 있는 일이었지만 8시까지 얼마 남지 않아서 기다리기로 했다.

"왜 그리 심각한 얼굴을 하고 있지?"

밖에서 돌아온 동료들이 말했다.

우메무라의 답으로 히라가의 '대발견'의 가치가 정해지는 것이다. 히라가는 마치 시험의 합격, 불합격을 기다리는 수험생처럼 8시를 기다렸다.

시계가 8시를 쳤지만 히라가는 우메무라가 프런트에 들어서는 시간을 고려하여 5분을 더 기다렸다. 드디어 우메무라가 나왔다. 우메무라는 히라가의 질문에 아주 쉽게 대답해 주었다. "그것 같으면 말씀이죠, 일본항공에 그런 편이 있어요. 항공기 넘버는 기억이 안 납니다만, 하네다발 8시 10분의 항공기가 월, 수, 금, 토의 주 4회 운항으로 타이페이에 직행하고 있어요. 타이페이 도착 시간은 아마 오전 10시 45분이지요."

"그 항공기는 10월 1일 당시에도 있었는지 알고싶은데요?"

"그 동안 변경은 없었을 거예요. 상세한 건 일본항공에 물어 보시지요."

"감사합니다, 바쁘신데."

히라가는 수화기를 놓았다. 가슴이 뛰었다. 그는 이어서 일본항공의 국제선을 불러내어, 방금 한 우메무라의 말이 옳음을 확인했다.

그 항공기는 725편, 오전 8시 10분 하네다발, 10시 45분 타이페이 도착으로, 10월 1일에도 정시에 운행되었다는 것이다. 일본 항공사의 직원은 덧붙여서 갸세이 항공 86편으로 바꿔 타는 일은 한 시간 오십 분의 여유가 있으니까 서두르면 가능하다는 사실도 가르쳐 주었다.

마침내 범인의 발자취는 연결되었다. 하네다를 오전 8시 10분에 출발, 타이페이에서 바꿔 타고 후쿠오카에 15시 25분 도착, 하카다 그랜드 호텔에서 살인을 하고 17시 40분에 후쿠오카를 출발, 미야자키, 오사카 경유로 하네다에 22시 20분 도착, 고속 1호선을 택시로 마구 달려 신도쿄 호텔로 직행, 프런트의 눈을 피해 방으로 잠입, 22시 55분에 체크아웃 했던 것이다.

이렇게 오전 8시 10분부터 22시 55분까지 계산하면 합계 11시간 30분? 아니…… 계산이 맞지 않는다!

여기까지 정리해 본 히라가는 새파랗게 질렸다. 하시모토는 오전 11시 24분에 시나가와의 신도쿄 호텔에 체크인 했기 때문에 오전 11시 24분에 도쿄의 호텔에 있었던 사람이 어떻게 같은 날 오전 10시 45분에 타이페이에 모습을 나타낼 수 있단 말인가?

후쿠오카에 들어오는 국제선이 있다는 것을 알아낸 것과 그것을 거슬러 오르는 데 열중한 나머지 원점인 도쿄의 시간을 까맣게 잊고 있었다.

하시모토의 공백은 오전 11시 45분부터 시작된다. 그 이후, 틀림없이 호텔에 있었는지 어쨌는지가 분명하지 않을 뿐, 그 이전은 분명하다.

2

'가만 있자.' 히라가는 나락을 향해 거꾸로 떨어져 가는 사람이 뭔가를 필사적으로 붙잡으려 하듯 생각의 실마리를 찾았다.

하시모토의 11시 24분 이전의 행동은 진짜로 분명했던가? 로열 호텔에서 프런트 야근자에게 말을 건 때가 그날 오전 7시, 아니 정확하게는 6시 40분경이었다 한다.

그로부터 그는 9시경에 로열 호텔에서 나와 도중에 식사를 하고, 오전 11시 24분에 시나가와의 신도쿄 호텔에 체크인 했다고 했다.

하시모토의 말에 따르면 '급한 일'이어서 밤 11시 가까이까지 객실에 틀어박혀 일을 한 것으로 되어 있다. 그런데 그런 급한 일이 있었다면 왜 더 일찍감치 체크인하지 않았을까? 그 증거로 그는 아침 7시 전에 서류를 가지러 자기 호텔에 나와서 프런트 야근자에게 모습을 확인시켰다. 그리고 9시경에 로열 호텔에서 나와…. 그러고 보니 7시 전부터 9시까지 그는 대체 무엇을 하고 있었는가? 샐러리맨이 아침 7시 전에 근무처에 나오는 일은 흔하지 않다. 기획부니까 출근 시간이 보통 샐러리맨과 큰 차이가 없을 것이 아닌가.

 새벽잠을 설치고 마련한 귀중한 두 시간은 당연히 그 급한 일에 충당되어야 할 테니까, 신도쿄 호텔서의 체크인은 되도록 앞당겨져야만 했을 것이다. 아니면 아침나절은 조용하니까 자기 사무실에서 일을 했던 것일까? 누군가 그의 모습을 본 사람이 있는가? 9시에 로열 호텔에서 나와 식사를 했다고 했는데, 왜 자기 호텔에서 하지 않았을까? 식사야 호텔 음식이 더 훌륭할 터이고, 기획부장이 급한 일을 위해 일찍 나왔으니까 큰소리치고 먹을 수 있었을 텐데? 설사 무슨 사정이 있어 자기 호텔에서 먹기가 거북했다면, 신도쿄 호텔에 좀더 일찍 들어가 거기서 먹어도 될 일이다. 아침 9시경부터 만족한 식사를 제공해 주는 곳은 호텔밖에 없지 않은가. 그런데도 하시모토는 도중에서 먹었다고 했다. 그 도중이란 어딘가?

 그리고 도중에서 먹을 수도 있다고 치자. 그래도 그렇지, 로열 호텔에서 나온 때가 9시경이고, 신도쿄 호텔에 닿은 때가 11시 24분이다. 로열 호텔이 있는 히라가쵸에서 신도쿄 호텔이 있는 시나가와까지는 자동차로 기껏해야 이십 분의 거리이다. 그런데 그는 두 시간 이상이나 어딘가 도중에서 아침밥을 먹고 있었던 셈이다.

 이것은 급한 일을 처리하기 위해 오전 7시 전에 일찍 출근하여 열한 시간 반이나 호텔 객실에 들어앉아 일을 한 사람으로선 너무 한가로운 행동이다.

 맞았어! 그러고 보니 7시 전에 로열 호텔의 프런트 야근자에게 말을 걸고부터 시나가와의 신도쿄 호텔에 체크인 할 때까지의 네 시간 반 동안의 행동은, 모조리 하시모토의 말만 들었지 제삼자에 의해 확인된 사실이 아니다. 말하자면 이 네 시간 반은 그가 어디서 무엇을 했는지 전혀 모르는 시간인 셈이다.

가세이 항공 동남아시아선

Effective October 1st

	CX	042 C8	086 C8	060 C8	574 C8	090 C8	032 C8	040 C8	060 C8	052 C8	572 C8	022 C8	098 C8	042 C8	086 C8	066 C8	570 C8	090 C8	062 C8
		Friday																Wednesday	
		✈	✈	⋈	✈	⋈	✈	✈	⋈	✈	✈	⋈	⋈	✈	✈	✈	✈	⋈	✈
SINGAPORE ◆ dep					0830						0830						0830		
CALCUTTA ◆ dep					→		1620				→						→		
KUALA LUMPUR ◆ arr					0915														
dep					0940														
SAIGON ◆ arr											1000								
dep							1955				1035				1050				
PNOM-PENH ◆ arr																1053			
dep							2030									1110			
BANGKOK arr																			
dep																			
SAIGON ◆ arr				0950					0950										
dep																			
KOTA KINABALU dep																			
MANILA arr							1625												
dep							1805												
HONG KONG arr		0800		1210	1330		2355	0000	1210	1315	1400	1545	1350	0800		1420	1215	1510	1735
HONG KONG dep		0915	1130		1515			→		1430	1515	1700	1525	0915	1045		1515	1650	→
TAIPEI arr		0950	1245		1630					1505	1630	1735	1600	0950	1200		1630		
dep			1320		1705						1705	1940	1740		1235		1705		
OKINAWA arr																			
FUKUOKA (B) ◆ arr			1610												1525				
dep			1645												1600				
OSAKA (B) ◆ arr					2010						2010						2010		
dep					2040						2040						2040		
NAGOYA (B) ◆ arr			1755												1710				
dep																			
TOKYO (B) ◆ arr		1320			2140			1150		1835	2140			1320			2140		2100
dep		1355												1355					
SEOUL arr		1615												1615					

일본항공 동남아시아선

Effective October 1st

	751 C8	741 C8	725 D8	701 C8	711 D8	713 D8	905 D8	901 C8	971 D8	951 C8	721 C8 ⑥⑦
TOKYO, International — dep	✈ 06 55	✈ 08 00	✈ 08 10	✈ 08 40	✈ 09 00	✈ 09 00	✈ 09 10	✈ 09 00	✈ ⋯	✈ 09 30	✈ 09 40
NAGOYA, Komaki { arr / dep	07 45 / 08 10										
OSAKA, Itami { arr / dep	→	08 55 / 09 25	→	09 35 / 10 05	→	→	→	09 55 / 10 35	⋯	→	10 35 / 11 05
FUKUOKA, Itazuke { arr / dep	09 25 / 09 55	→	→	→	→	→	→	11 30 / 12 30	13 00 / 13 50	→	→
PUSAN ⋯ arr											
SEOUL ⋯ arr											
OKINAWA, Naha Field { arr / dep	11 15 / 11 55	11 15 / 11 55	10 45 / ⋯	11 55 / 12 35	→	→	11 55	14 05		11 45	13 10 / 13 50
TAIPEI, International { arr / dep	13 20 / ⋯	→		14 00 / ⋯	12 30 / 13 20	12 30 / 13 20					14 10
HONG KONG Kai Tak { arr / dep		13 55 / ⋯			14 50 / 15 40	14 50 / 15 40					⑥⑦on②⑥
MANILA, International ⋯ arr / dep						17 55 / 18 40					F̄ Ȳ on
BANGKOK, Don Muang { arr / dep					18 10 / 19 05						⋯
KUALA LUMPUR, Subang { arr / dep					20 00	19 25					⋯
SINGAPORE, Paya Lebar { arr / dep											
DJAKARTA, Kemajoran ⋯ arr											

저번 수사에서는 공백의 기점을 신도쿄 호텔에 체크인을 한 11시 24분으로 잡고, 그 이후의 열한 시간 반의 분석에 온힘을 기울였기 때문에 하시모토의 11시 24분 이전의 행동에 대해서는 비교적 관대했다. 그러나 국제선 이용에 의한 '살인 당일치기 해외여행'이 가능하다고 증명된 지금, 그 행동——11시 24분 이전의——은 지금까지와는 비교도 안 되는 커다란 의미를 지니게 된다. 즉, 10월 1일 오전 6시 40분부터 11시 24분까지의 약 네 시간 반은 하시모토의 '제2의 공백'인 셈이다.

오전 11시 이후에 신도쿄 호텔에 체크인 할 바에야 구태여 7시 전의 이른 아침부터 근무처에 서류를 가지러 나올 필요는 없었을 게 아닌가.

무엇인가 있다. 이 네 시간 반이라는 '제2의 공백'에 뭔가가 있다.

그는 자기의 생각을 무라카와 경감에게 말하려고 아직도 본부에 남아 있는 경감의 책상 쪽으로 걸어갔다.

그 자리에서 수사 회의가 열렸다. 국제선이라는 새로운 발견은 신도쿄 호텔 오전 11시 24분 체크인이라는 흠이 있긴 하지만 모두의 흥미를 끌었다.

"하시모토가 로열 호텔에서 나온 때가 7시 전, 신도쿄 호텔에 닿은 때가 11시 24분, 숙박 카드에 기록된 글씨가 틀림없는 그의 글씨니까, 누구한테 대필시키지 않았다는 것은 명백해. 그렇지만 말이야, 히라가 형사가 발견한 타이페이 경유의 루트는 하시모토의 열한 시간 반의 공백에 가장 접근하는 가능성이야. 아침 시간의 불일치를 제외하고는 범인이 후쿠오카를 범행 장소로 택한 점, 피해자가 숨을 거두기 전에 현장에서 도주한 점, 동아 항공 365편의 체크인, 오사카에서 비행기를 바꿔 탄 일, 도쿄 도착시간 22시 20분, 22시 55분의 신도쿄 호텔의 체크아웃, 이 모든 점들을 한 가닥으로 잇고 있어.

 그리고 다들 특히 주의해야 될 건, 하시모토가 로열 호텔의 프런트에 모습을 보인 오전 6시 40분이라는 시간은 하네다발 오전 8시 10분의 일본항공 725편을 탈 수 있는 시간이란 점이야. 국제선의 체크인은 한 시간 전이지만, 확인 전화만 해 놓으면 다소 늦더라도 태워 주거든. 아침 고속도로는 한산하니까, 마구 달리면 안 될 것도 없지. 오전 6시 40분은 타이페이행 725편에 닿을 수 있는 시간이야."
"그렇지만 그래 가지고는……."
반박하려는 아라이 형사를 누르고 무라카와는 계속 말했다.
"알고 있어. 신도쿄 호텔에서의 일이 설명되지 않는다 그 말이지? 그건 그래. 지금 시점에선 설명되진 않아. 그렇지만 말이야, 난 하시모토가 뭔가 트릭을 썼다는 생각이 들어. 이 타이페이 경유 외엔 하시모토가 피해자를 해치울 수 있는 물리적 가능성이 없어. 이 트릭만 밝혀내면 놈의 알리바이는 무너지는 거야."
무라카와 경감의 말에 점점 박력이 가해졌다. 누구나 범인을 막다른 골목까지 몰아넣었음을 깨달았다.
"그렇지만 그렇게 간단히 패스포트나 비자를 받을 수 있을까요?"
고바야시 형사가 말했다.
"해외여행에 따르는 외화의 규제가 완화되고부터 아주 간단해졌어. 관광 여행이면 7백 달러까진 자동적으로 승인되고, 비자도 3개월 내지 6개월 이내의 관광 목적의 입국일 경우에는 상호 면제하고 있는 나라가 많아. 아무튼 우치다와 히라가는 하네다와 후쿠오카의 출입국 관리 사무소를 뒤져 봐 주게. 구와바다와 나이토는 일본항공과 갸세이 항공 쪽을 알아봐 주고, 고바야시는 외무부를 맡아 주게. 그리고 아라이와 야마다는 신도쿄 호텔을 한 번 더 철저히 훑어봐 주게.

나는 곧 타이페이 경찰에 연락해서 10월 1일에 하시모토 구니오의 출입국 기록이 있는지 알아보겠어. 자, 다들 막바지에 온 거야. 힘을 내라고!"

평온한 소시민의 가정에선 이제부터 잠자리에 들려고 하는 시간인데도, 수사본부는 환히 불이 켜진 가운데 갑자기 형사들의 움직임으로 부산해졌다.

3

탐문조사 결과, 10월 1일 일본항공 725편과 갸세이 항공 86편은 정시에 운항되었음이 밝혀졌다. 그리고 탑승객 명부에 하시모토 구니오의 본명이 기재되어 있었다. 동시에 하네다, 후쿠오카의 출입국 관리 사무소 출입국 기록 카드에 틀림없이 그가 10월 1일에 출입국한 기록이 남아 있었다. 그러나 그 글씨에는 분명히 일부러 가공한 흔적이 있어서 필적 감정이 어려웠다. 한편 타이페이 경찰서로부터도 국제 전화로 연락이 왔는데, 그가 그날 출입국한 사실이 확인되었다는 것이다.

모 여행 대리점을 통해 하네다——타이페이——후쿠오카의 항공권을 예약한 사실도 밝혀졌다. 하시모토는 국내선 항공권과는 다른 루트를 통해 예약했던 것이다.

검역을 위한 예방 접종은 하시모토가 갈 듯한 병원들을 뒤져 봤지만 확인되지 않았다.

때를 같이 하여 자유 중국 대사관으로부터 하시모토 구니오 명의로 5월 중순에 업무 목적의 비자 신청이 있었으며, 이것을 허가했다는 요지의 회답이 있었다. 여권 신청 등에 요구되는 호적 등본류는 제삼자라도 뗄 수 있으므로, 타인의 등본에 자기 사진을 붙여 신청하면 타인 명의로 여권을 받아, 그것으로 출입국할 수 있는데도, 하시모토는 당당히 자기 명의로 출입국 했다.

이것은 설마 여기까진 알지 못하겠지 하고 경찰을 얕잡아 보았기 때문인가? 아니면 관계 당국에 타인 명의로 자기 사진이 남으면, 다음에 본인이 해외로 나갈 때 곤란해진다는 배려 때문인가? 알 수 없는 일이긴 하나, 아마 그 양쪽 모두 때문일 것이다.

그런데 이상스럽게도 외무부에는 10월 1일부터 소급하여 6개월 이내에 하시모토 구니오 명의로 여권 발급을 신청한 일이 없었다.

"자식, 설마하니 여권 없이 나간 건 아니겠지." 아라이 형사가 중얼거렸다.

"무슨 소리야! 여권 없이 하네다에서 어떻게 나간단 말야. 출입국 기록 카드에 이름이 딱 올라 있었잖아?" 고바야시 형사가 반박했다.

"그건 그래. 정말 알다가도 모를 일이군."

수사관들은 고개를 갸웃거렸다.

여권은 국민이 외국 여행을 할 때 그 국민의 본국이 외국 관헌에 대해, 여권 소지자가 틀림없이 온당한 자기 나라 국민임을 증명하며, 해외여행 중 여권 소지자에 대한 편의 제공이나 필요한 보호를 요청할 수 있도록 발급하는 여행용 신분증명서다.

외국여행하려는 사람은 신청서나 호적 등·초본 등 필요 서류를 갖추어 외무부 장관에게 신청하여 여권을 발급받아야 함은 물론, 그 여권에 입국 심사관으로부터 출국 및 귀국의 증명도장을 받아야만 한다. 그렇지 않고서는 일본을 출입국할 수 없는 것이다.

일반 여권은 그 발행일로부터 6개월 이내에 출국하지 않을 때는 효력이 상실되므로, 하시모토의 여권 신청은 10월 1일부터 소급하여 6개월 이내에 이루어졌어야 할 텐데도 그 기록이 없었다.

그러나 출입국 기록 카드에 그의 이름이 남아 있다는 사실은 그가 유효한 여권을 소지하고 있었다는 증거가 된다. 뿐만 아니라 자유 중국 대사관으로부터 비자도 받았다. 비자는 여행 목적국인 중국의 해외 주재 기관인 일본 대사관이나 영사관에서 '이 사람은 온당한 일본인이니 의심하지 말고 입국시켜 달라'고 중국 정부에 추천함과 동시에, 그 여행자의 여권이 합법적이고 유효함을 증명하는 것이기도 하다. 또한 관리가 여권을 검사하고 여권에 서명하니, 비자를 얻었다는 사실은 유효한 여권이 있었다는 증명이 된다.

그런데도 하시모토 구니오는 10월 1일 이전 6개월에 걸쳐 여권 신청을 한 일이 없다. 수사관들은 귀신에 홀린 듯한 얼굴이 되었다. "가만 있자, 여권에는 복수 여권이란 게 있지, 아마." 무라카와 경감이 문득 눈을 떴다.

"복수 여권?"

우치다 형사는 들어본 적이 없는 말에 양미간을 모았다. 이 사건은 어찌 된 게 못 들어 본 말이 이렇게 많은가 싶었다.

"음, 여권에는 공용, 외교용, 일반용이 있는데, 일반용에는 한 번 외국에 갔다 오면 효력을 상실하는 1회 여행용과, 일정 기간 몇 번이라도 출입국할 수 있는 복수 여권이란 게 있었던 것 같아. 거기 그 육법전서 좀 이리 줘 봐."

무라카와 경감은 야마다 형사가 서류함 위에서 육법전서를 내려 주자 잠시 페이지를 들추더니 이윽고 눈에 밝은 빛을 띠며 말했다.

"음, 맞았어. 놈은 틀림없이 이걸 썼을 거야." 그는 어느 페이지의 한 군데를 가리켰다.

그것은 여권법, 제12조였다. 거기에는 이렇게 적혀 있었다.

"국내에서 여권 발급을 받고자 하는 자로서 외무부 장관이 지정하는 특정한 용무로 본국과 특정한 하나 또는 둘 이상의 외국을 수차 왕래할 필요가 있는 자는 외무부 장관이 그 필요를 인정한 때에 한해 수차 왕복용으로서 당해 여권의 발급을 받을 수 있다."

모두가 그것을 다 읽은 것을 확인한 다음, 무라카와의 손가락은 다시 다음 대목을 가리켰다.

"동법 제18조 제1항 제3호, 복수 여권의 명의인이 그 발행일로부터 2년을 경과한 날에 국내에 있는 경우에는 그 2년을 경과했을 때, 국외에 있는 경우에는 그 후 최초로 귀국했을 때, 그 효력을 상실한다."

"호오, 이런 게 있었구나."

모두의 입에서 한숨 같은 소리가 새어나왔다. 만약 하시모토가 복수 여권을 발급받았다면 발행일로부터 2년간 유효하니까 10월 1일 이전의 2년간에 신청되었을 가능성이 있다. 1회 여행용 여권이라고만 여기고 6개월간으로 좁혀 조사한 것은 실수였다.

"형사는 외국에 더 가 봐야겠군."

우치다 형사의 쓴웃음에 모두 동조했다.

"그런데 그 외무부 장관이 지정하는 특정한 용무라는 건 어떤 일일까요? 얼른 생각하기엔, 호텔 업무는 거기에 해당할 법도 합니다만."

이론파인 고바야시 형사가 말했다. 당연히 가져야 할 의문이었다. 만약 그 특정 용무에 호텔이 해당되지 않으면, 하시모토에게 복수 여권은 발급되지 않는다.

"그걸 지금부터 알아보자고."

무라카와 경감은 끄덕이고 수화기를 집어 들고 '외무부'라고 말했다.

교환을 통해 담당에게 연결된 경감은 이쪽 신분을 밝히고 질문했다. 경찰국 수사 1과란 말을 듣고 상대방이 신중히 대답하고 있는 모양이다. 모두들 마른 침을 삼키며 지켜보는 가운데 무라카와 경감은 메모를 계속했다.

"그럼 호텔 같은 것도 여기에 포함됩니까?" 조금 있다가 무라카와가 물었다. "바쁘신데 수고를 끼쳐서 죄송합니다." 기대했던 답을 얻은 듯, 경감은 인사말을 하고 전화를 끊었다.

"해당됩니까?" 우치다 형사가 기다렸다는 듯이 물었다.

"음." 무라카와는 점잖게 끄덕이고 말을 이었다.

"복수 여권의 발급 범위는 16 내지 17가지 경우가 있다는데 말이야, 그중에 '해외 경제 협력, 기술 협력을 행하는 회사의 직원'이라는 게 있군. 만약 그 호텔이 후진국 호텔 등에 대해 경영지도 같은 걸 하고 있다면 당연히 발급 대상이 된다는 거야."

"도쿄 로옐 호텔은 그런 걸 하고 있을까요?"

"그거야 당장 알 수 있지."

그 자리에서 로옐 호텔에 문의 전화를 걸었다. 그리하여 그 호텔이 타이페이의 '호텔 타이페이'와 업무 제휴를 맺고, 경영 지도를 하고 있다는 답을 얻었다. 동시에 외무부 이주국 여권과에 금년 2월, 하시모토 구니오 명의로 복수 여권이 신청되어 발급되었음이 확인되었다. 하시모토는 복수 여권을 갖고 있었다. 이것이 있으면 정기권을 갖고 있는 것이나 다름없다. 그 유효 기간 중에는 몇 번이라도 출입국할 수 있다. 그가 타이페이를 우회하는 알리바이 공작을 생각한 것도, 회사 일로 여러 번 타이페이를 왔다 갔다 하는 사이에 생각했을 것이다.

그가 가명을 쓰지 않은 까닭은 이미 본인 명의의 여권을 갖고 있었기 때문이다. 이제 나머지는 신도쿄 호텔에 체크인 한 오전 11시 24분이라는 시각뿐이다. 이것만 설명된다면 구속영장을 집행하는 데 충분한 '죄를 범했다는 것을 의심하기에 충분한 상당한 이유'를 소명(疏明)할 수 있다. 이 시각이 하시모토가 의지하고 서 있는 최후의 요새였다.

이 요새를 함락시키지 못하는 한, 하시모토는 전과 다름 없이 태평할 것이다. 오전 11시 24분에 도쿄의 호텔에 있었던 사람이 무슨 수로 같은 날 오전 10시 45분에 타이페이에 모습을 나타낼 수가 있었는가? 이에 대한 합리적인 설명을 못하는 한, 하시모토와 후쿠오카에서 죽은 아리사카 후유코를 결부시킬 수가 없다. 하네다──타이페이──후쿠오카에 있는 출입국 기록 카드의 증거가치도, 자기가 쓴 것이 아니라고 그가 부인하면 기껏해야 공문서 부실 기재나 여권 부정사용에 의한 출입국 관리령, 여권법 위반을 묻는 데 도움이 될 정도가 되고 말리라. 가뜩이나 출입국 기록 카드의 글씨는 '작위'를 가한 것이어서 필적 감정이 어려웠다.

이제 한 매듭만 풀면 된다. 그러나 그 한 매듭에 여태까지의 모든 문제가 걸려 있는 셈이다. 히라가는 입술이 타는 듯했다. 얇아진 캘린더에는 낱장이 몇 장 남아 있지 않았다.

불연속의 연속

1

 12월 27일, 히라가는 우치다 형사와 함께 하시모토 구니오의 근무처를 재차 방문했다. 넓은 앞뜰을 가로질러, 처음 와 보는 사람은 양다리가 굳어질 만큼 아주 호화로운 정면 현관에 들어서니, 거기에는 벌써 '마쓰가자리(松飾, 일본에서 정초에 현관／양옆을 장식하는 솔가지)'가 장식되어 있어, 그것만이 가까스로 이 호텔이 일본의 것임을 가르쳐 준다.

 프런트에서 면회를 부탁하자 기다릴 사이도 없이 하시모토가 그 빈틈없는 웃는 얼굴을 하고 나타났다. 그것은 승리를 나타내는 웃음이라고 볼 수도 있었다. 일전에 보내 준 안내장에 대한 감사와 갑작스럽게 방문해서 죄송하다는 인사를 한 다음, 우치다는 점잖게 질문을 시작했다.

 "결혼 준비를 하시느라고 여러 가지로 바쁘실 텐데, 좀 여쭈어 볼 일이 있어서 갑자기 또 폐를 끼치게 됐습니다."

 "뭡니까? 제가 아는 일이라면 뭐든지 말씀드리죠."

 "10월 1일 일인데, 저번에 말씀하시기를 하시모토 부장님은 오전 7시쯤 일단 이리로 출근했다가 신도쿄 호텔 쪽으로 갔다고 그러셨지요?"

"예, 그랬습니다만……."

하시모토는 담담하게 대답했다. 불안해하는 그림자는 보이지 않았다.

"출근하신 정확한 시간을 기억하고 계십니까?"

"글쎄요, 7시 전후가 아닌가 싶습니다만. 별달리 신경 쓸 이유가 없었으니까, 확실한 시간은 모르겠군요. 그게 무슨?"

"아니, 별로 대단한 일은 아닙니다. 이쪽 호텔에서는 몇 시경에 떠나셨습니까?"

"글쎄요." 하시모토는 약간 생각하는 듯하더니 말했다.

"비서가 나오기 전이었으니까, 아마 9시 이전이었을 거예요. 8시 50분쯤 됐을까요?"

"비서는 9시에 출근합니까?"

"그렇게 하기로 돼 있습니다만, 제가 좀 물러서 그런지 항상 늦는 편입니다. 그래서 곤란할 때가 더러 있지요."

"그 날은 비서를 만나지 않았습니까?"

"예, 별달리 용무도 없었으니까요."

"나가실 때, 누군가 회사 사람하고 만나지는 않았습니까?"

"기억이 잘 안 나는데요. 지하 일층의 중국 레스토랑 옆문으로 나갔거든요. 아무도 안 만난 것 같습니다. 그리로 나가면 뜰을 건너지 않고 곧바로 한길로 나갈 수 있지요."

"그럼, 한 가지만 더 여쭈어 보겠습니다. 오전 9시 조금 전에 여기서 나가셨다고 하면, 신도쿄 호텔에 닿은 11시 24분까지 약 두 시간 반쯤 되는데, 그 동안 어디 계셨지요?"

우치다 형사는 문제의 핵심으로 들어갔다. 히라가는 하시모토의

불연속의 연속 237

표정의 어떠한 미묘한 변화도 빠뜨리지 않으려고 온 신경을 눈에다 모았다. 그러나 하시모토는 여전히 고요한 미소를 띤 채 말했다.

"글쎄요, 요쓰야 역까지 산책삼아 걸어가, 배가 좀 고파 오기에 미쓰께 부근에서 모닝 서비스를 하고 있는 다방에 들어가 커피와 토스트를 들고, 그리고 신문을 읽고 나서 지하철을 타고 시나가와로 갔지요."

"그 다방 이름을 기억하고 계십니까?"

"뭔가 저에게 혐의가 걸려 있는 것 같군요. 대체 뭐지요?"

치켜뜬 눈은 여전히 상냥스러운 접객업자의 눈이었으나, 그 밑바닥엔 서슬이 시퍼런 칼날과 같은 빛이 있었다.

"아니, 아무것도 아닙니다. 그저 참고로 묻는 거니까 너무 그리 크게 생각하지 마십시오."

"그렇다면 좋아요. 그 일대에는 비슷비슷한 다방이 많은데다 다들 모닝 서비스를 하고 있기 때문에 잘 기억이 안 나는데요. 도쿄라는 곳은 정말이지 알다가도 모를 도시예요. 보통의 샐러리맨이 겨우 회사에 닿을 시간인데도 자리가 없을 만큼 붐비고 있었어요. 대체 어떤 인종일까요, 그런 친구들은?"

하시모토는 교묘하게 대답을 피했다. 동시에 그 말은, 그렇게 붐비고 있었으니까 다방에 가서 물어봐도 기억하고 있을 턱이 없다는 뜻을 지니고 있었다.

"급한 일을 처리해야 했을 텐데 11시가 넘어 호텔에 가셨다니 무척 한가롭게 시간을 보내셨군요?"

"아, 거기엔 그럴 만한 사정이 있었지요. 대체로 비즈니스호텔은 체크아웃 타임이라고 해서 전날 밤의 숙박객과 당일 손님이 들고 나는 시간을 낮 12시쯤으로 잡고 있어요. 그 이전에 가면

방이 비어 있지 않는 경우도 있고, 모닝 요금이라고 해서 추가로 돈을 더 내야 합니다. 신도쿄 호텔의 체크아웃 타임도 정오예요. 그래서 11시가 넘을 때까지 기다렸던 거지요."

일단은 이치에 맞는 말이었다. 호텔 사정에 어두운 우치다는 전문가로부터 이와 같은 설명을 듣자 그 이상 깊이 따지고 들 수 없었다. 히라가는 증오에 찬 눈을 하시모토에게 던지고 있었으나, 별달리 아무 말도 하지 않았다. 입을 열면 마음속의 증오가 형사라는 직업적 영역을 넘어 쏟아질 것만 같아 이를 악물고 참는 모양이었다.

우치다 형사는 질문을 거기에서 일단 끊었다.

"이거 정말, 갑자기 찾아 뵈어 무례한 질문을 해서 죄송합니다. 모레가 결혼식 날이죠? 여러 가지로 바쁘시겠어요."

"뭘요, 그렇지도 않습니다. 저는 내일도 일하고 있을 테니까, 또 뭔가 물어볼 말씀이 있으면 사양 마시고 찾아와 주세요."

하시모토의 태도에는 한 점의 빈틈도 없었다. 불안해하는 기색조차 느껴지지 않았다.

"어떻게 생각하나?" 돌아오는 길에 우치다 형사가 히라가에게 물었다.

"하시모토의 말은 앞뒤가 안 맞아요. 첫째, 하루 종일 사무실을 비우기로 돼 있는 간부고, 조금만 더 기다리면 출근할 비서를 만나 보지도 않고 나가 버린 것부터가 그래요. 간부가 하루 종일 자리를 비울 때는 아랫사람한테 자기가 없는 동안의 일이나 연락 사항을 어찌어찌 하라고 지시해 놓고 나가는 게 당연한 처사 아니겠어요. 9시 조금 전에 나갔다는 것은 7시 전에 로열 호텔에서 나간 걸 속이기 위한 거짓말입니다. 7시부터 11시 반까진 네 시간 반이나 되니, 다방의 모닝 서비스만으론 도저히 채

울 수 없거든요. 실제로 9시 조금 전에 나갔다면, 그땐 마침 아침 출근 시간이니까, 호텔 직원 중 누굴 만나도 만났을 거예요. 아무리 호텔이 불규칙적인 근무제를 실시하고 있더라도, 오전 9시라는 시간은 상당한 숫자의 직원이 담당 부서를 찾아 드는 시간이니까요.

그런데 하시모토가 호텔 내부 사람을 한 명도 만나지 않았다는 건 말이 되질 않아요.

다음으로, 급한 용무 때문에 7시도 되기 전에 서류를 가지러 와서 비서를 만나지도 않고 나간 사람이 다방에서 두 시간 가까이나 앉아 있다가 전차를 타고 어슬렁어슬렁 일 보러 갔다는 말도 납득이 안 가요. 조사하면 당장 알 일이지만 하시모토는 다방 같은 데 가질 않았어요.

셋째로, 호텔의 체크아웃 타임인가 하는 것 말인데요, 미리 모닝 요금을 주고 방을 잡아 두면 아무리 만원이라 하더라도 아침부터 입실할 수 있을 것 아닙니까? 설마하니 그 큰 호텔에 새벽같이 떠나는 손님이 한 사람도 없겠습니까? 명색이 대호텔의 기획부장인데다 사장의 사위가 될 사람이 급한 회사 일을 보려는 마당에 몇 푼 안 되는 모닝 요금을 아끼려고 체크아웃 타임까지 한가롭게 기다렸겠어요? 그건 아무래도 이해할 수가 없어요. 이건 분명히 거짓말이에요."

"내 생각도 그래." 우치다 형사는 크게 끄덕였다.

그러나 그것은 형사의 주관적인 생각일지도 모른다. 하시모토를 몰아붙이기 위해서는 객관적인 증명이 필요하다. 그래서 두 사람은 그 자리에서 반문하지 않았다.

그리고 그날 중으로 다음 세 가지 사실을 확인했다.

1. 10월 1일 오전 9시 정각에 하시모토의 비서는 사무실에 나왔

음.

2. 10월 1일 오전 중에 요쓰야 부근 일대의 다방을 하시모토와 유사한 인물이 이용한 흔적이 없음.

3. 9월 30일 밤, 신도쿄 호텔은 약 70퍼센트가량 객실이 찼으며, 특히 하시모토가 10월 1일 사용할 방과 같은 싱글은 여유가 있어 체크아웃 타임 이전에 도착하더라도 충분히 희망하는 대로 제공할 수 있었음.

2

한편 아라이와 야마다 두 형사는 신도쿄 호텔에 붙박혀 탐문을 계속하고 있었다.

당일 하시모토의 체크인을 접수한 프런트 직원을 비롯하여 조금이라도 하시모토와 접촉할 가능성을 가진 도어맨, 페이지 보이, 그리터, 룸 메이드, 룸 서비스 담당자, 캐셔 등을 모조리 다 만나 보았다.

그러나 하시모토의 체크아웃을 담당한 캐셔와 보이를 제외하고 그와 접촉한 사람은 나타나지 않았다.

두 형사는 다시 하시모토의 접수를 담당한 프런트 직원에게로 돌아갔다. 호시노라는 직원이었다.

"이거 몇 번이나 죄송합니다. 하시모토 씨가 접수했을 때의 상황을 한 번 더 말씀해 주시면 좋겠습니다. 아무리 작은 일이라도 빠뜨리지 마시고요." 아라이 형사가 말했다.

"이미 다 말씀드렸으니까, 새삼스럽게 얘기할 만한 건 따로 없어요."

직원은 지겨운 표정이었다. 호텔 맨은 일이 바쁘다. 특히 프런트는 말 그대로 호텔의 전선(前線)에 해당되는 곳으로서, 손님에게 그들이 희망하는 방을 판매하는, 이를테면 부채의 사북과 같이 가장 요긴한 부서이다. 그러니 형사들이 붙어 다니면 이만저만 거추장스럽지가 않다.

"선생은 로열 호텔의 하시모토 씨를 모르셨습니까?"

아라이는 아랑곳없이 물고 늘어졌다.

"저뿐이 아녜요. 저희 프런트에서 그 사람을 알고 있는 사람은 아무도 없어요. 로열이라 해봤자 우리하곤 아무 관계도 없으니까요."

호시노는 뿌리치듯 말했다. 그로서는 로열 호텔과 같은 일류 호텔의 기획부장의 얼굴을, 동업자이면서도 몰랐느냐고 힐난당한 것처럼 느꼈는지도 모른다.

"나이트매니저는요?"

"NM도 저쪽에서 말을 걸어 왔기에 겨우 생각이 났을 거예요."

이 호텔에서는 나이트매니저를 NM이라고 부르는 모양이다.

"그때 나이트매니저 외에 하시모토 씨를 아는 분은 없었습니까?"

"아마 없었을 거예요. 저는 낮 근무만 하니까 하시모토 씨가 체크아웃 했을 땐 프런트에 없었어요. 그러니 확실한 말은 할 수 없지만, 이튿날 아침, 그러니까 2일이죠, 출근했을 때 전날 밤 야근한 캐셔들이, 그렇게 젊은 사람이 로열 호텔의 기획부장이라니 뜻밖이라고 말하고 있었으니까요."

"선생의 10월 1일 근무 시간은 어떻게 돼 있었습니까?"

"오전 9시부터 오후 6시까지였어요. 저는 낮 근무 전문이어서 항상 같은 근무예요. 이미 말씀드렸잖아요."

직원은 '같은 말을 몇 번씩 묻고 있어. 돌대가리 형사군!'이라고 내뱉을 것만 같은 눈초리를 했다.

"미안합니다만 하시모토 씨가 도착할 때의 상황을 한 번 더 말씀해 주세요."

"또 해야 합니까?" 호시노는 이렇게 말했으나 체념한 표정으로 대답했다. "11시 넘어 하시모토 씨가 오셔서 '예약한 하시모토인데, 지금 방에 들어 갈 수 있느냐'고 물으시기에 예약부를 보니까 틀림없이 3일 전에 예약이 돼 있었어요. 그래서 체크아웃 타임은 정오지만 방도 여유가 있고 해서 드린 거예요."

"그때, 로열의 하시모토 씨인 줄 모르셨단 말이오?"

"네, 이것도 이미 말씀드렸습니다만, 예약부에도 숙박 카드에도 직업은 그저 회사원이라고만 적혀 있었으니까요. 처음부터 로열에서 왔다고 그러셨더라면 동업자로서 할인해 드렸을 텐데 말이에요."

"어느 정도 할인됩니까?"

"상대 호텔과 그 사람의 지위에 따라 다릅니다만, 하시모토 씨의 경우 같으면 50퍼센트는 틀림없지요."

"50퍼센트! 그렇게 많이 해 줘요?"

"상대가 상대니까요. 로열의 기획부장이라면 그 정도는 해 드려야지요."

호시노는 방금 '로열이 다 뭔데' 하고 어깨에 힘을 주었던 일을 잊어 먹은 모양이었다. 아라이 형사는 업계에서 로열 호텔의 지위를 알 만했다.

"그래, 선생은 로열의 기획부장인 줄 모르고 방으로 안내하셨단 말이지요?"

"그래요. 마침 그때 보이가 한 명도 없었는데, 하시모토 씨는 혼자서도 갈 수 있다면서 보이의 안내 없이 가셨어요."

"호, 보이 없이요? 그런 수도 있습니까?"

기다리면 곧 올 보이의 안내를 사양한 것은 의심스러웠다.

"단골손님이나 호텔에 익숙한 손님들 가운데는 혼자 가시는 분도 계시지요. 체크인 러시로 프런트가 혼잡할 땐, 그런 분들 덕분에 일하기가 훨씬 수월하지요."

"그땐 별로 혼잡하지 않았지요?"

"네, 때마침 보이가 자리에 없었던 거예요."

"만약 로열의 하시모토 씨인 줄 알았더라면 일반 손님 이상으로 신경을 쓰셨을까요?"

"손님을 구별하는 일은 있을 수 없지만, 역시 상대가 동업자라면 일반 손님보다는 신경을 쓰게 되지요. 그분의 호텔과 이것저것 비교되니까 말이에요."

"방이 5백 개나 있고 보면 한 사람이 체크인을 접수하는 숫자도 꽤 많겠네요?"

아라이 형사는 곁의 키 박스를 옆눈으로 보며 말했다.

"그거야 수월찮지요. 특히 저희 경우는 프런트의 인원이 모자라 한 사람이 하루 근무에 오륙십 건은 받아야 해요."

"그렇다면 손님 얼굴을 일일이 다 기억할 수는 없겠군요?"

아라이 형사는 펠리스 사이드 호텔에서 본 컨베이어 시스템과 같은 프런트의 체크인 풍경을 상기했다. 그때 보니 프런트 직원이 한 사람의 손님을 접하는 시간은 기껏 사오십 초에 불과한 듯했다. 그 짧은 시간에 손님은 저마다 방을 배당받고 안내되어 간다. 마치 손님이 컨베이어 벨트 위에 실린 짐짝 같았다.

"단골손님이나 무슨 큰 특징이 있는 분 같으면 별 문제지만, 자기가 체크인 시킨 손님을 모두 기억한다는 건 어렵지요."

"어떻습니까? 선생의 주의가 부족해서가 아니라, 상대가 하시모토라는 흔한 성이어서 보통 손님으로 체크인을 받았기 때문에 인상이 희미하다고 할 수는 없습니까?"

직원은 아차 하는 듯한 얼굴이 되었다. 아라이의 교묘한 유도 심문에 걸려들었구나 싶었으리라.

"하긴 그럴 수도 있지요."

호시노는 할 수 없이 인정했다. 아라이는 메모를 하고 있던 야마다와 몰래 눈을 마주치고 끄덕였다. 이것은 특히 중요한 일이다. 프런트 직원의 인상이 희미하다면, 그가 접수한 하시모토가 과연 본인인지 아닌지 단정할 수 없다. 지난 번 탐문수사에서도 호시노는 사진만 보고서는 동일 인물인지 아닌지 단정할 수 없다고 했다. 그때는 하시모토의 공백 시간 시작점을, 로열 호텔에서 나왔다고 여겨지는 오전 7시 전후로 치더라도, 또는 신도쿄 호텔에 체크인 한 오전 11시 24분으로 치더라도, 후쿠오카 왕복은 둘 다 불가능했기 때문에 깊이 따지지 않았다. 그러나 오전 7시에 출발하면 왕복이 가능하다는 사실이 증명되었으니, 이 직원의 한 마디가 저번과는 비교도 안 되게 중요했다.

이 직원의 하시모토에 대한 인상은 아주 희박했다. 아마 하시모토라는 흔해빠진 성을 가진 '컨베이어 벨트 위에 놓인 손님 가운데 한 사람'으로, 아무 관심 없이 사무적으로 처리했으리라.

그것이 하시모토가 노린 점이 아니었을까?

호시노의 애매한 증언에도 불구하고 하시모토에게 결정적으로 유리한 것은 숙박 카드에 남아 있는 그의 글씨이다. 오전 10시 45분에 타이페이에 있었던 그가, 그로부터 약 40분 후인 오전 11시 24분에 무슨 수로 시나가와의 신도쿄 호텔에 이 글씨를 남길 수 있었을까? 이 수수께끼가 풀리면 그의 알리바이는 드디어 무너진다.

그러자면 체크인 수속을 정밀히 분석해 볼 필요가 있다.

"체크인의 수속은 구체적으로 어떻게 하는 겁니까?"

지금까지 메모를 맡고 있던 야마다 형사가 아라이의 마음을 읽은 듯 때마침 좋은 질문을 했다.

"호텔에 따라 다소 차이는 있습니다만, 저희 호텔에선 손님이 프런트에 도착하시면 우선 예약을 하셨는지 확인하지요. 그리고 예약이 있으면 예약하신 대로 방을 드리고, 예약이 없는 손님에 대해서는 방에 여유가 없을 땐 사절하고, 여유가 있을 경우엔 그 자리에서 희망하시는 종류의 방을 여쭈어 보고 방을 배당해 드립니다. 이때 손님들께선 숙박 카드에 성함, 직업, 주소 등을 기입하시게 되는데, 기입이 끝난 손님에겐 룸 키와 숙박 확인서를 드리지요. 이렇게 프런트에서 하는 일이 끝나면, 보이가 손님을 방까지 안내해 드리지요. 대체로 이런 일련의 수속을 체크인이라고 부르고 있어요."

숙박 확인서는, 숙박객이 많아지면 직원이 일일이 손님 얼굴을 기억할 수 없게 되므로 외래객과 구별하기 위해 호텔 측이 숙박객들에게만 발행하는 일종의 증명서다. 이것이 없으면 숙박객이 외출 중——외출 시에는 룸 키를 프런트에 맡기게 되어 있다——손님을 가장한 사람에게 룸 키를 잘못 건네 줄 우려가 있다. 그리고 숙박객은 호텔 안에 있는 여러 영업장의 지불을 출발시에 계산하기로 되어 있는 관계로, 숙박객을 가장한 외래자가 공짜로 호텔을 마음껏 이용할 우려도 있다.

숙박객이라는 증명으로 룸 키가 있지만, 이것은 한 방에 한 개씩이어서 2인용 객실이나 3인용 객실에 든 손님의 일부와 외출 중인 손님은, 자기가 숙박객임을 증명할 길이 없는 셈이다. 그래서 이 확인서의 발행이 필요해진 것이다.

숙박객은 프런트에서 룸 키를 받을 때나, 식당, 바 같은 데서 출발시에 지불하기로 하고 음식을 먹을 때마다 이 숙박 확인서를 제시하기로 되어 있다.

"숙박 카드는 손님이 도착할 때 기입하는 겁니까?"

"원칙적으론 그렇게 돼 있어요."

"원칙적이라면 예외도 있습니까?"

"대리인이 손님 도착 전에 와서 대리 기입하는 수도 있어요."

"어째서 그런 일을 하지요?"

"운전수나 비서를 시켜 짐만 먼저 보내는 경우가 있지요. 그럴 땐 휴대품 보관소에 맡겨 두느니보다 이왕이면 예약해 놓은 방이 있으니, 대리인에게 숙박 카드에 대필시켜 체크인 한 것으로 하고, 짐만 방에 들여 놓지요."

"그럼 본인은 실제로 도착하지 않았지만 호텔 측에는 도착한 것으로 되어 있겠군요?"

"그렇지요, 그래도 그 때문에 무슨 문제가 일어나지는 않아요."

아라이 형사는 야마다와 교대하여 요점을 메모하면서 '그렇지만 하시모토의 경우는 본인 친필인데다, 본인이 먼저 도착하는——오전 7시 전후에——일은 있어도, 나중에 도착하는 일은 절대로 있을 수 없으니까 이 예외는 고려하지 않아도 된다'고 여겼다. 그러나 야마다 형사는 뭔가 딴 생각이 있는 듯, 그 점을 추급했다.

"그 경우, 대리인한테 숙박 확인서나 열쇠를 건네주지요?"

"그래요."

"대리인이 나중에 본인을 만나서 그 열쇠와 확인서를 건네주면 별 문제는 없겠지만, 본인을 만나지 못할 경우에는 어떻게 되는 겁니까?"

야마다는 아주 적절한 질문을 했다. 머리가 잘 돌아간다. 젊은 나이에 본국 수사 1과에 발탁될 만도 하다.

> ## 숙박확인서
>
> ### 신도쿄 호텔
>
> 성 명   하시모토 구니오
> 객실 번호   843 인원수 1
> 객실 요금   3,200
> 출 발 일   10/2
>
> 열쇠를 받으실 때에 이 슬립을 직원에게
> 제시해 주십시오

숙박 카드에 있는, 하시모토가 썼다는 글씨의 수수께끼는 잠시 보류한다 하고, 만약 공범자(대리인)가 있어 무슨 방법으로 하시모토 대신 체크인 수속을 했는데, 그 뒤에 하시모토와 접촉할 수 없었다고 가정한다. 그러면 하시모토는 살인을 마치고 후쿠오카에서 돌아왔을 때——어쩌면 그는 그때 처음으로 이 호텔에 도착했는지도 모른다——자기 룸 넘버도 모르고 확인서도 없으므로 자기 방에 들어갈 수 없게 된다. 그러니 일단 방에 들어가서 마치 하루 종일 틀어박혀 일하고 있다가 나오듯이, 짐을 챙겨 가지고 나와서 체크아웃 한다는 트릭도 쓸 수 없게 된다. 방에 들어가지 않고 체크아웃 할 수는 있지만, 자기 룸 넘버도 모르는 사람이 어떻게 자기 방 값을 치를 수 있는가?

야마다는 이 점을 주목한 것이다. 그러나 프런트 직원은 그게

무슨 문제냐는 듯이

"그럴 땐 대리인이 열쇠와 확인서를 키 박스에 두고 가지요."

"그러면, 나중에 명의인이 도착했을 때, 그 사람이 틀림없이 명의인 본인인지 아닌지 알 수가 없지 않습니까?"

확인서가 숙박 증명서라면, 외출했던 손님이 프런트에 맡긴 열쇠를 요구할 때에 제시해야 할 것이다. 그렇게 하지 않는다면 룸 넘버만 대고 누구든지 열쇠를 받을 수 있게 되니 위험하기 짝이 없다. 그리고 악의는 없더라도 손님 쪽에서 자기 룸 넘버를 잘못 기억하는 경우도 있을 것이다.

"그렇게 딱딱하게 생각하실 것 없어요. 손님 중에는 더러 확인서를 분실하거나 룸 넘버를 잊어버리는 분이 계시지요. 그런 경우에는 명함이나 신분증명서 같은 걸 보여 주시면 본인임을 알 수 있잖아요. 그럼 확인서를 재발행해 드리고 열쇠도 드리지요."

"룸 넘버를 잊어버렸을 때는요?"

"손님 성함이 게스트 리스트에 룸 넘버와 같이 기재되어 있으니까, 성함을 여쭈어서 룸 넘버를 가르쳐 드리지요."

"그럼 외출에서 돌아온 손님이 자기 룸 넘버를 묻고 열쇠를 받아 방에 들어갔다가 이내 체크아웃 하면 상당히 눈에 띄겠군요?"

야마다의 어조는 날카로워졌다. '대리인'이 있었다고 하면, 오전 8시 10분에 일본항공 725편을 탄 하시모토에겐 11시 24분에 체크인한 그와 접촉할 틈이 없었으니, 22시 20분, 역시 일본항공 330편으로 하네다에 도착한 하시모토는 신도쿄 호텔에 달려왔을 때 확인서도 안 가졌고 자기 룸 넘버도 몰랐을 것이다.

하시모토는 자기 방에 들어가기에 앞서 프런트와 접촉했다! 이

불연속의 연속

것은 지금까지, 비상계단 등 눈에 띄지 않는 곳을 통해 자기 방에 몰래 들어갔다고 생각한 수사진에겐 새로운 발견이었다. 그러나 호시노는 그건 댁의 사정이란 듯 말했다.

"꼭 그렇다곤 할 수 없지요. 보시다시피 저희 호텔의 프런트는 오백 개나 되는 객실의 손님들을 모셔야 하므로, 체크인을 담당하는 리셉션, 메시지나 안내를 맡는 인포메이션, 우편물을 취급하는 메일, 회계를 하는 캐셔 등의 분야로 나눠져 있는데, 열쇠 관리와 룸 넘버 조사는 인포메이션에서 전담하고 있어요. 그래서 각 분야에서 움직이는 손님은 거기만의 움직임으로서 동떨어져 보입니다. 더구나 이렇게 긴 카운터니까요. 저쪽 끝의 인포메이션에서 열쇠를 받은 손님이 곧장 이쪽 끝의 캐셔에게 체크아웃의 계산을 하시더라도 그 움직임은 연속되어 보이지 않으니까 별로 눈에 띄지 않겠지요."

호시노는 약간 재듯이 프런트의 카운터를 가리켰다. 로열 호텔이나 팰리스 사이드 호텔의 것에는 못 미치지만 꽤 긴 훌륭한 프런트 카운터이다. 키 박스를 향해 왼쪽 끝이 인포메니션, 이어서 메일, 리셉션의 순으로 배치되고, 그 오른쪽 끝은 캐셔와 환전소로 되어 있다. 길이는 20미터가량일까.

아닌 게 아니라 이래 가지곤 각 분야 담당자는 자기 눈앞의 손님을 응대하기에도 바빠서, 손님의 동작을 연속적으로 보기는 곤란하겠다. 그러나 하시모토가 인포메이션에 접촉했을 가능성은 강하다. 비록 호텔의 분업화에 의해 토막 난 동작이긴 할지라도 인포메이션 코너에 흔적이 남아 있을 것이다.

이것은 나중에 확인할 필요가 있다.

"하시모토 씨가 체크인 한 후에 외출을 했다면 열쇠는 키 박스에 남아 있었을 텐데 그건 모르셨어요?"

숙박 카드의 수수께끼가 풀리지 않는 한 모든 것이 가정이지만, 가정에다 가정을 겹쳐서, '대리인이 있었다→하시모토와 대리인은 접촉할 틈이 없었다→대리인은 열쇠를 프런트에 맡겼다→하시모토가 룸 키를 받을 기회는 프런트에서밖에 없다'고 보아야 하니, 하시모토의 열쇠와 확인서는 대리인이 체크인을 한——어떤 방법으로 했는지 지금 시점에선 분명하지 않다——뒤, 하시모토가 하네다에서 달려오기까지의 약 열한 시간 반의 공백 동안——정확하게는 대리인이 방에 짐을 갖다 놓는 시간이 강해진다——프런트의 키 박스에 보관되어 있었다는 결론이 나온다.

하시모토는 애초부터 방에 없었음이 틀림없는데, 그것을 프런트 직원에게 설명할 필요는 없었다.

"그것은 인포메이션 담당인데, 주간에는 키 체크를 하지 않아요. 그리고 방이 오백 개나 되고, 손님들이 끊임없이 들락날락하시니까, 어느 방에 손님이 계신지, 다시 말해 어느 키 박스에 키가 있는지 어디가 비었는지 일일이 기억하지 못해요."

호시노는 단언했다. 이것은 하시모토에겐 더욱 유리하다. 외부에서 연락이라도 받지 않는 한, 프런트는 키 박스에 일일이 주의를 하지 않는다. 그리고 객실에는 입실 금지 팻말을 내걸어 놓으면 종업원도 방문객도 절대로 들어오지 않는다. 따라서 투숙객이 들어 있는지 외출했는지 알 수 없게 되는 것이다.

'가만 있자.'

야마다는 조급해지는 생각을 억눌렀다. 손님들이 들락날락하는 동안 대리인이 프런트에 열쇠를 맡겼다는 단계가 있었는데, 그렇다면 프런트는 대리인을 접촉했을 게 아닌가.

야마다는 그것을 물었다.

"손님에게 키를 드릴 때는 일일이 손으로 집어 드립니다만, 나가실 때는 손님께서 손수 키 보관함을 이용하시지요."

프런트 직원은 야마다의 물음에 대해 프런트 카운터에 입을 벌리고 있는, 우편함 구멍 모양의 좁고 긴 키 보관함을 가리켰다. 두 형사가 시선을 돌렸을 때 마침 숙박객인 듯한 외국인이 우편함에 편지라도 넣듯 그 구멍 속에 열쇠를 던져 넣고 나갔다. 구멍 밑에는 바구니가 놓여 있는데, 거기에 열쇠가 적당히 모이면 인포메이션 직원이 열쇠 번호에 따라 각각 제자리에——키 박스에———갖다 놓기로 되어 있는 모양이었다.

직원이 일일이 받는 것과는 달라 많은 시간과 수고가 절약된다. 중규모이긴 하나 역시 여기도 객실 오백 개를 가진 '서비스 양산 공장'이었다.

이것으로 대리인이 인포메이션과 접촉하지 않고 하시모토를 위해 열쇠를 남길 수 있음을 알았다. 확인서는, 본인이라는 사실이 밝혀지면 열쇠를 받을 수 있으니까 없어도 된다. 대리인이 찢어 내버렸는지도 모른다. 그렇지, 찢어 내버리기 전에 그것을 사용하여 식당에서 밥을 먹었을 것이다.

"그럼 끝으로 한 가지만 더 물어봅시다. 체크아웃 수속은 어떻게 합니까?"

야마다 형사는 점점 신경이 곤두서는 듯한 직원의 안색을 살피면서 물고 늘어졌다.

"손님이 출발 의사를 밝히고 계산을 하게 되지요. 그래서 계산이 끝나고 키가 반환되면, 프런트에서는 체크아웃으로서 처리하고 방을 정돈한 다음 다른 손님에 대비하지요."

하시모토는 열쇠를 돌려주고 체크아웃 했을 것이니, 공항에서 달려와 룸 넘버를 모르고 체크아웃을 가장한다는 일은 불가능하다는 사실을 알 수 있었다.

"잘 알았습니다. 여러 가지로 감사합니다. 그런데 나이트매니저와 10월 1일 오후 10시부터 11시쯤에 걸쳐 인포메이션에서 근무한 분은 지금 계십니까?"

야마다 형사는 새로이 전개된 시야를 샅샅이 훑어보기 위해 호시노에 대한 질문을 일단 여기에서 마쳤다.

낮 근무와 야근의 교대 시간이 다가와 있었고 운이 좋았던 탓으로 나이트매니저와 인포메이션 직원을 곧바로 잇달아 만날 수 있었다.

먼저 만난 나이트매니저는 나이가 한 사십 되어 보이는 뚱뚱한 사나이로서, 아닌 게 아니라 '밤의 지배인'다운 사람이었다.

"바쁘신데 죄송합니다만."

야마다로부터 배턴을 물려받은 아라이 형사가 질문의 포문을 열었다. 과연 나이트매니저는 노련했다. 속으로는 꽤 귀찮게 느끼고 있을 텐데도, 조금 전 직원처럼 겉으로 나타내는 일은 없었다. 나이트매니저의 진술은 저번과 마찬가지여서 아무런 진전도 없었으나, 여기서 아라이는 재미있는 사실을 발견했다. 그것은 나이트매니저가 있는 서비스 데스크의 위치였다. 즉 데스크는 프런트 카운터 오른쪽 끝에 자리 잡은 캐셔의 약간 오른쪽 전방 로비 가운데 외로운 섬처럼 외따로 놓여 있는데, 이것은 카운터 왼쪽 끝으로 나 있는 정면 현관과는 반대편이라는 점이었다.

따라서 하시모토가 말을 걸었을 때, 나이트매니저가 서비스 데스크에 앉아 있었다고 하면, 하시모토는 떠나기 위해서는 정면 현관 쪽으로 향해야 하는데도 정면 현관에 등을 돌리고 있었다는 것이 된다. 물론 나이트매니저가 앉아있는 것을 보고 정면 현관 쪽으로 가다 말고 뒤돌아 섰다고 생각할 수도 있겠으나, 캐셔와 서비스 데스크 사이에는 아름드리 기둥이 두 개나 있어 서로의 모습은 볼 수 없다.

아라이는 이것을 나이트매니저에게서 확인했다.

"저는 분명히 여기 앉아 있었지요. 그때 저는 낮 근무자한테서 물려받은 인계부를 읽고 있었는데, 갑자기 그 사람이 말을 걸어와 깜짝 놀랐지 뭡니까?"

"그때 상대방이 로열 호텔의 하시모토 씨란 걸 당장 알았습니까?"

"웬걸요, 몰랐지요. 이리 옮기기 전에 들어 있던 모임에 얼굴을 한 번 내밀었을 때 명함을 교환했을 뿐이거든요. 전 거의 잊어버리고 있었는데 말을 걸어오니까 무안한 생각이 들더군요."

"그 모임엔 언제 나가셨어요?"

"그게 아마 작년 오월이죠. 로열 호텔이 갓 오픈해 가지고 한창 화제에 오르고 있었거든요."

"그럼 선생께선 거의 잊어버리고 있었는데, 저쪽에선 기억하고 있었단 말씀이죠?"

"그렇죠. 역시 젊은 나이에 출세하는 사람은 다른 법이죠."

"혹시 이쪽 호텔로 옮기실 때 하시모토 씨한테 인사장 같은 거라도 내셨습니까?"

"아니요, 그렇지만 업계지에 동업자나 관계자의 인사 소식이 소개되니까 알 수는 있죠."

나이트매니저의 답은 명쾌했다. 두 수사관은 이제 인포메이션으로 갔다. 그들은 거기서 커다란 수확을 얻었다. 인포메이션 직원 한 사람이 10월 1일 오후 11시경, 하시모토 구니오라는 손님이 확인서를 분실하고 룸 넘버도 잊어버렸다며, 자기의 정기 통근권을 보이고 열쇠를 받아 갔다고 증언한 것이다.

하시모토는 자기 방의 넘버도 몰랐다. 이것은 오전 11시 24분에 체크인 한 사람은 그가 아니라 대리인이었다는 사실을 뜻한다.

하시모토가 세운 마지막 요새의 일각이 무너졌다. 두 형사는 기뻐서 수사본부로 달려갔다. 12월 28일 밤이었다.

3

그날 밤에 수사 회의가 열렸다. 아라이와 야마다 두 형사가 가져 온 수확에 수사본부는 크게 술렁거렸다.

"10월 1일 오전 11시 24분에 하시모토는 신도쿄 호텔에 가지 않았어. 그 자신이 체크인 했다면 룸 넘버를 기억하고 있었을 거야. 그렇게 날카로운 사나이가 확인서를 분실하고 룸 넘버를 잊어버렸다고는 생각할 수 없어.

그밖에도 납득이 안 가는 점이 몇 가지 있어. 첫째, 신도쿄 호텔에 자기 신분을 고의로 숨긴 점이야. 아라이와 야마다가 조사해 온 바에 의하면, 하시모토의 경우 50퍼센트 정도의 동업자 할인 혜택을 받을 수 있었어. 체크아웃 타임 전의 모닝 요금을 아끼느라고 11시가 지나서야 체크인 한 하시모토가 당연한 혜택을 스스로 거부했다는 건 논리에 맞질 않아.

다음으로 나이트매니저에게 일부러 말을 걸었다는 점이야. 그날 밤 나이트매니저가 있었던 위치는 현관과는 정반대 방향이었어. 더욱이 그 둘은 과거에 단 한 번 인사를 나눴을 뿐이야. 즉 나이트매니저 쪽에선 하시모토의 얼굴도 잘 기억 못 하는 그런 정도의 관계였어. 그리고 캐셔와 서비스 데스크는 꽤 떨어져 있어.

동업자로서 인사하기 위해 일부러 뒤돌아 찾아간 거라면, 왜 처음부터 자기 신분을 밝히지 않았을까? 체크인 할 때는 애써 그 신분을 숨기듯이 한 자가 체크아웃 할 때는 '나 여기 있소'

하고 외치듯이 자기선전에 애를 썼어. 왜냐? 그건 도착할 때의 하시모토와 출발할 때의 하시모토가 각기 다른 인물이었기 때문이야. 즉 체크인은 공범이 했던 거야. 그래서 하시모토는 나갈 때에 누군가 제삼자한테 자기 존재를 꼭 인식시켜야만 했던 거야. 그래야만 자기 공백 시간에 마침표를 찍을 수 있거든."

무라카와 경감은 회의 주재자로서 아라이, 야마다 두 형사의 탐문조사 결과를 설명했다.

이어 고바야시 형사가 입을 열었다.

"하시모토가 신도쿄 호텔을 이용한 데도 특별한 의미가 있는 것 같아요. 첫째, 신도쿄 호텔의 위치인데요. 이 호텔은 로열 호텔과 하네다 공항을 연결하는 길의 꼭 중간에 있어요. 그러니 하시모토가 하네다로 가거나 공범을 쓰거나 하는 데 여러 모로 편리했으리라 여겨져요. 특히 하네다에 돌아왔을 때, 조금이라도 하네다에 가까운 호텔 쪽이 바람직할 것은 말할 필요도 없지요. 공백 시간이 짧아질수록 자기 안전이 굳어지는 셈이니까요.

그리고 신도쿄 호텔이 오픈한 지 얼마 되지 않아, 프런트 관계자 중엔 나이트매니저밖에 하시모토를 아는 자가 없었다는 점에도 큰 의미가 있어요. 자기 얼굴을 아는 자가 있어도 곤란하지만, 그렇다고 한 사람도 없으면 더 곤란하다는 게 그의 입장이었으니까요. 그 한 사람은 자기의 공백 시간을 끝맺어 줄 중요한 사람이니까요. 그러면서도 그 귀중한 한 사람이 호텔에 공범자가 도착하는 오전 11시 이후에 있어서는 안 되고, 그리고 오후 10시경부터 11시경에 걸쳐서는 아침과는 반대로 꼭 있어 줘야만 되지요. 그뿐 아니라, 호텔은 한 사람 한 사람 손님의 출입이 그다지 눈에 띄지 않는 객실이 사오백 개 이상인 큰 호텔이어야만 하고요. 이러한 여러 가지 어려운 조건을 동시에 충족시켜 주는 호텔을, 그는 눈에 불을 켜고 찾았겠지요. 그게 바로 신도쿄 호텔이었어요. 그는 틀림없이 나이트매니저가 없는 시간을 노려 몇 번이고 사전 답사를 했을 거예요."
"하시모토의 혐의는 이제 움직이질 않아. 나머지는 어떻게 그가 오전 11시 24분이라는 시각이 찍힌 숙박 카드에 자필로 기입을 할 수 있었느냐 하는 점뿐이야. 어때, 다들? 아무리 엉뚱한 생각이라도 좋으니까, 이를 가능케 하는 방법을 쭉 말해 보라고. 말하는 도중 비판은 하지 말고, 우선 생각나는 대로 방법만 열거하고, 방법이 다 나오고 나면 하나하나 검토해 보자고."
무라카와 경감이 제안했다.
"신도쿄 호텔의 프런트가 공범으로서, 오전 7시경에 체크인 한 하시모토의 숙박 카드를 11시 24분까지 기다렸다가 그 시각을 찍은 경우." 먼저 야마다 형사가 말했다.
"잠깐만, 칠판에다 내가 적지."
우치다 형사가 본부실에 비치되어 있는 자그만 칠판에다, 야마다의 아이디어를 쓰고 1이라고 번호를 붙였다.
"2. 호텔의 타임 리코더가 고장 나 있었던 경우." 구와바다 형사가 이어 말했다. 얼마 후에 칠판 가득히 다음과 같은 가능성이 쭉 씌어졌다.

3. 본인이 미리 숙박 카드에 기입해 놓고, 나중에 공범자에게 그 카드를 주어 체크인시킨다.
4. 공범자에게 본인의 필적을 연습시켜 본인 글씨와 같도록 쓰게 한다.
5. 다른 날——10월 1일 이전——오전 11시 24분에 체크인 하여 그 시각이 찍힌 숙박 카드를 무슨 방법으로 떼어 내어 날

짜만 조작하여 사용한다.

6. 감정이 잘못된 것이지, 실은 본인 필적이 아니었다.

"자, 또 없어? 누구 없어? 있으면 말하라고."

우치다는 칠판의 여백이 이미 없는데도 공판장의 경매인 같은 소리를 내어 아이디어를 모집했다. 아이디어가 거의 나온 듯하자 하나씩 검토하기 시작했다.

먼저, 지금까지의 수사 결과 신도쿄 호텔과 하시모토 사이에는 어떠한 연관도 없었다는 점으로 하여 1이 지워졌다. 이어 타임 리코더는 아직 한 번도 고장 난 적이 없음이 확인되어 2가 제외되었다.

다음으로 글자 수가 적으면 또 몰라도 상당한 수의 글자를 똑같이 닮게 쓰거나, 감정을 잘못 내린다는 것은 일반적 경험에 비추어 볼 때 있을 수 없다 하여 4와 6이 제외되었다. 그리고 다른 날 체크인하는 일은 가능하지만, 그때의 숙박 카드를 어떻게 떼어 내어 그 날짜를 표가 안 나게 고친 다음, 다시 프런트의 파일에 몰래 끼워 넣을 수 있는지 그 방법이 증명되지 않는 한, 5도 인정될 수 없다는 결론이 내려졌다.

결국 마지막에 남은 의견은 히라가가 발안한 3뿐이었다.

"숙박 카드의 기입은 손님 도착시에 하는 것이 원칙이라고 하지만, 야마다 형사가 신도쿄 호텔에서 듣고 온 바에 의하면 대리인이 본인보다 먼저 도착하여 대리 기입하는 예외도 있다고 해요. 그런데 이 예외는 그 반대의 경우도 생각할 수 있어요. 즉 본인이 카드를 먼저 기입해 갖고 있다가 나중에 그것을 공범에게 대리 제출하게 하는 경우이지요."

히라가는 발안자로서 자기 생각의 내용을 설명했다. 냉정한 어조이지만 어딘가에 알리바이의 돌파구가 있음을 믿는 사람의 정열이 느껴졌다.

"가만 있어 봐. 대리인을 사용하는 건 자기가 그 시간에 갈 수 없기 때문 아냐? 본인이 호텔에 가서 숙박 카드에 기입했는데, 왜 그 자리에서 프런트에 제출하지 않는 거지? 일부러 대리인을 시켜 나중에 제출할 필요가 있을까? 그런 짓을 하면 의심을 사서 오히려 프런트에 인상만 깊게 할 텐데 말이야." 무라카와가 말했다.

"호텔에 가서, 아니 정확하게 말하면 프런트에 가서, 숙박 카드에 기입한다고만은 할 수 없지 않을까요. 딴 데서도 기입할 수 있을 것 아녜요? 예를 들어 호텔에 막 도착한 손님이 체크인을 하기 전에 식당에서 식사를 하고 있다고 칩시다. 그는 식사가 끝나는 대로 급히 가 볼 데가 있어요. 프런트까지 가는 일이 번거로워요. 그러나 연락처로서 호텔에 방을 잡아 놓고 싶어요. 이런 경우에는 보이라도 시켜 프런트에서 숙박 카드를 가져오게 하여 손님 본인이 식당에서 식사를 하며 기입해서 다시 보이를 시켜 프런트에 제출한다고 생각할 수도 있지 않아요? 예약이 돼 있으면 그렇게 해도 통하리라고 봐요."

"맞았어. 그런 수가 있었군……."

무라카와 경감의 눈이 갑자기 커졌다.

"그 보이 대신 공범을 쓰면, 본인이 숙박 카드에 기입하고부터 공범자에 의해 프런트에 제출될 때까지의 시간적 간격은 얼마든지 조작할 수 있다 그 말이지? 그렇다면 범인 또는 공범은 10월 1일 오전 11시 24분 이전에 프런트에서 숙박 카드를 받았다……. 그렇게 되는데."

"공범은 프런트에 도착하여 숙박 카드에 기입하는 체하면서 실은 하시모토가 미리 기입해 놓은 숙박 카드로 슬쩍 바꿔치기해 가지고 제출했던 거로군. 이거 이렇게 되면, 호시노라는 그 프런트 담당한테, 하시모토라고 말한 인물이 틀림없이 직접 기입했는지 한 번 더 확인해 볼 필요가 있는데요."

우치다 형사가 눈에 뜨거운 빛을 띠고 말했다. 빈약한 석유난로가 하나 있을 뿐인 본부실에 심상찮은 열기가 가득 찼다. 범인의 견고한 성벽이 지금 드디어 무너지려고 한다.

"다들 미안하지만 지금 당장 신도쿄 호텔로 좀 가 봐 주게. 호시노는 지금 없을 것 같은데, 집을 알면 밤중에라도 상관 말고 곧 좀 가보게. 그리고 사전에 줬을 가능성이 있는 숙박 카드는 말이야, 이건 좀 까다로운 문제인데, 프런트 직원이 그리 많지 않은 모양이니 모조리 만나보고, 10월 1일 그 시간 전에, 그렇지, 하네다 발 8시 10분 비행기를 탔으니까 7시 전후가 제일 수상해. 특히 그 시간대에 숙박 카드를 청구한 자가 있었는지 급하게 알아보게. 내일은 29일이야. 그놈을 세계 일주 여행 보낼 수는 없어. 다들 부탁하네."

무라카와 경감의 지시로 형사들은 사슬 풀린 사냥개처럼 뛰쳐나갔다. 그런데 히라가만이 도무지 일어서려고 하지 않았다. 다른 때 같으면 이런 경우 맨 먼저 움직일 그가 책상 위에 놓인 하시모토의 숙박 카드 복사본을 노려보고 있다.

그런 그의 태도가 마음에 걸린 듯, 고바야시 형사가 실내에 그대로 머물렀다.

"히라가, 그 카드가 뭐 어떻게 됐나?"

마찬가지로 이상하다고 느낀 무라카와 경감이 물었다.

"이 넘버 말이에요."

히라가는 숙박 카드의 오른쪽 위에 적혀 있는 '057924'라는 넘

| M/O | 신도쿄 호텔 | No. 057924 |

성 명	하시모토 구니오	인원		귀중품은 부디 사무실 금고에 맡겨 주십시오. 이밖의 경우의 분실, 도난 등에 대해서는 호텔 측에서 책임지지 않으니, 미리 양해해 주시기 바랍니다. 대단히 실례가 됩니다만 객실요금은 선금으로 부탁드립니다.
주소(자택)	가와사키 市 이쿠다 5681			
회 사 명				
직 업	회사원	연령		
출발예정일	10/2			
행 선 지				

객실 번호 843 객실 요금 3,200	도착 일시
비 고 직원 (인)	Oct. 1, 11. 24 a.m.
R/F. 타이피스트 (인)	
빌 (인)	1, 10. 55 p.m.

42. 4.2×50×600(成)

버를 가리켰다.

"뭐가 잘못됐나?"

"만약 이 넘버가 일련번호라면, 공범이 제출한 숙박 카드의 넘버와 10월 1일 오전 11시 24분 전후에 신도쿄 호텔에 도착한 다른 손님의 카드 넘버가 연속되어 있지 않겠어요?"

무라카와와 고바야시는 자기들도 모르게 '앗' 소리를 냈다. 옳은 말이다. 그럴 수밖에 없다. 사전에 프런트에서 얻어 놓았던 숙박 카드를 나중에 공범이 제출했다면 당연히 그 동안에 다른 손님이 체크인 했을 테니까 카드 넘버가 연속되지 않는다.

이것은 하시모토의 트릭을 밑바닥부터 뒤엎는 결정타가 될 것이다. 고바야시와 히라가는 마치 애인을 만나러 가는듯, 가슴을 두근거리며 얼어붙은 밤거리로 뛰쳐나갔다.

4

직원들이 교대제 근무를 하고 있어서 관계자를 한꺼번에 만날 수 없다는 불편은 있으나, 24시간 영업을 하는 호텔은 한밤중에라도 수사가 가능한 이점이 있었다.

이미 앞서 와 있는 동료 형사들과 분담하여 히라가는 프런트 야근 책임자에게 10월 1일 오전 11시 24분 전후에 체크인 한 손님의 숙박 카드를 보여 달라고 했다.

복사실이 밤에 업무를 보지 않아, 히라가는 원본을 호텔 측의 양해 아래 입수할 수 있었다.

한편 프런트 직원을 맡은 우치다 형사는 마침 야근을 하고 있는 직원 중에서 10월 1일 아침 근무를 한 직원을 찾아냈다. 그 직원은 10월 1일 오전 7시쯤에 하시모토의 사진과 흡사한 인물이 숙박 카드를 청구하기에 별 의심 없이 내어 주었다고 말했다. 중요한 사실이었다. 그 사나이야말로 하시모토 본인임에 틀림없다.

히라가가 추측한 대로, 숙박 카드는 되도록이면 프런트 직원 앞에서 기입하는 것이 바람직하지만, 단골이나 예약이 확실한 손님, 또는 신체장애 등 육체적인 조건으로 프런트까지 오는 일이 고통스러운 손님을 위해 프런트 이외의 장소에서 기입하는 것도 인정된다고 했다. 그 무렵, 하시모토를 접수한 호시노의 자택으로 급히 출동한 아라이와 야마다 두 형사는 호시노에게 '하시모토(공범?)한테 숙박 카드를 건네주었을 뿐, 그가 쓰는 모습을 지켜보지는 않았다'는 또 다른 사실을 확인하고 있었다.

동료들의 개가(凱歌)에 가까운 보고를 옆에서 들으며 히라가와 고바야시는 호텔에서 입수한 숙박 카드를 검토하고 있었다.
 카드를 시간 순서대로 놓아 보니 다음과 같이 되었다.

　10월 1일
　오전 11시 10분, 마쓰오카 고사쿠(주소 직업 생략)　057927
　오전 11시 20분, 사노 야스사부로　057928
　오전 11시 24분, 하시모토 구니오　057924
　오전 11시 25분, 다카하시 요코　057931
　오전 11시 26분, 쇼우베·펠릭스 부부　057930
　오전 11시 33분, 다니구치·가즈오 부부　057932
　오전 11시 41분, 에이드리언 위닝턴　057933
　오전 11시 42분, 다케모도 미사오　057929
　오전 11시 48분, 도키에다 기미사부로　057934
　오전 11시 54분, 후루가와·마사오 부부　057935
　오전 11시 58분, 조지 클래런스　057938
　오전 11시 59분, 오가와·유조 부부　057937
　12시 10분, 야마시다 도시오　057939

 입수한 카드는 열 두 장인데, 11시 24분에 도착한 하시모토의 카드는, 11시 20분에 도착한 사노 야스사부로와 11시 25분에 도착한 다카하시 요코의 사이에 삽입될 것이다.
 그런데 오전 11시 10분에 도착한 마쓰오카 고사쿠의 넘버(057927)보다 하시모토의 넘버(057924)가 둘(∼25, 26) 앞서 있다. 이것은 하시모토 본인이, 적어도 오전 11시 10분 이전에 숙박 카드를 받았음을 뜻한다. 바로 앞에 있는 사노와의 사이에 셋이나 번호가 빠져 있다.

승리감에 가슴이 부풀려고 하는 순간, 히라가는 이상한 것을 발견하고 고개를 갸웃거렸다. 하시모토 바로 뒤에 도착한 다카하시 요코의 넘버와 하시모토 바로 앞에 도착한 사노의 넘버 사이에 둘이나 결번이 있는 것이다. 그중 하나는 11시 26분에 도착한 펠릭스가 먼저 도착한 다카하시보다 넘버가 앞서는 것은 무슨 까닭인가?

좀더 주의해 보니 11시 42분에 도착한 다케모도 미사오의 넘버가 사노와 다카하시 사이에 있는 결번의 하나를 보충했는데, 다카하시보다 17분이나 나중에 도착한 다케모도의 넘버가 다카하시의 넘버보다 앞서는 것은 어찌 된 일인가? 다케모도와 그 뒤에 도착한 도키에다 사이에 번호가 넷 빠져 있다.

또 있다. 11시 50분에 도착한 후루가와·마사오 부부와 11시 58분에 도착한 조지 클래런스 사이에도 결번이 둘 있다.

이 의문에 대해 야근 책임자는 그게 무슨 문제냐는 듯이 대답했다.

"도착한 숙박카드 넘버가 꼭 일치할 수는 없지요. 늦게 써 내시는 분은 먼저 도착하여 앞선 넘버의 카드를 받으셨더라도 체크인 타임이 늦어질 게 아닙니까? 로비나 식당에 가서 쓰시는 분도 계시니까요. 각 넘버 간의 10분이나 20분의 차이는 조금도 이상할 게 없어요. 결번은 잘못 써서 카드를 파기하거나 할 때 당연히 생기는 것으로, 흔히 있는 일이에요."

이렇게 되면 하시모토와 마쓰오카 고사쿠 사이에 생긴 14분의 어긋남도 별로 문제가 안 되고, 하시모토와 사노 사이의 세 결번도 그다지 이상스러울 것이 없게 된다. 실제로 다케모도 미사오라는 손님은 17분이나 빨리 도착한 다카하시 요코보다 두 번호 앞서는 넘버를 갖고 있지 않은가.

하시모토의 숙박카드 넘버는 완전히 연속되어 있다고 할 수는 없지만, 전후의 상태로 미루어 웬만큼 연속되어 있다고 보아도 좋았다. 하시모토가 프런트에서 숙박 카드를 받은 때가 오전 7시 전후이니, 대리인, 공범이 체크인 한 11시 24분까지에는 실로 네 시간 반 가까운 간격이 있으므로 셋 정도의 번호 도약――사노와의 사이에――은 사실 의미가 없었다.

  도대체 이건 어떻게 해석하면 좋단 말인가? 히라가와 고바야시는 뭐가 뭔지 알 수 없게 되어 버렸다.

찬란한 마성

1

 시야에 희뿌연 빛을 느끼며 눈이 떠졌다. 어느 새 로비에 아침의 첫 햇살이 비껴들고 있었다. 로비의 소파에 죽치고 앉아 숙박카드와 눈씨름을 하고 있는 사이에 잠이 들어 버렸던 모양이다. 고바야시 형사도 옆 소파에 웅크리고서 아직 한밤중이다. 동료들은 이미 본부로 철수했는지 모습이 보이지 않았다.
 손목시계를 들여다보니 7시 전이었다. 시간이 일러서 아직 프런트 주변이나 로비에 사람 그림자는 보이지 않았다. 좀더 지나면 체크아웃 손님으로 부산해지리라.
 아침의 텅 빈 로비는 왠지 모르게 시들하여 황량한 사막처럼 느껴졌다. 잠깐 졸았을 뿐이어서 피로가 가시지 않아 머리가 띵했다. 히라가는 그 선잠 중에 꾼 꿈을 되새겼다.
 "히라가 씨, 그만둬요. 이 이상 그이를 뒤쫓지 말아요, 제발!"
 꿈속에서 호소한 사람은 후유코였다. 입술가에서 피가 흐르고, 머리카락이 얼굴 위에 흩어져 처참하기 이를 데 없는 형상이었는데, 그런 만큼 그 호소에는 절박감이 있었다.

그것은 하시모토에게 속아 독약을 마신 직후의, 죽음에 다다른 고통에 몸부림치면서 마지막 힘을 다해 하는 호소였다.

'어째서야? 놈은 너를 죽였는데도 말이야!'

후유코에게 대꾸해 주려고 하지만 입술이 마비되었는지 움직이질 않았다.

"부탁해요……. 지금…… 죽어 가는 사람으로서 하는…… 제 마지막 부탁을…… 들어 줘요, 제발……."

후유코는 가까스로 들리는, 그러나 귓속에서 또렷하게 울리는 소리로 말하자마자, 입과 코에서 엄청난 피를 쏟고 숨이 끊어졌다.

"후유코!"

소스라치게 놀라 그 곁으로 달려가려다가, 눈을 떴던 것이다. 후유코의 몸을 감싸고 있던 얼음 같은 흰 빛은 로비에 흘러드는 겨울 아침의 첫 햇빛이었다. 히라가는 몸이 온통 땀에 젖어 있었다.

방금 그 꿈은 후유코가 숨을 거두면서 마지막 남긴 뜻을 히라가의 잠에 실어 멀리 전해 온 것이리라.

'그만두란 말이냐, 이 수사를? ……너를 죽인 사내야, 그놈은. 내가 이 추적을 그만두더라도 누군가가 한다. 인간의 생명을 빼앗은 자는 법의 제재를 받아야만 해. 그리고 나는 경찰관인 동시에 인간이야. 너를 죽인 사내를 너를 사랑한 사내로서 나는 이 손으로 잡고 싶어. 아니, 갈기갈기 찢어 주고 싶어. 그러나 너는 그것을 바라지 않는다. 나는 어떡하면 좋으냐?'

히라가의 마음은 흔들렸다. 사랑하는 여자가 살해당한 것을 알게 된 사나이는 괴롭다. 그러나 그 여자에게서 범인의 추적을 제

지당한 사나이는 더욱더 괴롭다.

더군다나 그는 경찰관이다. 후유코는 그런 그에게 한 사나이로서의 노여움뿐만 아니라, 경찰관으로서의 수사도 억제해 달라고 호소했던 것이다.

그것은 잔혹한 요구였다. 이에 대해 히라가가 몸을 가누고 그 요구를 뿌리칠 수 있었던 이유는, 자기를 죽인 범인을 숨이 끊어질 때까지 감싸려고 한, 믿어지지 않는 여자의 사랑을 유린한 사나이에 대한, 인간으로서의 치열한 증오가 있었기 때문이다. 그것이 그의 마음속에서 사는 '두억시니'였다.

지금 히라가를 움직이는 심리는 애인의 복수도 아니요——복수는 애인의 유지를 어기는 일이다——형사의 의무도 아니다. 다같이 살 권리가 있는 인간을, 그리고 사내의 행복을 위해 어떠한 희생이라도 치르려고 한 애처롭고 어리석은, 그러나 그지없이 아름다운 여자의 정을 무참히 꺾어 버린 사내에 대한, 인간으로서의, 사나이로서의 노여움이다.

싸우기 위한 복수라면 후유코의 요구 앞에 멈출 수 있다. 그러나 이 노여움은 히라가가 경찰관을 그만두더라도, 인간임을, 사나이임을 그만두지 않는 한, 결코 가라앉힐 수 없는 감정이었다.

히라가는 점차 오가는 사람이 많아지는 프런트 주변으로 굳은 의지가 담긴 시선을 돌렸다. 마찬가지로 노여움에 치받힌 동료들의 모습이 아직도 그 근처에 있는 듯한 느낌이 들었기 때문이다.

2

프런트 캐셔 주변에 일찍 떠나는 손님들 모습이 슬슬 보이기 시작했다. 로비 여기저기에서도 일찍 일어난 외국 손님들이 신문을 펼쳐 들고 있다.

"야아, 한잠 잘 잤다."

고바야시 형사가 늘어지게 하품을 하면서 입가에 낀 침을 손등으로 훔쳤다. 그러나 히라가는 고바야시 쪽을 거들떠보지도 않고, 프런트의 어느 지점을 응시하고 있었다. 그의 초점이 모아지고 있는 곳은 체크인을 담당하는 리셉션 코너였다. 캐셔 코너의 혼잡함과는 대조적으로 이쪽은 마치 한밤중의 시장처럼 한산하다. 그도 그럴 것이, 이렇게 이른 아침에 도착하는 손님이 있을 리 없어, 출발을 담당하는 캐셔와는 한가한 시간대가 정반대이다.

거듭되는 호텔 수사로 그런 것쯤은 잘 알고 있을 히라가가 새삼스럽게 이상한 것을 보는 듯한 뜨거운 눈길을 한참 동안 그곳에 붙박고 있다.

"왜 그래? 뭐가 있어?"

고바야시 형사가 이윽고 히라가의 이상한 눈빛을 알아보았다.

"좀 마음에 걸리는 게 있어서요."

히라가는 프런트에서 받은 숙박 카드로 눈길을 돌렸다. 눈에 어린 열기는 여전히 그대로였다.

"고바야시 선배님, 저는 지금 하시모토가 왜 오전 11시 24분이라는 시간에 공범에게 체크인 하게 했는가 문득 생각해 봤어요."

숙박 카드에서 눈을 떼지 않고 히라가는 말했다.

"그거야 8시 10분발 일본항공 725편에서 우리의 눈을 따돌리기 위해서였겠지."

"그 점도 있겠죠. 그렇지만 말입니다, 그 이유만이라면 10시나 9시에 하게 해도 될 게 아닙니까? 일본항공과 갸세이의 타이페이 편 항공기 스케줄을 보면 일본항공 701편 하네다발 8시 40분, 타이페이 도착 11시 55분 비행기가 있어요. 이것 같으면 갸세이 86편 타이페이발 12시 35분의 후쿠오카행과 연결돼요. 하기야 이건 비행기를 바꿔 탈 줄 모르는 사람의 생각이고, 실제론 탈 수 없을 겁니다만…… 혹시 또 모르죠. 45분 사이에 탈 수 있을지도. 요컨대 이 701편이 하시모토에게 있어선 타이페이로 가는 '최종편'인 셈이지요.

 그렇다면 말이에요, 하시모토는 701편을 절대로 탈 수 없는 시간에 신도쿄 호텔에 체크인 하면 되니까, 701편이 출발하는 8시 40분부터 공항까지의 소요 시간과 탑승 절차의 소요 시간을 뺀 시간, 즉 늦어도 8시경에는 공범으로 하여금 호텔에 체크인 하게 해야 했을 거예요. 왜냐하면, 빨리 체크인 할수록 다방에서 시간을 보냈다는 따위의 옹색한 변명을 할 필요도 없고, 그리고 숙박 카드 넘버가 연속되지 않는 폭도 좁아져 보다 안전할 테니까요.

 그런데 하시모토는 굳이 11시 24분에 체크인 하게 하여 네 시간 반이라는 긴 공백을 만들었어요. 왜죠? 공범이 시간을 잘못 맞췄을까요? 아닐 거예요. 그 세심한 하시모토가 그런 멍청이 같은 공범을 택할 턱이 없어요. 지금까진 단순히 일본항공 725편에서 우리의 눈을 따돌리기 위해서라고만 여기고 있었는데 그게 아네요. 오전 11시 24분이라는 시간에는 그 시간이 아니면 안 되는 특별한 이유가 있을 겁니다."
"체크아웃 시간까지의 공백을 조금이라도 좁히고 싶었던 게 아닐까?"
"그렇다면 더 늦은 시간에 체크인 해도 됐을 게 아닙니까? 정오의 체크아웃 시간을 지나 체크인 하는 쪽이 프런트 측에 보다 자연스럽게 비치니까요. 그리고 공백 시간이 다소 좁아지거나 늘어나거나 간에 국제선 갈아타기라는 트릭이 간파되지 않는 한 알리바이는 무너지지 않아요. 그보다도 로열 호텔에 자기의 모습을 나타내는 시간——오전 7시 이전——과 자기로 가장한 공범이 신도쿄 호텔에 체크인 하는 시간과의 간격——제2의 공백——이 늘어나는 쪽이 그에겐 훨씬 더 위험해요. 그런데 그는 굳이 그 위험을 무릅쓰고 오전 11시 24분이라는 어중간한 시간을 택했어요. 왜죠?"
"그렇지, 그러고 보니 이상하군."
고바야시 형사는 팔짱을 끼었다.
"이걸 좀 보세요."
히라가는 호주머니에서 한 장의 리스트를 꺼냈다.
"이건 우리가 입수한 숙박 카드를 한 눈으로 볼 수 있게 한 장에 정리해 본 거예요."
"언제 또 이런 걸 만들었지?"
"새벽녘에 선배님이 주무시는 동안에 만들어 봤지요."
"부지런하군. 그런데?"
"이 리스트로 우선 알 수 있는 것은 하시모토가 마쓰오카보다 14분이나 나중에 도착했으면서도 마쓰오카보다 앞선 번호를 갖고 있다는 모순을 구제해 주는 것이, 다케모도의 17분이라는 격차예요.

즉 다케모도가 다카하시보다 앞선 넘버를 갖고 있지만, 도착 시간은 17분이나 뒤늦어 있다는 사실이 하시모토의 14분이라는 격차를 유별나지 않은 것으로 만들고 있어요.

그러나 잘 주의해 보면 다케모도의 넘버는 하시모토의 바로 앞에 도착한 사노와, 하시모토 다음에 도착한 펠릭스와의 사이에 끼이는 넘버예요.

그런데 말이에요, 여기서 상기해야 될 일이 몇 가지 있어요.

객실 번호	숙박 넘버	성명	도착 시간과 간격	
811	057927	마쓰오카	11. 10	
436	057928	사노	11. 20	셋 걸번
843	057924	하시모도	11. 24	
425	057931	다카하시	11. 25	
426	057930	펠릭스	11. 26	
627	057932	다니구치	11. 33	
921	057933	위닝턴	11. 41	
435	057929	다케모도	11. 42	
738	057934	도쿠에다	11. 48	
516	057935	후루가와	11. 54	
601	057938	클래런스	11. 58	
602	057937	오가와	11. 59	체크아웃 타임
439	057939	야마시다	12. 01	정오

그게 뭐냐면, 하시모토의 공범은 프런트 직원한테서 받은 숙박 카드에 기입하는 체하면서, 실은 하시모토 본인이 미리 기입해 놓은 카드를 프런트에 제출했어요. 그럼, 공범이 프런트 직원한테서 받은 카드는 어떻게 했을까요?"

"그럼 자네!"

고바야시는 이제야 히라가가 말하고자 하는 바를 깨달은 모양이다.

"맞았어요, 다케모도가 공범이에요. 다케모도는 자기가 받은 카드를 일부러 시간을 늦춰 제출함으로써 하시모토 명의로 된 숙박 카드 번호의 도약과 시간 격차를 은폐한 거예요. 아마 틀림없이 다케모도의 예약도 하시모토와 동시에 되었을 거예요. 보세요, 다케모도의 넘버를. 하시모토 자리에 옮기면 앞뒤가 딱 연결되잖아요.

그리고 하시모토의 체크인을 전후한 11시부터 정오에 걸친 시간대, 이게 또 예사 시간대가 아닌 듯해요. 먼저, 손님들의 도착 간격을 보면 하시모토, 다카하시 펠릭스가 1분 간격, 워닝턴과 다케모도가 1분 간격, 클래런스와 오가와가 1분 간격이에요. 이중 다카하시와 펠릭스, 그리고 클래런스와 오가와는 룸 넘버로 미루어 보면 동행 같아요.

　그런데 이밖의 손님들은 각각 4, 5분 이상의 간격이 있어요. 이건 체크아웃 타임 전의 시간대에는 비교적 도착 건수가 적음을 뜻하지 않겠어요? 이걸 보면 더 확실해져요."

히라가는 다른 메모를 한 장 호주머니에서 꺼냈다.

"이건 하시모토와 다케모도의 체크인이 없이, 다카하시와 펠릭스, 클래런스와 오가와가 각각 동행이라고 가정하고 만들어 본 손님들의 도착 시간 격차표예요. 이래 놓고 보면 꽤 간격이 있잖아요. 그런데 하시모토는 다카하시와 1분 간격, 다케모도는 워닝턴과 1분 간격으로 체크인 했어요. 이건 하시모토와 다케모도가, 이 경우 둘은 동일 인물입니다만, 프런트에 손님이 와 있을 때만을 노려 체크인 했음을 뜻하는 것 아니겠어요?

　특히 하시모토 명의로 된 숙박 카드를 제출했을 때는 프런트에 다카하시와 펠릭스 부부가 와 있었어요. 만약 그때 담당 직원이 둘밖에 없었다면, 직원의 눈길이 거기에 끼어든 하시모토라고 자처하는 다케모도에겐 그다지 안 갔겠지요. 이제 곧 하시모토의 체크인을 접수한 호시노라는 직원이 출근할 테니까, 그때 사정을 알 수 있을 거예요."

"그렇지만 말이야, 하시모토와 다케모도의 체크인 간격은 불과 18분밖에 안 되잖아. 두 사람이 동일 인물이라면 호시노라는 그 직원한테 당장 탄로 나지 않겠어?"

"이 두 장의 숙박 카드를 비교해 보세요. 접수 직원의 사인이 달라요. 다케모도는 아마 호시노가 프런트에서 자리를 뜨는 걸 기다리고 있었겠지요."

"으음, 다케모도를 접수한 직원도 조사해 볼 필요가 있는데, 이거. 그렇지만 말이야, 그렇더라도 이 넘버 쪽은 어떻게 해석하지? 하시모토는 오전 7시 전후에 숙박 카드를 받았어. 네 시간 반 동안에 단 세 개밖에 결번이 안 생겼다는 건 좀 이상하잖아?"

"네 시간 반 동안에 단 세 개의 결번밖에 안 생겼다는 건 확실히 이상하지요. 그러나 그건 아마추어의 생각이고, 전문가의 입장에서 본다면 이상할 것이 없을지도 몰라요."

"뭐라고? 아니 이 사람아, 이게 뭐 여인숙인가. 객실이 오백 개나 되는 대호텔이야. 네 시간 반 동안에 단 세 건밖에 체크인이 없다니 그럴 수가 있겠는가?"

"선배님, 이 호텔의 체크아웃 시간은 정오예요. 그전에 도착하면 모닝 요금을 물어야 해요. 그리고 오전 중에 도착하는 여행자는 별로 없는 법이에요. 실제로 저는 오늘 아침 6시 반부터 지금까지 약 두 시간 동안, 프런트의 리셉션 코너를 보고 있었는데, 그 동안에 도착한 손님은 한 사람도 없어요. 호텔의 오전은 어쩌면 손님이 없는 '진공 상태'일지도 몰라요."

"그렇지만 말이야, 이 숙박 카드만 봐도 11시부터 정오에 걸쳐 열두 건의 체크인이 있잖아?"

"바로 그 점이에요, 문제는. 이 도착 시간 간격을 보면 다소 불규칙적이긴 하지만 정오에 가까워질수록 밀도가 짙고, 11시에 가까워질수록 엷어져 있어요. 특히 11시 10분에 도착한 마쓰오카 씨 앞에는 누가 몇 시에 도착했는지 알 수 없으니 그 간격이 얼마나 되는지도 모르지요."

"으음, 문제가 있군. 11시 이전도 알아봐야 하는 건데."

"그래요. 11시 24분에 도착했으니까, 그 전후 30분의 시간대만 알아보면 된다고 여긴 게 아마추어의 생각이었어요. 다케모도한테 현혹당하지 않았더라면 좀더 일찍 알아차렸을 텐데."

"당장 알아보자고."

"그러지요, 이제 호시노 씨도 나왔을 테니까요."

히라가는 손목시계를 들여다보며 일어섰다.

체크아웃의 러시인 듯, 캐셔 앞에 출발객이 붐비고 있다. 호텔 머신의 금속음이 잠이 부족한 머리에 울린다. 이와는 대조적으로 리셉션은 조용하다 못해 쓸쓸하다.

오전 9시를 조금 지난 시간이다. 낮 근무자에게 업무 인계를 마친 야근자는 슬슬 담당 부서를 떠나려 하고 있었다. 낮 근무자 중에서 히라가는 호시노의 모습을 찾아냈다.

그는 저번 수사 때에 호시노를 만났다. 호시노는 또 나타난 형사의 모습에 거머리를 보는 듯한 눈을 했다. 어제저녁에 아라이, 야마다 두 형사한테 신물이 나도록 부대낀 데다 밤엔 잠자리 습격까지 당한 터여서, 형사라면 진절머리가 날 판인데, 또 뭐가 나타났으니 무리도 아니었다. 히라가는 쓴웃음을 지으면서 말했다.

"안녕하십니까? 오늘은 간단해요. 잠깐이면 돼요."

그는 이렇게 기선을 잡고 상대가 좋다 싫다 하기 전에 말을 이었다.

"체크아웃 타임 전에 도착하는 손님 수는 얼마나 되지요?"

"그날 그날 좀 차가 있지만……."

호시노는 할 수 없다는 듯이 대답하기 시작했다.

"저희 호텔은 비즈니스호텔이어서 손님들이 거의 저녁부터 밤에 걸쳐 도착하지요. 체크아웃 타임 전에 도착하시는 손님의 수는 얼마 되지 않아요."

"대강 얼마나 되지요?"

"대강 열 건에서 스무 건쯤 돼요. 그것도 거의 11시 넘어서지요."

"11시 넘어서라고요?"

두 형사는 이구동성으로 외쳤다. 두 형사의 갑작스런 반응에 호시노는 약간 놀란 듯 말했다.

"체크아웃 타임 전에 체크인 하면, 모닝 요금으로 규정 요금의 50퍼센트 내지 30퍼센트를 더 붙이기로 돼 있지만, 11시가 넘으면 그 요금을 서비스해 드리지요. 그래서 11시 전에 도착하신 손님은 대개 커피숍 같은 데서 기다리시지요. 단체 손님의 경우는 별도지만."

"단체가 도착하는 일도 있습니까?"

단체 손님이 도착하면 숙박 카드 넘버의 간격이 한꺼번에 벌어져 버린다.

"하긴 오전 중에 도착하는 일은 좀처럼 없지만요."

"단체의 숙박 카드는 어떻게 합니까?"

"단체 손님한테서는 숙박 카드를 받지 않고 전체의 리스트를 받고 있어요. 수많은 사람들로부터 일일이 숙박 카드를 받기가 번거롭고, 리스트만으로도 문제가 일어나지 않으니까요."

단체 손님이 숙박 카드 넘버에 영향을 끼치지 않음을 알았다. 오전 11시 이전에는 거의 체크인이 없다는 것도 밝혀졌다. 히라가와 고바야시는 하시모토가 11시 24분을 택한 치밀함을 알게 되었다. 그런데 10월 1일 오전 11시 이전에 체크인 한 손님은 실제로 몇 사람이었을까?

히라가는 손에 땀을 쥐는 듯한 기분으로 그 점을 물었다. 그 대답 여하에 따라 하시모토의 알리바이는 무너진다.

"잠깐만요, 지금 알아보지요."

호시노는 안으로 들어갔다가 이내 나오더니 대답했다.

"11시 이전의 체크인 중에서 일단 당일 도착이라고 볼 수 있는 건 다섯 건이군요."

두 사람 앞에 몇 장의 숙박 카드를 펴놓았다. 카드의 넘버와 도착 시간이 두 형사의 눈에 박히듯 날아 들어왔다.

히라가의 기대는 졸지에 실망으로 뒤바뀌었다. 숙박 카드 넘버 순서대로 치면 하시모토의 카드는 057923인 히라키 가즈오 뒤에 받은 셈인데, 히라키의 도착시간은 오전 8시 56분이다. 이것은 하시모토가 오전 8시 56분 이후에 이 호텔 프런트에 있었음을 뜻한다. 그렇다면 그는 8시 10분발 일본항공 725편──타이페이행──은 물론, 다음 편인 8시 40분발 701편도 탈 수 없었을 것이 아닌가.

호시노의 말에 의하면 하시모토라고 여겨지는 인물이 카드를 취득한 때는 오전 7시 전후다. 그런데 숙박 카드 넘버는 8시 56분 이후임을 엄연히 주장하고 있다. 도대체 이것을 어떻게 해석하나?

고바야시는 이제 지겹다는 표정을 감추지 않았다. 이 범인의 바리케이드는 끝도 한도 없다는 느낌이 든 것이리라.

그러나 공범의 도착은 오전 11시 24분에서 8시 56분으로 단축되었다. 두 시간만 더 단축되면 하시모토의 알리바이는 무너진다. 두 시간, 어디서 이 두 시간을 뺄 것인가? 히라가는 하시모토의 카드를 새삼스럽게 들여다보았다.

057924번의 카드를 오전 7시 전후에 취득하는 방법이 반드시 있었을 것이다. 반드시 있어야만 한다. 오전 7시쯤, 프런트에 와서 숙박 카드를 청구한 사람은 하시모토거나 그 공범이어야 한다. 전혀 무관한 딴 손님을 프런트 직원이 잘못 보았을 리는 만무하니까.

히라가는 다시 한 번 호시노를 불렀다. 호시노가 형사 이상으로 지겨워하고 있었음은 물론이다.

그러나 히라가는 아랑곳없이 10월 1일 오전 7시쯤, 하시모토 같은 인물에게 카드를 내어 준 직원이 아직 있는지 물었다. 행운은 히라가에게 있었다. 간밤에 야근이었으나 아직 안 돌아가고 있다는 대답이었다. 기다릴 사이도 없이 젊은 직원이 히라가 앞에 나타났다.

"번번이 미안합니다. 당신은 10월 1일 오전 7시쯤, 로열 호텔의 하시모토 씨 같은 사람한테 카드를 준 건 틀림없지요?"

"틀림없다니까요. 같은 말을 몇 번 묻습니까?"

손님 앞에서는 친절한 것이 몸에 배어 있을 직원이 우거지상을 지었다.

"그럼 묻겠는데요, 이 카드 넘버와 도착 시간을 봐요. 하시모토 씨는 히라키 가즈오 씨가 도착한 8시 56분 이후에 카드를 받아야 할 게 아녜요? 그런데 당신은 7시경에 줬다니, 도무지 앞뒤가 맞지 않아요. 어떻게 된 거예요, 이게?"

히라가는 따지듯이 말하고 직원 앞에 카드를 도착 시간순으로 쭉 놓았다. 그 직원은 눈빛이 달라졌다. 약간 흥미가 끌린 모양이다. 옆에 고바야시 형사가 시무룩해 가지고 서 있다. 히라가의 열의에 마지못해 끌려가고 있는 꼴이었다.

얼마 동안 카드를 노려보고 있던 직원이 고개를 치켜들었다.

"맞았어, 생각났어요. 이 사람 말이에요, 7시쯤에 와 가지고 여분으로 한 장 더 달라면서 카드를 석 장 청구했어요."
"석 장? ……아니, 혼자서 말이오?"
"2인실을 예약할 경우, 부부 외엔 따로따로 숙박 카드를 받으니까, 한 장쯤 여분을 청구하더라도 이상할 거 하나 없지요. 잘못 쓰는 수도 있으니까요."
"그렇지만 하시모토 씨 방은 싱글 아니었소?"
"그분이 예약한 방은 소파베드가 붙어 있으니까, 트윈으로 쓸 수도 있어요. 컨버터블 트윈이란 거죠."
호시노가 옆에서 거들었다.
"그렇지만 예약은 혼자였잖아요?"
"예약한 방이 컨버터블 싱글이면, 갑자기 두 분이 오시더라도 아무 상관없어요. 오히려 호텔 측으로선 그쪽이 더 고맙지요. 그리고 한 명 예약이 두 명으로 되거나 또는 그 반대 형태로 인원 변경을 하는 경우가 호텔에선 아주 흔해요."
역시 호시노가 옆에서 거들었다.
히라가는 지금까지의 말을 얼른 머릿속에서 정리해 보았다.
카드를 석 장 받아서 그중 넘버의 수가 큰 카드만 남기고 작은 수의 두 장은 프런트에 반환한다. 그렇게 하면, 반환한 카드의 넘버만큼, 11시 넘어서 대리로 체크인 하는 카드(석 장 중에서 남긴 한 장)와의 사이의 불연속 폭을 줄일 수 있다(반환한 두 장이 보충되니까). 그뿐 아니라 반환한 두 장을 사용함으로써 057924(남겨 둔 한 장)의 픽업 타임(취득 시간)을 작위적으로 늦출 수 있다. 즉 924는 반환한 두 장(922, 923)이 체크인 되고부터 925가 체크인 되기까지의 사이에 픽업된 것처럼 보인다(도표 참조). 실로 교묘하게 계산된 일거양득이다.
그러나 그러기 위해서는 두 장의 카드를 프런트에 반환하지 않

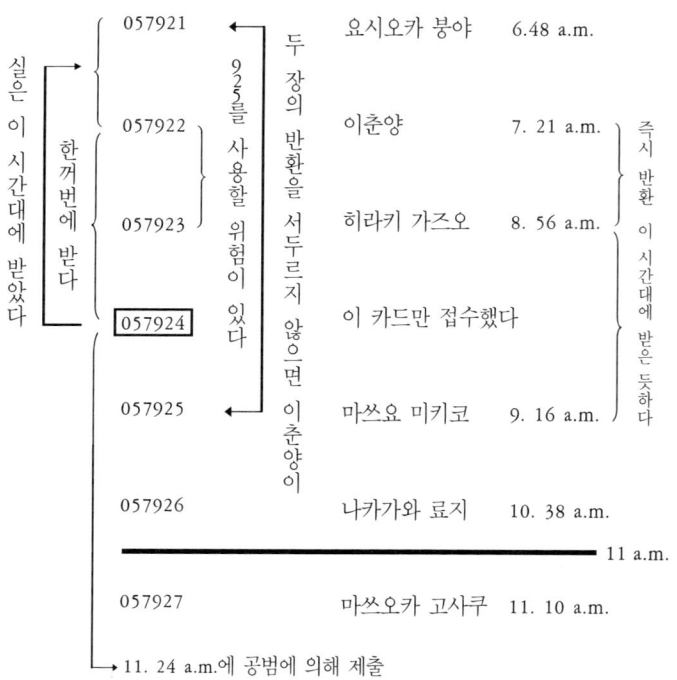

으면 안 된다. 그것도 되도록 빨리. 왜냐하면 922와 923이 반환되기 전에 다음 손님이(이 경우, 이춘양이 7시 21분) 925를 사용하여 921의 뒤를 잇게 되면, 하시모토의 924는 결국 요시오카가 도착한 6시 48분부터 이춘양이 도착한 7시 21분 사이에 취득되었다는 사실이 탄로나 버리기 때문이다. 히라가가 그 점에 관해 물었다.

 "그 자리에서 바로 받았어요. 달라는 대로 석 장 드렸더니 생각이 달라졌는지 두 장은 되돌려 줬어요."

 히라가는 범인을 증오하긴 하지만 그 수법의 치밀함에는 감탄하지 않을 수가 없었다. 그 자리에서 반환하면 925가 921과 924 사이에 끼어들 시간도 없을 뿐더러, 반환하지 않아도 무방한 것을 일부러 반환하러 가는 부자연스러움도 없어진다. 석 장을 일시 취득하여 두 장을 그 자리에서 반환하는 트릭이 풀리고 보면 가져간 한 장인 924가 반환한 두 장(922, 923)의 사용(이춘양과 히라키에 의해) 이전에 취득되었다는 사실도 자명해진다.

요시오카(921)와 이춘양(922)의 카드에 선명하게 찍힌 시간은, 하시모토의 카드가 오전 6시 48분부터 7시 21분 사이에 픽업되었음을 나타낸다.

그런데 하시모토는 이 카드를 11시 24분에 제출했다. 이것은 분명히 부자연스럽다. 왜 그랬을까?

"이밖에도 스무 건쯤 10월 1일에 도착한 것으로 되어 있는 손님이 계시지만, 모두 오전 2시경까지예요. 전날 밤 도착이 늦어져 매상 보고를 마감한 뒤에 체크한 분들이죠."

호시노가 히라가의 생각하는 얼굴을 달리 읽은 듯, 이런 군말을 덧붙였다. 원래는 그 전날 손님이지만 한밤중이 지나 체크인 했기 때문에 회계상 당일로 이월되었다는 것이리라. 형사는 '그런 손님'에겐 별 볼일이 없었다.

젊은 직원이 손목시계를 들여다보았다.

그에겐 더 물어볼 말이 없어 해방시켜 주고는 물었다.

"이 다케모도라는 손님을 접수한 사람은 누구죠?"

히라가는 다케모도의 숙박 카드를 가리키며 호시노를 쳐다봤다.

"다케모도 미사오, 11시 42분, 이분은 제 휴식시간에 체크인 하셨는데요. 이 사인은 오사와 씨 것이군요."

호시노가 자기에게도 이제 그만 물으라는 듯이 한 말을 히라가가 포착했다.

"휴식 시간은 정해져 있습니까?"

"예, 낮 근무자는 11시 반에서부터 한 시간이지요."

"11시 반!"

히라가는 비로소 하시모토가 택한 11시 24분의 정교한 의미를 알았다. 그는 이 시간을 택하기까지 신도쿄 호텔을 은밀히 철두철미하게 연구했으리라.

11시 전에 체크인 하면 도착 손님이 적으므로 앞 카드와의 시간적 간격이 너무 벌어져 버린다(수사의 눈은 당연히 문제의 카드 앞뒤에 쏠릴 것이다). 그렇다고 정오의 체크아웃 타임에 접근하면 도착 손님의 간격이 좁아, 7시 21분 이전에 받은 숙박 카드 넘버와의 불연속 폭이 커져 버린다.

하시모토는 몇 번이고 현지답사를 하여 7시부터 11시경까지가 도착 손님이 가장 적다는 통계치를 얻었으리라. 10월 1일 11시 24분의 체크인은 통계치에 의존한 하시모토의 도박이었다. 만일 이 통계치가 10월 1일에 한해 크게 어긋나면 숙박 카드의 트릭은 대번에 탄로 나고 만다.

그러나 하시모토는 통계치를 믿는 동시에, 수사진이 겹겹으로 둘러친 바리케이드를 돌파하고 여기까지 밀어닥치리라고 생각하지는 않았으리라.

만에 하나라도 밀어닥칠 경우에 대비하여 다케모도한테 '일인이역의 체크인'을 시켰다. 그 일인이역을 프런트 직원이 눈치 채지 못하게 하기 위해서도 11시 24분은 중요한 의미를 지니고 있었다. 즉, 11시 30분이 되면 호시노는 휴식 시간이라 프런트를 비우게 된다.

히라가는 새삼스럽게 지금 자기들이 상대하고 있는 범인이 지금까지 뒤쫓아 오던 흉포하고 냉혹한 것만이 장기인 범죄자와는 근본적으로 다르다는 사실을 깨달았다.

"그 오사와 씨라는 분, 지금 계시나요?"

입을 다문 히라가를 대신하여 고바야시가 물었다.

"B반이니까 10시에 나올 거예요. 곧 나오겠군요."

호시노는 손목시계를 들여다보았다. 자기도 이제 해방시켜 달라는 제스처임이 뻔했다. 그러나 아직 그를 '해방'시켜 줄 수 없었다.

"하시모토 씨가 도착했을 때 말입니다, 그때 마침 다카하시라와 펠릭스 부부도 도착한 것 아닙니까? 잘 좀 생각해 봐 주세요."

"그랬어요. 프랑스인 부부와 일본 여자 한 분의 일행이 도착했을 때 하시모토 씨도 도착하셨어요."

"세 사람들은 동행인이었단 말이지요?"

호시노는 끄덕였다.

"그러니까, 그 사람들이 프런트에 왔을 때, 하시모토 씨가 끼어들어 숙박 카드를 달라고 청구했군요?"

호시노는 계속 끄덕였다.

"그때 프런트에는 담당자가 몇 사람 있었습니까?"

"저하고 구라다라는 직원, 둘밖에 없었어요."

"하시모토 씨가 숙박 카드에 기입하는 걸 확인하진 못하셨겠군요?"

"미스터 펠릭스 일행을 접수하고 있었으니까요."

"하시모토 씨의 숙박 카드 기입이 무척 빠르다고 생각하진 않았어요?"

"그렇게 생각했어요. 그분의 도착 시간이 미스터 펠릭스 일행보다 빨리 찍힌 건 그 때문일 겁니다."

그제야 호시노를 해방시켜 준 두 형사는 이번엔 B반 근무로 출근한 오사와를 만났다. 그리고 다케모도가 하시모토의 사진과 닮긴 했으나 동일 인물인지 아닌지는 단정할 수 없다는 사실, 다케모도와 하시모토의 예약이 9월 28일 거의 같은 시간에 들어왔다는 사실을 확인했다. 이제 수사진에게는 이 다케모도 미사오라는 인물을 찾아내는 일만이 남게 되었다.

그런데 히라가는 여기서 또다시 대리 체크인을 한 11시 24분에 생각이 걸렸다. 아까는 정교한 시간이라고 여겼지만, 잘 생각해 보니까 도무지 이해가 안 가는 사실이 떠올랐다.

그것은 왜 하시모토는 9시 전후에 공범에게 대리 체크인을 하게 하지 않았느냐는 점이다.

9시 전후에 체크인을 하게 하면 통계치에 의해 숙박 카드 넘버가 연속될 가능성이 커진다. 실제로 10월 1일의 도착을 보면, 오전 9시경에 체크인하게 했더라면 숙박 카드 넘버는 완전히 연속된다. 그렇게 했더라면 다케모도 명의의 일인이역 체크인도 필요 없고, 요쓰야 미쓰께에서 식사를 할 필요도 없었다.

그런데도 하시모토는 '일거삼득'인 오전 9시쯤 대리 체크인을 시키지 않았다.

왜?

그러나 지금은 그 해명에 시간을 보내고 있을 틈이 없다. 하시모토의 알리바이 공작의 트릭을 깬 지금, 대리인 노릇을 한 다케모도 미사오라는 공범을 찾아내는 일이 앞서 해결할 문제였다.

12월 29일 정오가 가까웠다. 몇 시간 후면 도쿄 로열 호텔에서는 마에카와, 하시모토 양가(兩家)의 호화로운 결혼식이 시작된다.

3

다케모도 미사오라는 인물은, 숙박 카드에 적혀 있는 주소에 존재하지 않았다. 번지가 엉터리였다.

"어떨까요, 이만큼 간접 자료가 있으면 집어 넣어도 되지 않을까요?"

평소에는 신중파에 속하는 우치다 형사가 전에 없이 세게 나왔다. 그것은 수사관 전체의 심정이었다.

"영장을 집행 못 할 것도 없지. 하지만 말이야, 현 시점에서 체포의 필요성을 밝혀야하는 것은 출입국 기록 카드와 오전 7시 전후에 취득된 숙박 카드 넘버야. 그런데 출입국 기록 카드는 필적 감정이 어려워. 그리고 오전 7시 전후에 취득한 숙박 카드를 11시 넘어 제출한다고 해서 안 될 것도 없어. 그건 못마땅한 일이지만 죄가 되진 않아. 으음, 놈을 코너까지 몰아붙이긴 했는데 말이야, 이때 11시 24분에 체크인 수속을 한 자는 하시모토와는 별개의 인물이라는 마지막 펀치를 먹여야 하는데. 공이 울리면 닭 쫓던 뭐처럼 된단 말이야, 으음."

무라카와 경감은 분해서 앓는 소리를 냈다. 타임아웃의 공이 하시모토의 세계 일주 신혼여행 출발을 뜻함은 말할 필요도 없다.

피의자가 죄를 범했다고 의심하기에 충분한 상당한 이유가 있다고 인정할 때, 검찰관 또는 경감 이상의 지정 경찰관은 재판관에 대해 구속영장 발부를 청구하게 된다.

이때 범죄를 의심하기에 충분한 상당한 이유가 경찰관의 단순한 주관적 판단으로는 불충분하다. 그 특정 범죄의 혐의에 대해 재판관을 충분히 납득시킬 수 있는 합리적인 근거가 있어야 한다.

현재까지 수사본부가 수집한, 하시모토의 범죄를 의심하는 자료로는 다음과 같다.

1. 하네다, 타이페이, 후쿠오카의 각 출입국 관리 사무소의

출입국 기록 카드

  2. 196×년 2월 16일 발급된 복수 여권
  3. 196×년 5월, 자유 중국 대사관에서 받은 비자
  4. 신도쿄 호텔의 넘버 057924의 숙박 카드
  5. 10월 1일, 일본항공 725편, 갸세이 항공 86편, 동아항공 365편, 전일항공 420편, 일본항공 330편 각 승무원의 진술
  6. 하시모토의 B형 혈액형
  7. 신도쿄 호텔 나이트매니저, 종업원 및 미야자키 공항 레스토랑 웨이터의 진술
  8. 기타, 10월 1일의 도쿄 로열 호텔 및 신도쿄 호텔에 있어서의 상황 증거
  9. 기타 상황 증거(아리사카 후유코와의 관계를 고의로 숨긴 사실, 아사무시, 벱푸 등의 여관에 있는 숙박부, 호텔 맨으로서 호텔 사정에 밝다는 점, 마에카와의 사위가 됨에 있어 아리사카 후유코가 장해가 될 가능성이 충분히 고려된다는 점 등)
  10. 7월 22일에 알리바이가 없는 점 등

그런데 모두가 간접 증거여서 하시모토 구니오의 혐의를 확정하는 결정적 증거는 되지 못했다.

수사를 직접 담당한 경찰관이기 때문에 이만큼의 자료는 체포를 인정해야 할 충분한 자료로 보이지만, 이것이 재판관의 눈에 어떻게 비칠지는 의문이 아닐 수 없다.

특히 구주를 살해한 동기에 관해서는, 기업 경쟁과 출세욕이라는, 히라가가 지적한 지극히 막연한 동기가 수사본부의 추정으로서 존재할 뿐, 하시모토와 구주와의 사이엔 아직 아무런 구체적인 연관도 발견되지 않았다.

영장 청구권자인 무라카와 경감의 말에 힘이 없는 이유는 그 때문이었다.
 하긴 공문서 부실 기재 혐의 등에 의한 체포라는 경찰 특유의 묘수가 있긴 하지만, 여기까지 몰아붙이고서 그런 미적지근한 편법을 쓰다니 경찰관으로서의 자존심이 허락하지 않는다는 감정이 모두에게 있었다. 하시모토는 '살인 혐의'로써 체포하지 않으면 안 되었다. 그것은 히라가의 '고집'이기도 했다.
 지금 로프에 몸을 의지하고 타임아웃의 공을 기다리고 있는 상대를 KO시키려면 다케모도 미사오를 찾아내야 한다.
 시계는 이미 오후 4시를 지나고 있다. 로열 호텔에선 피로연이 진행되고 있으리라. 피로연이 끝나면 신랑 신부는 하네다 공항에서 세계 일주의 신혼여행을 떠나기로 되어 있다. 이제 시간이 없다.
 여기까지 놈을 몰아붙이고서도 체포하는 결정적인 증거를 갖고 있지 못하다니……. 수사본부에는 초조와 불안에 싸였다.
 '하시모토가 후유코를 죽인 이유는 공범인 후유코의 입을 막기 위해서였다. 숨이 끊어질 때까지 자기를 감싸 준 '안전한 공범'을 죽여서까지 그 입을 막은 그가 새로운 공범을 쓸까? 그럴 리가 없다! 절대로 없다!'
 초조의 바닥에서 히라가는 필사적으로 생각을 쫓았다.
 '하시모토의 항공기 스케줄 이용에 따른 알리바이 공작을 보더라도 놈의 조심성이 도처에 나타나 있다.
 예를 들면 후쿠오카에서 도쿄로 돌아올 때의 경우, 놈은 이다스케 공항발 17시 40분의 동아항공 365편을 타지 않고 북규슈 공항발 18시 55분의 전일항공 272편을 이용해도 상관없었다. 아니 오히려 더 좋았다. 272편의 오사카 도착시간은 20시 10분

찬란한 마성 287

이니까, 20시 30분 오사카발 일본항공 128편에 연결되므로, 21시 20분엔 하네다에 도착할 수 있었다. 이것은 미야자키로 돌아가는 것보다 실로 한 시간이나 빠른 도착이다. 뿐만 아니라 128편은 오사카 시발이니, 하시모토가 오사카에서 탄 후쿠오카 시발의 330편보다 흔적이 남을 우려가 없어 안전도가 높다. 그런데 그는 그러지 않았다. 이 경우는 우에마쓰 형사의 착안에 의해 발견됐지만, 수사본부의 눈을 속이기 위해서였다면 오히려 같은 이다스케 공항을 이용하기보다는 북규슈 공항을 이용하는 쪽이 안전하다.

그런데 그는 이다스케에서 피가 마르는 한 시간 연착의 희생을 치르고 미야자키까지 우회했다. 왜? 그것은 후쿠오카에서 5시 전후에 출발, 6시 55분발 전일항공 272편을 타려고 북규슈 공항으로 달려간다는 일이 꽤 위험스러웠기 때문이 아닌가. 자동차는 교통 상태나 우발사고 등 믿지 못할 요소를 많이 지니고 있다. 비행기도 기상 상태 등에 따라 좌우되긴 하지만, 그날 기상은 세심한 그가 사전 확인을 안 했을 리 없는 그대로 전국적인 쾌청이고, 더욱이 거리가 짧은 국내선의 경우는 연착해 보았자 별 게 아니다. 아무튼 미야자키 공항에선 한 시간이라는 대기 시간이 있으니까 바꿔 타기에 여유가 충분하다. 이 여유가 화가 되어 웨이터에게 얼굴을 보이고 말았지만, 여기서 특히 유의하지 않으면 안 될 점은, 이때는 이미 하시모토가 살인을 마친 뒤라는 점이다.

범행 전이라면 항공기 연착 등의 우발사고로 인해 그가 정밀히 짠 예정표에 오차가 생기더라도 중지해 버리면 그만이다. 그러나 이미 중지할 수 없다. 어떤 방법을 써서라도 알리바이를 만들어 내지 않으면 안 될 절박한 상황 속에서 하시모토는 도쿄

에 한 시간 연착이라는 커다란 희생을 치르면서까지 보다 안전한 방법을 택했던 것이다.'

히라가는 자기 추리를 동료들에게 말했다. 천천히 말하고 있을 여유가 없었다. 이제 시간이 없었다.

"그러니 하시모토는 공범을 썼을 리가 없어. 신도쿄 호텔의 대리인은 아무 사정도 모르고 놈한테 이용당한 사람이 아닐까?"

"무슨 소리야! 숙박 카드를 바꿔치기 하고, 직원의 교대 시간을 노려 두 번이나 체크인을 하고, 보이의 안내도 없이 방으로 들어갔는데도 이용당한 사람이야? 도저히 이용당한 사람으로선 할 수 없는 짓이야."

구와바다 형사가 내뱉듯이 말했다.

"만약 그 대리인이 호텔 맨이라면 어때? 그래도 못 하나?" 히라가의 말투도 거칠어졌다.

"호텔 맨? 놈은 다케모도라는 가명을 썼는데도 말이야?"

"가명이 뭘 어쨌다는 거야? 하시모토가 그런 명의로 예약해 놓았다면 의심할 것도 없었을 것 아냐? 호텔엔 별로 악의가 없더라도 딴 이름으로 드는 손님이 많다고 하더군. 여자하고 밀회할 땐 대개 다 그런댔어."

"그렇지만 다케모도는 남자인걸."

"어떻게 알아? 미사오라는 이름은 남자 이름으로도 여자 이름으로 통용되는 이름이야. 대리인한테 '살짝 좀 만날 여자가 있는데, 이 여자가 부끄럼이 많아서 곤란하니 당신이 대신 좀 체크인을 해 달라'고 하면 '잘 해 봐' 하고 쉽게 협력해 주지 않겠어? 어때, 안 들어 주겠나?"

"그거야 모르지. 상대에 따라 다르지. 그런 거 아냐?"

"그렇지. 그 상대가 누구냔 말이야."

"누구야? 친구야?"

"들어 봐. 하시모토는 6시 40분, 로열 호텔의 프런트에 모습을 확인시키고, 그 길로 곧장 신도쿄 호텔로 달려갔어. 아직 혼잡하지 않은 시간이니까 늦어도 7시쯤엔 호텔에 도착했을 거야. 이건 숙박 카드 넘버하고도 부합돼. 그는 거기서 카드에 기입하고 곧바로 하네다로 향했어요. 일본항공 725편 타이페이행은 8시 10분이고, 국제선의 체크인 타임은 출발 한 시간 전이니까요. 안전 제일주의를 신봉하는 하시모토니까 한 시간 전은 무리더라도 사오십 분 전엔 공항에 도착하고 싶었겠지요.

이렇게 따지고 보면 하시모토에겐 전혀 시간적 여유가 없었어요. 그렇다면 그는 언제 대리인을 만나 카드 바꿔치기나 대리 체크인에 관한 복잡한 지시를 할 수 있었을까요?"

그는 이야기 도중에 무라카와 경감과 우치다 형사도 그 자리에 있다는 사실을 깨달은 듯, 말씨를 바꾸었다.

마지막 일격만 가하면 완강하기 비할 데 없는 범인은 거꾸러진다. 바깥에는 세모의 바람이 찬데, 본부실 안에는 심상찮은 열기가 감돌았다.

"그래, 맞았어. 놈은 공범, 아니 대리인을 만날 틈이 없었어."

우치다가 정정한 대리인이라는 말은 히라가의 말을 받아들이기 시작한 증거였다.

"그러나 그가 대리인을 접촉하지 않는 한, 오전 11시 24분의 대리 체크인은 할 수 없어요. 대리인에게 한 지시는 전날 할 수도 있었겠지만, 넘버 057924의 숙박 카드를 요시오카 후미야라는 손님이 신도쿄 호텔에 체크인 한 오전 6시 48분 이전에 대리인에게 건네주는 일은 절대로 불가능해요. 6시 38분 이후 하시모토에겐 시간적 여유가 없었으니까요. 그리고 대리인을 일부러 그런 이른 시간에 불러냈다간 당장 의심을 사게 되지요. 그런데 여기에 단 한 가지 가능성이 있어요. 의심을 사지 않고 대리인을 불러낼 수 있고, 장시간에 걸쳐 지시를 할 수 있는 접촉의 가능성이 있어요."

전 수사관은 모든 신경을 귀에 집중시키고 히라가의 말을 듣고 있었다.

"그것은 로열 호텔──신도쿄 호텔──하네다 공항을 연결하는 차 안입니다. 그리고 대리인으로서 이른 아침부터 아무런 의심도 사지 않고 불러낼 수 있고, 더욱이 제삼자의 귀를 조심할 필요도 없이 얘기할 수 있는 인물은 그 자동차의 운전수뿐이에요. 다케모도 미사오는 하시모토를 공항으로 태우고 간 자동차의 운전수라고 저는 생각해요."

"운전수!" 모두의 입에서 감탄이 새어 나왔다.

"그것도 택시 운전수는 아녜요. 호텔 사정에 밝은 점으로 미루어, 하시모토의 전용차 운전수가 아닐까요? 키나 몸매, 얼굴이 하시모토와 닮은 로열 호텔의 운전수. 대리인은 그 운전수임에 틀림없어요." 말하고 있는 사이에 최초의 추리가 히라가의 내부에서 점차 확신으로 자라났다. 그것은 수사관 모두도 마찬가지였다.

무라카와 반의 형사들은 로열 호텔로 달려갔다.

신랑 신부를 하네다 공항으로 모시기 위해 대기하고 있는 하시모토의 전용차 운전수의 얼굴을 보았을 때, 형사들은 히라가의 추리가 옳다는 것을 알았다. 신장이나 몸매가 하시모토와 비슷하고, 표정은 하시모토처럼 날카롭진 않았으나 얼굴 윤곽이 흡사했다.

하시모토를 모르는 제삼자가 얼른 본 것만으로 나중에 하시모토의 사진과 비교하게 되면, 하시모토 본인으로 오인할 가능성이 충분히 있었다.

찬란한 마성

수사관의 질문에 대해 운전수는 곤란하다는 얼굴을 하면서도 다음과 같이 진술했다.

"하시모토 부장님한텐 항상 신세를 지고 있어 뭔가 부장님을 위해 좋지 못한 일이라면 말씀드리고 싶지 않습니다만……, 그 전날 부장님으로부터 내일 아침 일찍이 하네다에 마중 나가야 할 분이 있으니까 6시쯤에 집으로 와 달라는 말씀이 있었지요. 그래서 그 이튿날 저는 지시대로 6시쯤 부장님을 댁으로 모시러 갔지요. 그리고 일단 회사——로열 호텔——로 모셨는데, 회사에는 잠깐 계셨을 뿐 곧 하네다로 향했어요. 도중에 신도쿄 호텔에 좀 들르라고 하시기에 지시대로 했더니, 부장님은 잠깐 호텔로 들어가셨다가 곧 돌아오셨어요. 그리고 신도쿄 호텔에서 받아 온 듯한 카드를 차내에서 기입을 하시더니 그걸 저한테 주셨어요. 그리고 머리를 긁으면서 '실은 지금 하네다로 마중 가는 사람은 전에 나하고 사귀던 여자인데, 깨끗이 헤어지자는 얘길 하러 상경하는 거야. 그런데 그 여자하고는 사장 따님과의 혼사 얘기도 있고 하니, 아무도 몰래 살짝 만나고 싶어서 내 얼굴을 아는 사람이 없는 신도쿄 호텔에 내 명의와 다케모도라는 가공인물 명의로 싱글을 둘 잡아 놨으니 11시 20분에 먼저 내 명의로, 11시 40분에 다케모도 명의로 체크인해 줘'라고 하셨어요. 그리고 다케모도 명의의 방은 선불해 두라면서 돈을 주셨어요. '좀 복잡합니다' 했더니, '11시 반에 프런트가 교대 하니까 자네가 일인이역으로 체크인 하더라도 아무도 모를 것 아닌가? 하시모토와 다케모도는 아무 관계도 없는 것처럼 보여야 하니까 그러는 거야'라고 하셨어요. 싱글을 두 개 다른 명의로 따로따로 잡아 놨다가 나중에 한 방에서 합류하는 수법은 연예인이 바람피우거나 할 때에 흔히 쓰는 수법 아닙니까? 그래서 저는 부장님도 보통은 아니라고 여겼을 정도지, 별로 이상하게 생각하지 않았어요. 네? 하네다에 그렇게 이른 시간에 나갔는데, 어째서 더 빨리 호텔에 체크인 하지 않을까 하고 이상하게 여기지 않았느냐고요? 아니요, 그 호텔의 체크아웃 타임은 12시인데다, 너무 빨리 방에 들어가면 표가 나거든요. 여자분하고 어디서 식사라도 하고 오실 줄 알았지요. 일단 호텔에 들어가고 나면 같이 식사할 수 없으니까요.

부장님은 절대로 두 사람이 동행이라고 여겨지면 안 되니까, 명심하고 11시 40분이라는 체크인 타임을 틀리지 않도록 하라고 거듭 말씀하셨어요. 그리고 '하시모토와 다케모도의 숙박 카드의 글씨가 같으면 뭣하니까, 하시모토 명의로 체크인할 때는 그 자리에서 기입하는 체 해 가지고 내가 기입할 이 카드와 바꿔 제출하고, 다케모도 명의로 체크인 할 때만 자네가 기입하도록 해' 하셨어요. 프런트가 눈치 채지 못하게 조심하고, 체크인은 프런트가 혼잡할 때를 노려서 하고, 보이의 안내도 사절하라고 가르쳐 주시더군요. 부장님은 '두 방을 잡은 뒤에는 두 방에 다 출입 금지 표찰을 걸고 내려와서 프런트에 열쇠를 돌려주고, 점심때라 배가 고플 테니까 내 명의의 숙박 확인서로 식사를 하고 가라'고 하셨어요. 식사할 때는 사인이 틀리면 뭣하니까 사인은 하지 말라고 주의하시더군요.

지시받은 11시 20분과 40분이 다소 어긋난 것은, 프런트에 딴 손님이 오기를 기다리고 있었기 때문이지요. 특히 20분 쪽의 카드는 바꿔치기를 해야 해서 4분이나 기다렸다가 제출했는데, 만약 딴 손님이 안 오면 어떡하나 하고 간이 조마조마했어요.

호텔에서야 더듬거릴 것도 없는데다가 신도쿄 호텔엔 그전에도 부장님을 따라 두어 번 가 본 일도 있고 해서 전 조금도 귀찮은 일이라고 여기지 않았어요. 부장님은 업무로 늦어질 때면 자기 호텔에선 거북할 테니까 딴 호텔에서 좀 쉬라면서 방도 잡아 주시고, 식사 같은 것도 마음대로 하도록 배려해 주시고, 정말이지 그럴 수 없이 저한테 잘해 주셨어요. 그 여자분 때문에 상당히 입장이 난처하신 모양으로, '자네를 믿고 부탁한다'고 하시면서 머리까지 숙이시니 이거야 원 황송해서……. 아, 그런 간단한 일을 왜 못 해 드리겠어요? 기꺼이 해드렸지요."

철벽을 자랑한 하시모토의 알리바이는 이 순간에 무너졌다. 즉각 하시모토 구니오에 대해, 아리사카 후유코 살해 혐의로 구속영장이 발부되었다.

영장을 집행하기 위해 경찰차를 몰아 로열 호텔로 급행하는 무라카와 반 형사들의 가슴에 괴로웠던 지난 5개월간에 걸친 수사의 기억이 한꺼번에 떠올랐다. 수사본부에서 로열 호텔까진 잠깐이다.

경찰차의 차창에 로열 호텔의 거대한 모습이 비치기 시작했다. 겨울날의 해는 짧다. 잔광을 머금은 창망한 노을빛이 얼어붙은 어둠에 순식간에 파묻히고 이 어둠 속에 거대한 로열 호텔 벽면의 무수한 등불이 떠오른다. 이들 무리진 등불의 최상부에 천천히 빛의 테를 그리고 있는 부분은 이 호텔이 자랑하는 그랜드 스카이 살롱이리라. 그 등불 하나하나 아래에는 저마다 다른 인생이 있다. 어떤 등불 아래서는 평온한 마음을 지닌 사람들의 다정스런 대화가 있겠고, 어떤 등불 아래서는 한 나라의 정치를 좌지우지하는 거래가 오가고 있을지도 모를 일이다.

그리고 어떤 불빛 아래서는 사람이 사람을 죽이고 있을지도 모른다. 어떤 불빛 아래서는 서로 사랑하는 남녀가 뜨겁게 껴안고 있을는지도 모른다. 어느 날 밤, 뜨겁게 껴안았던 후유코와 히라가처럼…….

"올해도 끝나는군."

우치다 형사가 혼잣말처럼 말했다. 올해도 끝난다고 히라가는 새삼 느꼈다.

히라가는 지금 자기가 사랑한 여자가 목숨을 걸고 감싼 사나이에게 법을 집행하려 하고 있다. 그것은 분명히 아리사카 후유코의 유지에 어긋나는 일이리라. 히라가의 귀에는 꿈에 나타난 후유코가 '부탁이에요, 그만둬요!' 하고 애원하던 비통한 소리가 따갑게 남아 있다. 그렇지만 자기는 해야만 한다.

후유코는 지난 여름의 그날 밤, 모든 것을 히라가에게 허용해 주었다. 그 절박한 숨결, 뜨거운 살결, 자기를 힘껏 껴안아 준 여자의 양팔, 자기를 받아들이고 불끈 죄어들던 그녀의 몸, 그 모든 것이 어제 일처럼 또렷하게 감각에 새겨져 있다.

그것은 그에게 의심할 여지없는 사실이었다. 그러나 진실이 아니었더란 말인가?

후유코는 그날 밤, 그 여러 가지를, 히라가의 기억 속에 찬연히 빛나고 앞으로도 계속 빛날 그 여러 가지를 자기 자신을 구하기 위해, 그리고 무엇보다도 저 냉혹하기 비할 데 없는 살인자를 방조하기 위해 히라가에게 허락했더란 말인가?

히라가는 그렇게 생각하고 싶지 않았다. 그것은 후유코의 사실이고 또한 진실이어야만 했다. 그러나 후유코의 시체는 그것을 부정했었다. 그것은 히라가에게 잔혹한 부정이었다.

히라가는 후유코가 죽는 순간의 상황을 선명하게 마음속에 그릴 수 있었다.

후유코는 자기의 체내를 급속히 돌아가는 맹독으로 사내의 의도를 똑똑히 알게 된다.

'이런 짓을 하지 않더라도 전 당신에게 방해가 되진 않을 텐데'라고 호소하려 해도 이미 혀가 굳어져 있다.

사내가 사라진 뒤, 후유코는 중대한 것에 대한 생각이 났다. 그것이 발견되면 사내를 완전히 파멸시키는 위력을 지닌 어떤 것.

무슨 수를 써야만 한다. 지금 사내를 구할 수 있는 사람은 나밖에 없다. 급속한 독물 효과로 말미암아 거의 말을 듣지 않는 몸을 단말마의 고통에 떨며 자기에게 그 고통을 안겨 준 원흉을 구하기 위해, 그 사내와의 새살림을 꿈꾸며 짰던 초안을 휴지통에서 집어내, 후유코는 마지막 힘을 다해 화장실로 기어가 그것을 갈기갈기 찢어서 흘려보내려 한다.

그것은 신과 같은 여자의 넓은 마음이리라. 그리고 그 같은 마음으로 후유코는 자기를 속였으리라. 그녀가 하시모토에 대해 신처럼 되면 될수록 자기에 대해서는 마성의 여자가 되는 셈이다. 그러나 마성이라도 좋다. 살아만 있다면! 나는 그 여자를 사랑하고 있다.

그리고 그 사랑하는 여자의 유지를 어기고, 나는 그 사나이를 붙잡으려 하고 있다.

차는 로열 호텔의 앞뜰로 들어갔다. 눈앞에 치솟은 거대한 건물 위로, 제트 여객기인 듯한 항공기가 불빛을 깜박이면서 날고 있었다.

지금은 오후 5시 30분, 피로연이 바야흐로 한창이리라. 꿈에서까지 본 범인에게 수갑을 채우는 순간을 바로 눈앞에 두고, 히라가는 가슴속 깊은 곳에서 솟아 오르는 허무를 느꼈다.

마지막 장

피의자 진술 조서

본적 : 야마가다 현 야마가다 시 히가시니 반쵸 6의 3
주소 : 가나가와 현 가와사키 시 이쿠다 5681
직업 : 전 도쿄 로열 호텔 직원
하시모토 구니오
193×년 5월 8일생(32세)

위 사람에 대한 살인 피의 사건에 관해, 196×년 12월 30일 고지마치 경찰서에서, 본인은 미리 피의자에게 자기 의사에 반해 진술할 필요가 없음을 알리고 취조한 바, 피의자는 임의로 다음과 같이 진술했음.

출생지 : 본적지입니다.
전과 : 없습니다.

자산, 가족, 기타 참고 사항
1. 저는 196×년 4월부터 도쿄 로열 호텔에 근무하고 있습니다.
2. 가족은 없고, 본적지에 양친이 건재하십니다.
3. 자산은 별로 없고, 월수입 18만 엔 정도입니다.

사실 관계
1. 저는 195×년 3월, 도토 대학 경제학과를 졸업함과 동시에 도토 호텔에 입사했습니다. 다행히 같은 호텔 사장 마에카와 레이지로 씨를 알게 되어, 196×년 마에카와 씨를 따라 도쿄 로열 호텔로 옮겨, 일 년 후에는 기획부장 자리를 얻었습니다.

저는 이 마에카와 씨에게 보답해야겠다고 염원하고 있었는데, 부장 승진과 거의 때를 같이하여 팰리스 사이드 호텔과 미국의 호텔업체인 CIC 사이의 업무 제휴 기운이 짙어졌습니다. 만약 이 제휴가 실현되면, 팰리스 사이드 호텔과 호텔 시장에서 대립하는 위치에 있는 저희 호텔은 막심한 타격을 받게 될 것이므로, 마에카와 사장의 걱정은 보기에 딱할 정도였습니다. 저는 마에카와 씨의 은혜에 보답하기 위해, 어떠한 수단을 써서라도 이 제휴를 저지해야 된다고 결심했습니다.

2. 당시 저는 팰리스 사이드 호텔 사장의 비서 아리사카 후유코와 육체관계를 맺고 있어서, 그녀를 통해 팰리스 사이드 호텔 측의 정보를 수집했습니다. 아리사카 후유코는 저의 대학 후배인데, 도토 대학 출신의 호텔 맨으로 조직된 친목회에서 2년 전쯤에 만나 그때부터 사귀어 왔습니다. 라이벌 회사의 사원으로서 무슨 유리한 정보를 얻을 수 있지 않을까 싶어 사귀었을 뿐, 애정은 느끼고 있지 않았습니다. 그녀와의 사이를 감춘 이유도 그 때문입니

다.

3. 저의 전력을 다한 저지 공작에도 팰리스 사이드 호텔과 CIC와의 업무 제휴는 착실히 구체화되어 가고 있었습니다. 저는 아리사카 후유코로부터, 팰리스 사이드 측에서 제휴에 적극적인 사람은 구주 마사노스케 사장뿐이고, 다른 간부들은 다 반대한다는 정보를 그 무렵에 얻었습니다.

제가 어리석게도 구주 씨 살해 계획을 다지기 시작한 것은 그때부터입니다. 아리사카 후유코가 저에게 사랑을 주고, 제 의지대로 움직이는 꼭두각시로 되어 있었다는 여건이 제 가슴에 싹튼 생각을 조장시켰던 것입니다. 구주 씨 살해에 관해 마에카와 사장의 교사(敎唆)가 있지 않았느냐고 의심하시는 듯합니다만, 그러한 일은 절대로 없었습니다. 구주 씨만 없으면 제휴를 저지할 수 있다고 믿은 제 얕은 독단에 의한 사건입니다. 마에카와 씨 따님과의 혼담은 이 사건과 하등의 관계도 없습니다.

4. 구주 씨를 살해한 방법, 상황 등은 모두 경찰관께서 지적하신 대로입니다. 자살로 위장시키지 않았던 이유는, 구주 씨가 이미 수면제를 복용하고 있어서, 그런 위장을 하더라도 당장 간파되리라고 생각했기 때문입니다. 칼을 사용한 이유는 되도록 빨리, 그리고 확실히 살해하기 위해서였습니다. 현장을 밀실로 한 까닭은 룸 패트롤에 의한 발견을 조금이라도 늦추고, 그리고 범인을 내부 사람처럼 보이기 위해서였습니다. 흉기로 사용한 칼은 다마가와에 버렸습니다. 3401호실로 드나드는 방법 및 경로는 아리사카 후유코가 가르쳐 주었습니다.

범행 전날 밤, 아리사카 후유코의 알리바이를 만들기 위해 저는 전세차를 운전하여 그녀를 도토 호텔까지 데려다 주었는데, 교통량이 적어서 10분 정도밖에 걸리지 않았습니다.

3401호실의 열쇠는 아리사카 후유코로부터 차 안에서 받았습니다.

5. 아리사카 후유코를 살해한 방법 및 상황도 모두 경찰관께서 말씀하신 대로입니다.

공항에서 호텔로 전화를 걸어 그녀의 룸 넘버를 알아 가지고, 호텔이 혼잡할 때를 이용하여 남의 눈에 띄지 않게 그 방에 들어가는 데 성공했습니다.

기다리고 있던 그녀와 관계를 맺은 다음, 미리 준비해 온 두 병의 주스 가운데 독을 탄 한 병을 건배를 위장하여 그녀에게 권하고, 그녀가 괴로워하기 시작하는 모습을 보고 도주했습니다. 그때, 자살로 위장할 수 있을지도 모른다는 생각에 제 몫의 주스를 들고 나왔습니다.

숨을 거두는 순간은 지켜보지 못했습니다만, 지적했다시피 시간이 없었습니다. 도주 중에도 만약 숨이 붙어 있는 동안에 발견되면 어쩌나 싶어 공포와 불안으로 저 자신이 살해당하고 있는 듯한 기분이었습니다.

아리사카 후유코를 살해한 동기는, 그녀의 입에서 구주 씨를 살해한 사실이 폭로될까봐 두려웠기 때문이고, 그리고 후유코가 저하고의 결혼을 졸라, 마에카와 씨 딸과의 혼담에 커다란 장해가 되었기 때문입니다. 칼을 사용하지 않고 독물을 사용한 까닭은, 구주 씨의 경우와는 달리 상대가 깨어 있어, 저항할 우려가 있었으며, 그리고 피를 뒤집어쓰고 싶지 않았기 때문입니다. 구주 씨를 살해한 심야와는 달리 비행기를 여러 번 바꿔 타고 도쿄로 돌아가야 하므로, 아무리 작은 핏자국이라도 묻히고 싶지 않았습니다.

6. 아리사카 후유코가 청첩장 초안을 파기하려 한 까닭은 저를

감싸기 위해서가 아니라, 저 같은 사내를 한때나마 결혼의 대상으로 생각한 어리석음을 아무한테도 알리고 싶지 않은 그녀의 프라이드 때문이라고 생각합니다.

7. 독극물은 친구의 화학 공장에서 살충제로 쓴다는 구실로 얻었습니다.

8. 신도쿄 호텔의 운전수를 시켜서 한 대리 체크인은 만일에 대비한 것이었습니다. 다케모도 미사오라는 남녀 모두에게 통하는 이름을 쓴 까닭은 운전수와 호텔 측이 다같이 의심하는 일이 없도록 하기 위해서입니다.

11시 지나서 운전수에게 대리 체크인을 시킨 목적은, 경찰관께서 말씀하신 대로 결번을 최소한으로 막아서, 그 불연속을 은폐하기 위해서였습니다만, 또 다른 커다란 이유가 두 가지 있었습니다.

첫째는 나이트매니저가 7시 30분에 기상하여 오전 10시 30분까지 프런트 주변에 있기 때문이었습니다. 제 명의로 운전수가 체크인 한 것을 만일 그가 보게 되면 애써 꾸민 알리바이 공작이 허사가 되기 때문에 그것을 우려하여 만전을 기하려고 그랬습니다.

카드를 얻는 것을 저 자신이 한 까닭은 석 장 청구하여 두 장 반환한다는 일이 프런트 측에 이상하게 비치지 않도록 극히 자연스러운 연기가 필요하고, 단순한 심부름꾼에 불과한 운전수의 의심을 사고 싶지 않았기 때문입니다. 카드를 취득한 시간은 7시 조금 전이었는데, 이 시간을 택한 까닭은 나이트매니저가 아직 프런트에 나와 있지 않을 확률이 크고, 그리고 만일 얼굴을 보이게 되더라도 그 시간이면 알리바이 공작에 치명적이진 않았기 때문입니다.

그 둘째는, 이것이 가장 큰 이유인데, 057923번의 손님이 8시

――일본항공 701편으로 도착하는 시간――이후에 도착한다는 보장이 없었기 때문입니다. 그날은 히라키 가즈오라는 분이 8시 56분에 도착했다는데, 그것은 어디까지나 우연이었습니다.

저는 수사가 거기까지 미치지는 못하리라고 생각하고 있었는데, 경찰관께서 두 번째로 찾아오셔서 그날 로열 호텔 출근 시간과 신도쿄 호텔 체크인 타임과의 간격을 문제 삼으셨을 땐 눈앞이 깜깜해지는 불안과 공포를 느꼈습니다. 결혼 피로연에서 정계, 재계의 명사들로부터 차례차례 분에 넘치는 축사를 받으면서도, 저는 점점 다가오는 사법부의 소리 없는 발소리를 귓전에 듣고 공포에 떨고 있었습니다.

9. 사실대로 모든 것을 말씀드리고 나니, 지난 5개월에 걸친 마음의 짐을 벗은 듯 오히려 홀가분한 기분입니다. 정말 못할 짓을 했다고 지금은 후회하고 있습니다. 피해자의 명복을 빌며, 지은 죄에 대한 벌을 달게 받고자 합니다.

하시모토 구니오

이상과 같이 피의자가 말한 대로 본인이 받아 적어서 읽어 들려주었던 바, 틀림없다고 말하고 서명 날인했음.

형사부 수사1과
형사 히라가 다카아키

밀실트릭해체 알리바이붕괴 신고전수법

 일본에서는 전후 미스터리 붐으로 불리던 현상이 3번 일어났다.
 첫 번째는 패전 직후인 1945년경 요코미조 세이시(橫溝正史)를 중심으로 한 본격미스터리소설 붐으로, 이때는 요코미조 세이시의 독무대였고 다른 미스터리작가들에게까지는 그 영향이 미치지 못하였다.
 두 번째 붐은 말할 것도 없이 마쓰모토 세이초(松本淸張)의 등장으로 시작되었다.
 엄밀하게 말하면 세이초 등장 이전에 니키 에쓰코(仁木悅子)가 1957년에 발표한 《고양이는 알고 있다》가 베스트셀러가 되면서 미스터리 붐의 기폭제가 되었다. 그 뒤 마쓰모토 세이초가 1958년 《점과 선》을 발표하기 무섭게 이 붐은 부동의 것으로 자리 잡았고, 그때까지 일부 마니아들에 의해 지지되던 미스터리소설은 드디어 폭넓은 독자층을 획득하게 되었다.
 이 2차 붐은 그야말로 대단하여 미스터리소설은 비로소 완전한 시민권을 획득한 것이나 마찬가지였다. 독자층이 넓어지면서 미스터리 팬의 다양한 바람에 호응하는 새로운 미스터리작가가 계속 탄생하였고, 그들은 하나같이 개성 있는 작품을 발표하였다. 결국 매스컴도 독자의 요망에 따라 미스터리작가들을 중시하지 않을 수 없게 되었다.

이처럼 1차 붐과는 달리 2차 붐은 필연적으로 많은 신인들을 배출하였을 뿐 아니라 미스터리소설이 중요한 위치를 차지하기에 이르렀다. 이 붐 속에서 독자적인 작풍으로 팬을 획득한 작가도 적지 않다.

매스컴에서는 너무 세이초만 주목하여 마치 그의 작풍만이 미스터리소설의 정도(正道)처럼 되었고, 그가 연달아 발표한 사회적 사건의 흑막을 파헤친 고발소설 내지는 내막소설도 사회파 미스터리소설로 크게 유행되었다.

사실 세이초가 미스터리소설을 쓰기 시작한 것은 트릭 위주의 종래 작품들에 식상하여, 마니아들만 좋아하는 작품이 아닌 일반 독자들도 즐겁게 읽을 수 있는 것을 쓰고 싶다는 바람에서였다.

그는 미스터리 소설적 기법이라는 무기를 이용하여 스스로 구축한 창작세계로 독자들을 무조건적으로 끌어들이는 강력한 작품을 목표로 하였다.

세이초는 아마도 미스터리소설도 소설에 해당할 뿐 아니라 더욱이 오락소설이기까지 하므로 소수의 마니아들만 만족시킨다는 것은 어쩐지 부족하다, 더 많은 독자들이 넋을 잃고 볼 수 있는 그런 작품을 만들어낼 필요가 있다고 생각했으리라.

그리하여 트릭 위주의 작품이 아닌, 테마가 있고 또한 이 테마를 유효하게 드러내기 위한 수단으로 미스터리 소설적 기법을 응용하기로 마음먹은 것이다.

그러기 위해서는 필연적으로 지금까지 트릭을 위해 무리하게 주변 상황을 끼워 맞추던 퍼즐적인 요소를 무시하였고, 또한 마치 슈퍼맨과도 같은 특별한 명탐정의 등장이나 비현실적인 설정을 배제하였으며, 누구라도 경험할 수 있는 일상 속에서 지극히 평범한 인물이 사건에 휘말려 들어감과 동시에 그것을 해결하는 탐정도 역시 아주 흔해빠진 인물을 설정했다.

즉, 그의 작품의 핵심은 트릭을 위한 소설이 아니라 소설의 테마에 상응하는 트릭을 이용하였다는 점에 있다.

그는 이것을 일상성의 균열(龜裂)이라는 새로운 수법을 사용하여 보기 좋게 성공을 거두었다. 그가 미스터리소설 속에서 소설로서의 재미를 부활시킨 커다란 의의가 바로 여기에 있는 것이다.

그렇지만 그의 작품이 너무 많은 팬을 확보하고 있었으므로 매스컴의 주목을 받지 않을 수 없었고, 그 때문에 미스터리소설은 세이초가 아니면 안 된다는 편견마저 생겨난 것도 생각하면 아이러니한 일이다.

여하튼 그가 새로운 미스터리소설 분야를 개척해보였음에도 불구하고 사회적으로는 세이초만이 본격 미스터리소설이고, 사회파 미스터리소설이라는 믿음이 강하였다.

세이초 작품의 묘미는 일상성의 균열과 범죄를 일으키는 동기가 중요하게 부각되었다는 데 있는데, 일부 평론가들은 마치 일상성의 묘사방법에 그의 핵심이 있는 듯이 평가하면서 일상성이 그의 작품에 리얼리티를 지탱하고 있다고 소개하기도 했다.

작품 세계의 리얼리티와 일상성을 혼동하여 정작 그가 목표로 한 일상성의 균열에서 비롯되는 공포감을 지적하지 못한 것은 실로 부끄러운 일이 아닐 수 없다.

게다가 매스컴까지 잘못 생각하여 그의 작품에서 그려진 일상성과, 사회적 사건 같은 고발소설만이 독자의 바람에 부응하는 것이라고 믿어 의심치 않았다.

그리하여 매스컴이나 작가들도 마쓰모토 세이초의 아류라고 할 무수한 작품들로 넘쳐났다. 이른바 알리바이 무너뜨리기를 주요 내용으로 사회파라고 이름 붙여진 미스터리소설들이 연달아 출판된 셈인데, 세이초 작품의 본질을 알지 못했으므로 그저 시류에 편승만 한 작품은 당연히 팔리지 않을 수밖에 없었다. 따라서 얼마 후 2차 미스터리 붐이 끝나버린 것도 당연하다면 당연한 결과였다.

결국 마쓰모토 세이초는 정당하게 평가받지 못하고, 그의 골격만을 흉내 내던 작가들은 사라져갔다. 그리고 비록 붐은 끝났지만 자신의 작풍을 끝까지 지키던 몇몇 미스터리작가들은 그 뒤에도 잊혀지지 않고 독자들의 꾸준한 지지를 받을 수 있었다.

붐의 폭발은 끝났지만 독자들은 제2의 마쓰모토 세이초가 등장하여 새로운 미스터리소설의 가능성을 열어줄 신인의 출현을 기다리고 기다렸다.

드디어 그런 기다림은 결실을 맺었다. 모리무라 세이치(森村誠一)가 바로 그 가능성을 열어준 작가이다.

그가 《고층의 사각지대》로 제15회 에도가와 란포(江戶川亂步)상을 수상한 것은 1969년으로 호텔 내의 밀실살인과 알리바이 무너뜨리기를 조합하여 한 치의 빈틈도 없이 비밀스런 세계를 구축해간 필력은 도저히 신인의 작품이라 믿을 수 없을 정도이다.

세이치는 1933년 1월 2일 사이타마(埼玉)현에서 태어나 아오야마(靑山)대학 영미문학과를 졸업했다. '호텔 맨'으로 인생을 출발한 그는 약 10년간 기계적인 서비스업에 종사했다. 호텔에서 근무하며 그는 1965년부터 현대 기업을 취재한 비즈니스소설 6권을 출판했다.

그는 이 10년의 시간을 '인생의 손실'이라고 표현했지만 실은 인간과 사회에 대한 귀중한 관찰을 할 수 있는 시기여서 훗날 그의 작품 활동에 큰 도움이 되었다. 그는 표면적으로는 화려하고 우아하게 보이는 현대 대기업의 이면에 비인간성과 약육강식의 비정함이 잠재해있음을 뼈저리게 인식하게 된다. 그의 작품 속에 나타나는 강렬한 허무는 호텔 맨으로 일하던 그 시절의 굴욕적인 체험에서 우러난 것이어서 지식인들에게도 크게 어필한다.

1967년 그는 호텔 맨을 그만두고 비즈니스 스쿨의 강사주임을 맡으면서 틈틈이 미스터리소설을 쓰기 시작했다. 그러나 초기의 작품은 전혀 눈길을 끌지 못하다가 1969년 제15회 에도가와 란포상을 수상한 《고층의 사각지대》로 미스터리소설의 새로운 붐을 일으키게 되었다.

세이치 작품의 최대 매력은 그 현대성에 있다. 《고층의 사각지대》를 비롯하여 1971년까지 발표한 그의 초기 장편은 모두 눈부신 고층호텔, 스피디한 특급열차, 호화로운 제트여객기, 또는 젊은이들의 마음을 사로잡는 산악과 같은 장소가 피비린내 나는 살인극의 무대이다. 시대의 첨단을 걷는 이런 무대에서 진행되는 웅장한 스케일의 사건은 현대인의 감각에도 부합되고, 그런 현대적인 세련된 장소가 어두운 범죄의 온상일 수도 있다는 점이 무한한 매력으로 다가오는 것이다.

그리고 현대적인 상황설정과 더불어 본격미스터리소설이 지닌 '불가능'의 매력이 거의 모든 작품에 등장하고 있다는 점도 빼놓을 수 없다. 그 중심트릭은 밀실과 알리바이 무너뜨리기인데 《고층의 사각지대》는 그 전형적인 예이며, 호텔 맨이라는 경험 없이는 절대 창조해낼 수 없는 트릭이었다. 그런데 고전적인 밀실트릭, 이를 테면 딕슨 카의 것은 너무도 인공적이고 비현실적인 나머지 작품 전체의 구성과 균형이 잡히지 않는 흠이 있는데 반해 그의 밀실은 단순명쾌하여 전혀 부자연스럽지가 않다.

처녀장편인 《고층의 사각지대》는 호화로운 호텔 내 밀실살인을 항공기업계와 관련시킨 본격미스터리소설인데, '비즈니스와 수수께끼풀이'라는 그의 작품 패턴은 이미 이때부터 형성되었다. 샐러리맨 시절 후기에 장편 사회소설을 쓴 것은 비즈니스 관련 자료를 많이 가지고 있었기 때문이기도 했지만 이것을 소재로 특히 미스터리소설을 쓴 동기는 비즈니스에 얽힌 인간의 욕망과 정염이 엄청난 미스터리처럼 느껴졌기 때문일 것이다.

이 장편은 크게 나누어 두 부분, 즉 전반부는 밀실트릭의 해결, 후반부는 알리바이 붕괴로 이루어져 있다.

전반부의 무대는 도쿄 팰리스사이드호텔 34층 1호실. 호텔 주인이자 호텔업계의 거물이 7월 어느날 아침, 침대 위에서 척살된 시체로 발견된다. 이중밀실로 된 침실에서 자연히 네 종류의 열쇠가 문제의 핵심이 된다.

호텔 생활에서 얻은 작가의 전문적 지식이 충분히 발휘된 이 작품은 발표 당시 호텔의 내부구조를 너무 상세하게 묘사했다하여 호텔협회에서 항의하는 헤프닝도 있었다. 소설 속에 사용된 트릭은 호텔사정에 익숙하지 않은 일반 독자들도 충분히 이해가 되며 후반의 알리바이 깨뜨리기 역시 의표를 찌르는 독특한 기법이다.

이만한 스토리텔링의 재능을 갖고 있으면서 초기에 그토록 주목을 받지 못하였던 것은 물론 운이 나빴던 까닭도 있겠지만, 그의 자질이 그야말로 미스터리소설과 딱 들어맞는 것을 본인이 미처 깨닫지 못하고 있었기 때문에 비롯되었을 것이다.

나는 모리무라 세이치야말로 미스터리소설을 쓰기 위해 태어난 인물이라고 생각한다. 세이초가 《점과 선》에서 알리바이 깨뜨리기라는 한 가지 트릭만을 작품 속 수수께끼의 주축으로 삼고 있음에 비해, 세이치의 《고층의 사각지대》는 밀실살인이라는 수수께끼와 알리바이 깨뜨리기라는 이중구조로 되어있으면서도 양자가 참으로 근사하게 성립하기 때문이다.

알리바이를 깨뜨리는 시간적 공백에 대한 추급방법에서도 독자들에게 몇 번이고 역전타를 먹이고, 허를 찌르면서도 마지막에는 더없이 공정하고 깔끔하게 논리적인 해결을 내림으로써 독자들을 그저 신음토록 하는 솜씨는 참으로 화려하다는 말밖에 달리 생각나지 않는다.

이 작품은 이 알리바이 무너뜨리기라는 수수께끼의 설정과 그것을 풀어나가는 방법만으로도 세이초의 수법에 새로운 맛을 더하고, 또 밀실살인이라는 불가능한 범죄에 대한 탐구와 흥미로 독자들을 작품의 세계에 푹 빠져들도록 만든다. 이러한 재능이야말로 새로운 미스터리소설의 가능성에 대한 도전이자 세이초가 한때 낡아빠진 미스터리소설의 한계를 깨부수고 새로운 분야를 개척한 것과 다름없는 의의를 갖고 있다.

또한 이 작품에서는 세이치가 직접 경험하고 속속들이 잘 알고 있는 호텔의 내부사정이 기막히게 묘출되면서 일반 독자들에게도 호텔이 어떤 곳인지 잘 알게 하는 점도 흥미를 자극하는 요소가 아닐 수 없다.

이렇게 독자적인 작풍과 탁월한 스토리텔링의 재능을 가진 세이치의 출현으로 미스터리소설에 새 바람이 불면서 제3차 미스터리 붐이 찾아들게 된다.

미스터리소설은 사실 그렇게 좁은 장르가 아닐뿐더러 다양한 수법이 존재하고 아직도 많은 가능성을 갖고 있는 분야이다.

세이치 역시도 이 작품으로 만족하지 않고 더 다양한 수법과 등장인물의 성격과 작품 세계에 대한 새로운 설정 등으로 노력을 거듭하여 1973년에는 《부식(腐蝕)의 구조》로 제26회 미스터리작가협회상을 수상했다.

《고층의 사각지대》에 이은 《허구의 공로(空路)》《신칸센(新幹線)》《최고층호텔 살인사건》 등의 초기 장편들은 본격미스터리소설의 정형을 따랐지만, 그의 작품 경향에 새로운 전기를 뚜렷이 찾아볼 수 있는 것은 1973년 제26회 미스터리작가상을 수상한 이 《부식의 구조》부터였다.

《부식의 구조》에서 볼 수 있는 가장 큰 특징은 그의 작품에서 핵심적인 위치를 차지하던 밀실트릭의 비중이 많이 약해진 점이다.

그의 관심은 주로 국가권력과 군사산업의 유착문제에 집중되고, 서스펜스 넘치는 스토리전개와 미스터리수법으로 다양한 인간들이 등장하는 흥미진진한 드라마를 창조했다. 기업의 끈질긴 이윤추구에서 비인간적인 요소를, 그리고 국가권력에서는 냉혹한 비정을 예리하게 파헤치면서 현대 일본 정치에 대한 회의뿐 아니라 나아가서는 현대 자본주의에 대한 비판까지도 드러내고 있다.

또한 그는 '현직 작가 메시지'라는 글에서 본격미스터리소설이 지닌 매력을 인정하면서도 미스터리작가의 모티브는 트릭보다는 인간이나 사상, 또 사건에서 더 많이 찾을 수 있다고 언급하면서 '나도 그 풍부한 다양성을 지닌 장르의 한 작가로서 여러 분야에 걸쳐 자신의 영역을 확대해 나갈 작정이다'라고 자기의 의욕을 피력한 적이 있다. '사회파'가 퇴조한 시기에 본격미스터리소설이라는 깃발을 내세우고 출발한 그가, 마침내 미스터리소설의 다양성을 인정하고 자기영역을 확대하고 있다는 사실은 어쩐지 아이러니컬하게 느껴질지도 모른다. 하지만 마쓰모토 세이초가 사회파적 관심을 넘어서서 고대사와 전기에 추리적 기법을 적용한 사실에서도 그 가능성을 엿볼 수 있듯이, 세이치도 문제작 《인간의 증명》(1976년)으로 인간심리의 어두운 심증을 파헤쳐 사회의 주목을 받은 바 있다. 이 작품은 발표한 이듬해 영화화되면서 큰 화제를 불러일으켰다. 그 다음 해에는 《청춘의 증명》《야생의 증명》 3부작을 완간하면서 모리무라 세이치는 현대 일본을 대표하는 미스터리작가로서의 지위를 확고히 다질 수 있었다.